信長の血涙

杉山大二郎

幻冬舎時代小説文庫

信長の血涙

織田弾正忠家略系図

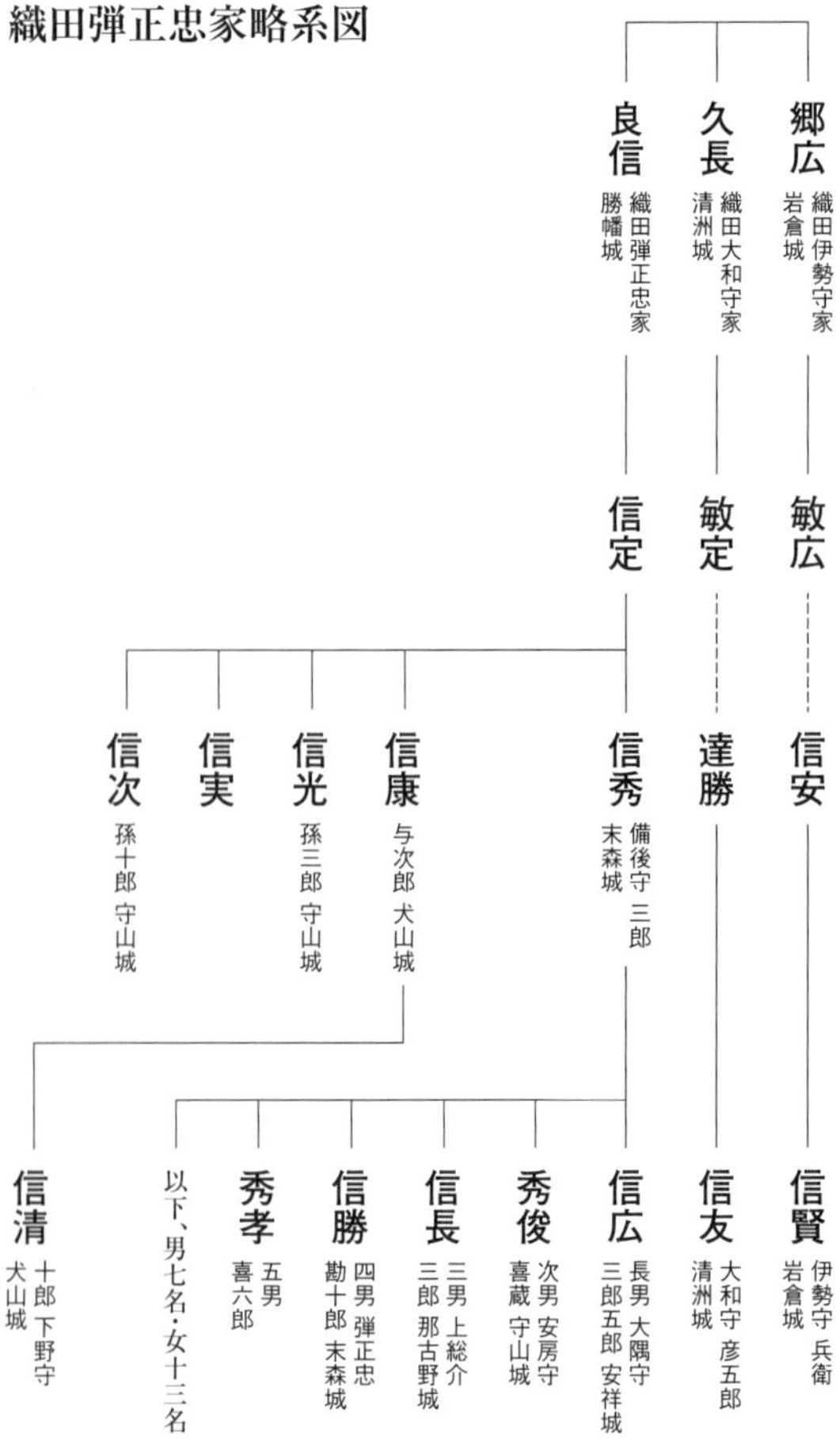
郷広
織田伊勢守家
岩倉城
久長
織田大和守家
清洲城
良信
織田弾正忠家
勝幡城
敏広
敏定
信定
信安
達勝
信秀
備後守　三郎
末森城
信康
与次郎　犬山城
信光
孫三郎　守山城
信実
信次
孫十郎　守山城
信賢
伊勢守　兵衛
岩倉城
信友
大和守　彦五郎
清洲城
信広
長男　大隅守
三郎五郎　安祥城
秀俊
次男　安房守
喜蔵　守山城
信長
三男　上総介
三郎　那古野城
信勝
四男　弾正忠
勘十郎　末森城
秀孝
五男
喜六郎
以下、男七名・女十三名
信清
十郎　下野守
犬山城

尾張の支配体制
（天文年間）

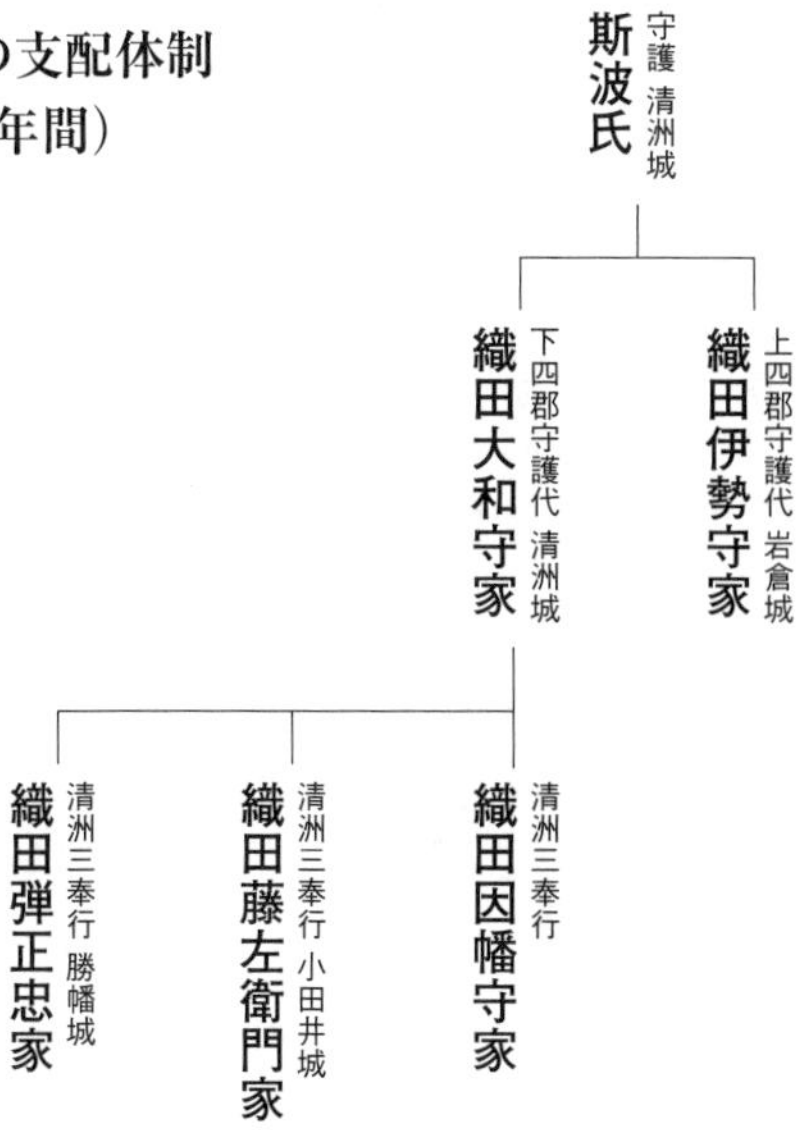

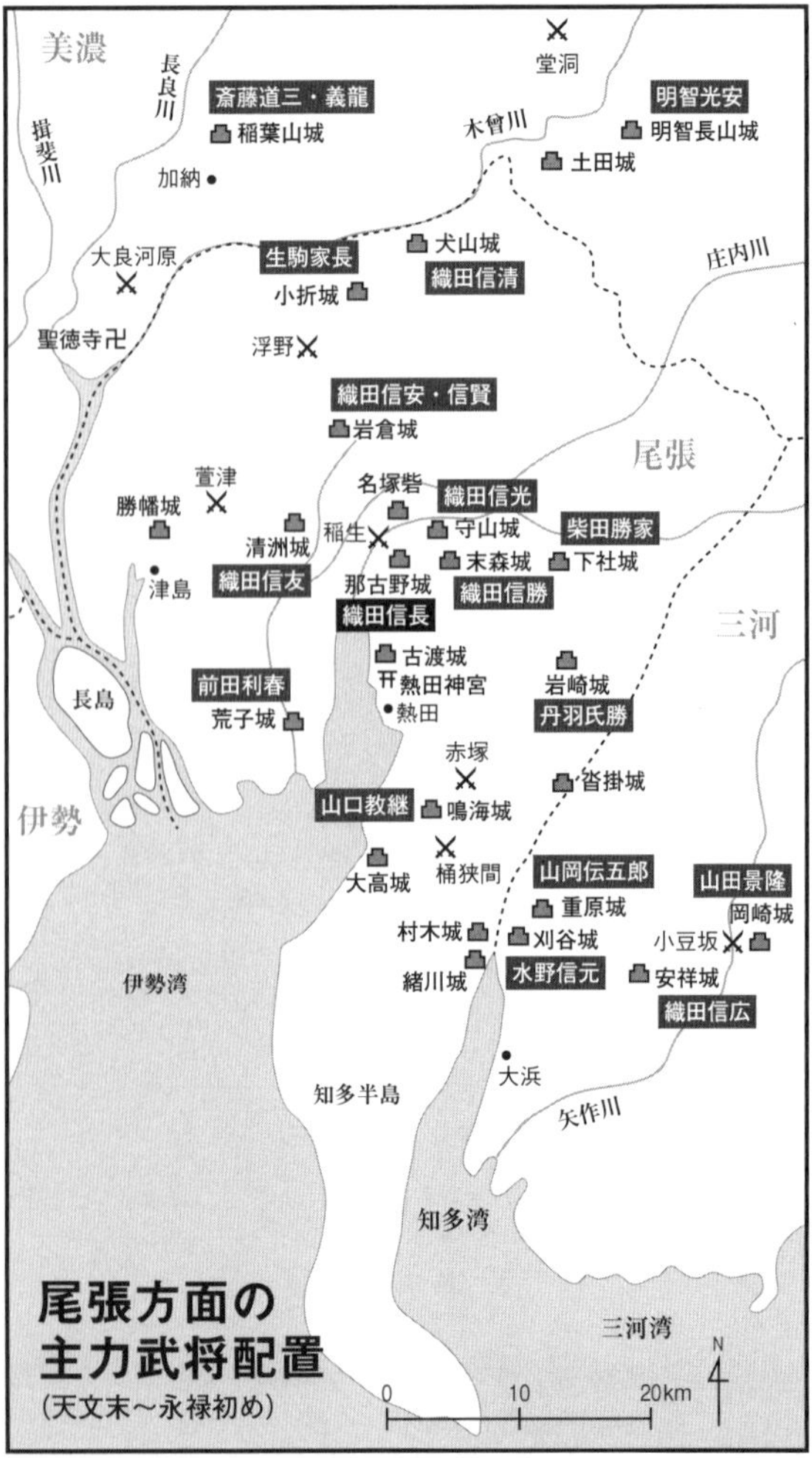
美濃
長良川
揖斐川
斎藤道三・義龍
稲葉山城
加納
堂洞
木曾川
明智光安
明智長山城
土田城
大良河原
生駒家長
犬山城
織田信清
小折城
庄内川
聖徳寺
浮野
織田信安・信賢
岩倉城
尾張
萱津
名塚砦
織田信光
勝幡城
清洲城
稲生
守山城
柴田勝家
末森城
下社城
津島
織田信友
那古野城
織田信勝
織田信長
三河
古渡城
熱田神宮
岩崎城
前田利春
長島
熱田
丹羽氏勝
荒子城
赤塚
沓掛城
伊勢
山口教継
鳴海城
大高城
桶狭間
山岡伝五郎
山田景隆
重原城
岡崎城
村木城
刈谷城
小豆坂
伊勢湾
緒川城
水野信元
安祥城
織田信広
大浜
知多半島
矢作川
知多湾
三河湾
尾張方面の
主力武将配置
(天文末～永禄初め)
0
10
20km
N

目次

第一章　飢餓の国

一

「糞（くそ）ったれ！」

若者が吠える。あまりに不甲斐（ふがい）ない己の力のなさを罵（ののし）った。

仁王立ちとなり、力一杯に大地を踏み締め、天に向かって激しく唾（つば）を飛ばす。冬枯れの野に、血を吐くような悲痛な叫び声が響きわたった。

淀みなく澄みきった漆黒の瞳が、みるみる熱き潤みを溢れさせていく。琥珀色（こはくいろ）の大粒の涙が、紅く上気した頬をはらはらと伝い落ちた。

グッと歯を食いしばってきつく結ばれた唇の端には、血さえ滲（にじ）んでいる。

土汚れの染みついた粗末な麻の小袖をまとい、顔も手も着物同様にこびりついた泥でひどく汚れている。戦火に田畑を焼かれた百姓か、あるいは負け戦から逃亡した雑兵の類（たぐ）いが、食うに困って物乞いに身をやつしたようにしか見えない。

彼のすぐ後ろにも、似たようなみすぼらしい格好をした二人の若者がいた。木枯らしが吹き荒（すさ）ぶ道端に、莚（むしろ）さえ敷かずに跪（ひざまず）いている。彼らの瞳も同様に清流のように澄んでいた。

「何も彼もが糞ったれじゃ！」

先ほどから泣きじゃくっている若者が、再び叫び声をあげた。どうやら彼が一番年上で兄貴分のようだが、他人の目などまったく気にする様子もない。

強く握った拳が、おもいきり地面に叩きつけられる。拳の皮膚が裂け、熱い血が噴き出したが、そんなことなどまるで気に留める様子がなかった。

二十歳に届くかどうかというところだろう。何ものをも恐れず、誰に媚びることもない、新雪のごとき真っ白な若さを持った歳だ。

路傍の至る所に、骸骨と化した数多の屍が、まるで塵のように打ち捨てられていた。朽ち果てた骸の腐肉を、鴉の嘴が引き千切る。時折、風が弱まると、目の奥に突き刺さるような腐臭に襲われ、クラクラと眩暈がしてきた。

隣国美濃との国境にある尾張の寒村。この村は、死んでいた。村人が共同で使う古井戸を囲むように、茅葺きの粗末な小屋が百戸余り軒を連ねている。主を失って廃屋となったのか、破れた戸板が風に煽られて耳障りな音を立てていた。

九百を超える尾張の村々の中では、小さくはなかったが、人が暮らす匂いはまったく感じられない。荒んでいるとは聞いていたが、想像を絶するひどさだった。

　路傍に跪く薄汚い三人の若者のことなど、気にする者は誰もいない。ここでは物乞いや行き倒れなど、常日頃から見慣れた光景だ。

「ううっ、寒みいや。殿、いつまでこんなところで物乞いに化けているんですか」

　一番年下と思われる男がため息まじりに愚痴をこぼした。年甲斐もなく泣きじゃくる兄貴分に対して、なかば呆れた様子だが、いつものことなのか、さして驚いたふうには見えない。

「馬鹿、又左！　殿と呼ぶなと、あれほど言ってあっただろう」

　若者が拳を振りあげ、又左と呼ばれた弟分の頭を力一杯打ち据えた。鉈で薪を割るような派手な音がする。

「なんでぇ、俺ばっかり。殿だって又左と言うておるわ」

　殴られた頭を手のひらで撫でながら痛みに顔をしかめているこの男は、前田又左衛門利家だ。齢十八。洟を啜りながら手の甲で拭うと、人懐っこそうな笑みを浮かべた。表情にはまだどこか幼さが見え隠れするが、その頬には、愛嬌たっぷりな顔には不釣り合いな生々しい刀傷が、蚯蚓のように幾重にも走っていた。

六尺（約一八二センチ）の長軀を誇り、「槍の又左」との異名を持つ。尾張に領地を持つ織田弾正忠家に仕える士分の中でも、血気盛んな乱暴者として知られていた。初陣を飾った萱津の戦では、十七歳にして兜首を挙げたほどだ。

「殿、あれを」

利家を押しのけるようにしながら、三人目の男が前方を指差した。伸ばした指は、白魚のようにほっそりとしている。つぶらな瞳で見据える面立ちは女子のように嫋やかで、肌もつきたての餅のように白い。

この男も利家と同じ十八歳。池田勝三郎恒興だ。一見すると痩身の姿からは軟弱な優男に見えるが、衣の下には日頃の鍛錬で磨かれた筋骨隆々の体軀が隠され、利家に負けず劣らずの荒くれ者として名を馳せている。

家中のとある重臣の三男坊が、眉目秀麗な恒興に許嫁を寝取られたことがあった。腹を立てた三男坊は、仕返しに痛めつけてやろうと五人の配下とともに夜道で待ち伏せた。六人がかりに油断もあったかもしれないが、恒興はこれを刀さえ抜かずに組み討ちで散々に叩きのめしてしまった。手足を折る大怪我をした者もいたが、多勢で挑んだにもかかわらず返り討ちにあった屈辱から、大事にすることはなかった。

「おい、勝三郎まで……」

そこまで言いかけながら、若者は恒興の視線の先を目で追い、口をつぐんだ。

こちらへ向かって、一人の年老いた農夫が、フラフラと覚束ぬ足取りで歩いてくる。目脂（めやに）で潰れそうな目はあらぬ宙を漂うように虚ろで、まるで死人のように光を失っていた。草鞋（わらじ）は脱げ落ち、裸足の爪先は泥に塗（まみ）れて血が滲んでいる。三人の表情が強張（こわば）った。視線が釘づけになる。

老夫が道端に倒れた。だらりと両手をおろしたまま、顔から地面に崩れ落ちる。グシャリといやな音が聞こえたような気がしたほどだ。そのまま身じろぎひとつしない。もはや息をしていないのは明らかだった。

程なくして、どこからともなく一人の老僧が現れた。死んだ老夫に負けず劣らずにみすぼらしい。法衣というより、黒いだけの襤褸布（ぼろぬの）を躰（からだ）に巻きつけているようにしか見えない。老僧は手を合わせて口の中で形ばかりの念仏を唱えると、たった今息絶えたばかりの老夫の亡骸（なきがら）に手をかけ、身ぐるみを剝（は）ぎ獲りはじめた。

金目のものなど持っていないだろう。あるはずがない。着物といっても雑巾にもならぬような薄汚れた粗末なものだが、奪う者にとっては値打ちなど関係なく、奪うという行為そのものが意味を成す。畜生の本能であり、生への執着であって、人間としての尊厳など微塵（みじん）もない。

「おい、坊主。てめえ、何しやがるんだ！」

若者は立ちあがり様に叫んだ。見ていられない。

老僧が振り返る。落ちくぼんだ目が、ギョロリと動いた。頭蓋骨が透けるほど痩（こ）けた頬肉のせいで、表情からはまったく感情が読み取れない。

「これは儂（わし）のものだ。お主らにはやらぬ」

奪われてはなるものかとばかりに、屍から剝ぎ獲った着物を胸に抱え込んだ。

「仏門に帰依（きえ）するものが、死人から物盗りか」

「ふんっ。この世はまさに生き地獄よ。もはや仏などあるものか」

僧侶にあるまじき言葉を平然と口にする。

「だからこそ、神仏の加護を求める者が世に溢れるんじゃねえのか。それを救うのが坊主の役目だろう」

「これは異な事を申す。お主らただの物乞いではないな。さては侍か」

若者の屈強な体軀を見てか、精悍（せいかん）な面構えから何かを感じたからか、老僧は表情に怒気を含ませ立ちあがった。

「だとしたらなんだってんだ」

「京より燃え広がった戦火は日の本を焼き尽くし、今や朝廷の権威も幕府の武威も地に落ちた。国が荒んでいくことを、どうすることもできずにおる。戦が続けば、苦しむのは一番弱い者たちだ。村では戦に駆り出された多くの若者たちが死に、働き手を失って耕地は荒れる一方だ。そこへ干魃や疫病が追い打ちをかけ、飢饉がさらに広がった。生きるためには穀物が必要だ。人々は生きるために掠奪を繰り返した。弱いはずの民が奪い合い、殺し合うのだ。まわりを見てみろ。これがお主ら侍の業により生まれた地獄だ」

老僧が言葉を吐き捨てる。

「俺たちのせいだっていうのか……」

若者が言葉に詰まった。老僧が、着物を抱えた腕に力を込める。

「侍たちが戦をやめぬからよ」

戦国の世は、弱き者がさらに弱き者から奪う。故に際限がない。暴力が暴力を産む連鎖だった。餓死の危機は、人々を戦場へと駆り立てる。食えなければ死ぬ。だから、殺してでも奪う。

戦場において扶持（ふち）や恩賞にありつけるのは、一握りの武士だけだ。大半を占める雑兵たちは武具も兵糧も持参を求められ、よほどの大きな手柄でも挙げない限り、恩賞はおろか兵糧さえ支給されることはない。その代わり戦場において、「乱取り」「分獲り」といわれる掠奪が許され、それが生きる糧（かて）となっていた。

農作物を刈り取り、武具や家畜を奪い、そして足弱（あしよわ）（女子供）を捕らえて奴隷にしては、市で売って金に換えたり、連れ帰って働き手とした。

戦場は勝者敗者の区別なく、ただひたすらに掠奪の限りを尽くすのだ。貧しき民は血眼になって戦場へ赴（おもむ）き、蝗（いなご）の大群が田の稲穂に群がり食い尽くすがごとく殺し奪い獲った。やがて戦場のみならず、それが日常になっていく。国土も民の心も、荒れ果ててしまった。

「たしかに、ここは地獄だ……」

若者は腸（はらわた）から絞り出すように、苦しげに言葉を漏らした。

「地獄ならば住むのは閻魔（えんま）や餓鬼どもだが、ここにいるのはただの民たちだ。この世は死んだ者のためにあるのではない。生きている者のためにあるのだ。故に、死んだ者から奪っておるのではなく、ただ引き継いでいるだけだ」

老僧はそう言い放つと、もはや若者には興味を失ったとばかりに、ゆっくりとした足取りで去っていった。小さな後ろ姿が砂埃の中に消える。

若者は呆然と立ち尽くした。後には、老人の裸の死体だけが残る。

打ち捨てられた骨と皮ばかりの屍に、突如現れた二匹の野犬が争うように飛びかかると、白く浮きあがった腹を食い破った。

二匹は互いに威嚇し合いながら貪り喰らう。引き千切られた臓腑から、白い湯気が立ちあがった。灰色の景色に、人肉の鮮明な紅色が際立つ。溢れ出る血潮。饐えた臓腑の匂いが風に乗って辺りに満ちた。

「引き継ぐだと」

若者の弟分の一人が、慌てて野犬を追い払おうと蹴りかかっていく。しかし、人の肉に味を占めているのか、唸り声をあげるだけで、逃げる様子はない。

「ふざけるな。こんなの許せねえ。俺は認めねえぞ」

吐き気がした。きつく握った拳の上に、熱い涙の雫がいくつも落ちる。

北風が止んだ刹那、幼子の泣き声がした。三人が同時に声のするほうに目を向ける。十間（約一八メートル）ほど先で、痩せ衰えた小さな女の子の首に、母親らしき若い女が泣きながら手をかけていた。

幼子の折れそうなほど細い首に食い込んだ母親の指に、次第に力がこもる。生への執着を失った子は、すべてを諦めたように母親をじっと見つめ、その身を委ねて為されるがままだ。すぐに泣き声さえも失った。

「お、おいっ、よせ！」

若者は叫んだが、砂埃を孕んだ寒風にさえぎられ、母親の耳には届かない。いや、届いていても、もはや正気を失っているのだろう。

粗末な着物の袖から伸びた母親のか細い腕に、干からびた皮の下の腱が浮かびあがる。懸命に力を振り絞っていた。我が子にできる最後の情けとばかりに、少しでも苦しむ時を短くしてやろうとしている。母親の目からは、もはや涙さえ出ない。

若者が飛び出していこうとするのを、恒興が背後から羽交い締めにして止めた。

「殿、堪えなされ！」

「馬鹿！　勝三郎、放せ！　なぜ、止める！」

「今日をしのいでも、あの親子に明日を生きる術はございませぬ。情けはかえって苦しみを長引かせるだけ」

「ならば、明日も手を差し伸べればいいじゃねえか。それくらいの銭ならある」

「明日を生き長らえたとして、明後日はいかがいたしますか」

「明後日も助けてやる」

「ならば明明後日は」

「明明後日もだ。その次の日もその次の日もだ！」

「それであの子一人は救えるでしょう。しかし、他にも飢えた民は何千何万とおります。すぐに我が家の倉はからっぽになります」

「それがなんだ！　尾張には清洲（きよす）や那古野（なごや）のような豊かな城下町があるではないか！　支配が行き届いて治安が良く、街道の要所として人が集まっているのはなんのためだ！」

　利家も口を挟む。

「たしかに殿の言うとおりだ。熱田（あつた）や津島（つしま）みたいに神社が元締めとなって市を抱える門前町もあるじゃないか！　熱田は伊勢湾の、津島は天王川の湊町（みなとまち）として栄えている。銭なんぞ、あるところからいくらでもふんだくればいいんだ！」

恒興は大きく首を左右に振った。

「だが、農村まではそんな恩恵も届きませぬ。とくに国境では度重なる戦と飢饉により、どの村もひどい有様です。餓死した屍が弔われることもなく、犬畜生のように野ざらしにされているのを、殿だって目にされたばかりではありませぬか」

肥沃な耕地が多い尾張は、それでもまだ良いほうだった。他国に目を向ければ、今日を生きることさえままならぬ民が世に溢れていた。目の前の親子に手を差し伸べることはできても、日本中の何千何万という飢えた民は救えない。

「そんなことはわかっている……」

わかっていてもどうすることもできない。どうしていいかもわからない。

それでも目の前の一人の幼子を助けてやりたかった。恒興に掴まれた腕を全力で振り払う。血が滲むほどに歯を食いしばり、拳を強く握った。

「……わかっているが、それでも俺は助けたいんだ！」

しかし、その言葉が終わるか終わらぬかというちに、幼子の首が折れた。

身を切るような風が、母の薄い躰を揺らす。母は声ひとつあげずに、まるで石になったかのように、じっと我が子を見つめていた。

灰色の景色が、さらに色を失っていく。

「これが世というものです」

背後で恒興がつぶやいた。その声にも無念さが滲んでいる。

「ふざけるな。こんなの誰が決めたんだ。神か、仏か。誰だろうが納得できねえものはできねえ。教えろ。俺はどうすればいい」

己の力を思い知る。熱き涙が頰を伝い落ちた。

「どうにもなりませぬ。殿がどんなに思いを滾らせようとも、民は次々と死んでいく。それが今の世です」

恒興の目にも涙が溢れている。利家など、目も鼻もぐちょぐちょに濡らしていた。

「だめだ。俺は認めねえ！　こんなの認める訳にはいかねえぞ！」

二

幼子を殺したばかりの母親の肩に手をかけ、割って入った者がいた。

麻の筒袖に括袴を穿き、頭には烏帽子を被って脚には脚絆を巻いている。物売りのようだ。母親の枯れ枝のような骨と皮ばかりの手首を摑んで、引き離そうとした。子供の腕がだらりと落ちた。

「おいっ、何をやってるんだ！」

寒風が吹き荒んでいるというのに、柔らかな艶のある声音が耳朶に心地よく響く。

（女か）

男のような身なりをしているが、声を聴けば女だとわかる。まだ若い。先ほどから涙を拭おうともせずに立ち尽くす若者より、せいぜい六つか七つ年上なくらいだ。

黒真珠のような深い輝きを放つ大きな瞳。自己主張が強そうな細く尖った鼻。深紅に濡れた薄い唇。よく見れば、息を吞むほどに流麗な顔をしている。

「馬鹿なことを。何も己の手にかけずとも……」

子供が事切れている様子に、女が悔しそうに顔を歪めた。子供は母の胸に抱かれ、まるで眠っているかのように穏やかな顔をしている。

「……畜生でさえ己の子は殺さぬものだ。子を思う気持ちがあるなら、なぜ最後の最後まで抗わぬ」

女の激しい言葉に、母親は狂ったように泣き崩れた。痩せ細った小さな背中が小刻みに震える。この哀れな母親を、これ以上誰が責められようか。

　女が従者の男に言って、握り飯を取り出させると、母親にわたした。

　母親は呆けた表情のまま、冷めた握り飯を子供の口元へ運んだ。もはや子供の口が動くことはない。女が歯を食いしばって、母子の姿を見つめていた。

　乾いた風が砂埃を巻きあげる。

　女は五人の屈強な男を従えていた。腰に刀を差し、眼光鋭く一分（いちぶ）の隙も見せない。男たちがそれぞれ引いている馬の背には、麻袋や大鍋が積まれていた。

（馬借（ばしゃく）か）

　馬借とは馬の背に荷をかけて運ぶ運送業者のことだ。

　初めは百姓が農閑期に糊口（ここう）をしのぐために行っていたものだが、物流の発達とともに次第に需要が高まり、商いとして身を立てる者が出てきた。治安の悪いこの時代では荷駄を狙う山賊や悪党が後を絶たず、馬借の側も対抗するために武装して徒党を組むようになっていた。

　女の従者たちが馬から麻袋や大鍋をおろすと、炊き出しの支度をはじめた。握り飯も山ほど用意されている。腹に染み入るような飯の甘い匂いが辺りに広がった。

それに気づいた百姓たちが、いったいどこから湧いてきたのかと思うほどに次々と集まりはじめた。

「いきなり掻き込むと命にかかわるぞ」

声をかける女の言葉も耳に入らぬようで、百姓たちが我先にと握り飯を奪い合う。すでに三十人を超えていて、さらにどんどん増えていく。同じ村の民同士なのに、今にも殺し合いがはじまりそうな勢いだ。飢えは人を人でなくす。

「米や稗、粟をたっぷり持ってきている。すぐに雑炊を作るから慌てなくてもいい」

女が幾度も大声を張りあげ、農民たちに冷静を呼びかけた。

女が立ち尽くす三人の姿に目を留める。

「お前たちも食え」

施すのが当たり前だというように声をかけてきた。

「いや、俺たちはいらん」

「なんだ、物乞いのくせに、施しを受けぬというのか。おかしなやつだな」

「お前こそ、女のくせに男のような格好をしおって」

従者の一人が割って入り、

「控えよ、吉乃様に無礼であろう」

凄みをきかせた声で一喝すると、三人を睨みつけた。身なりはきちんとしているが、身に纏う気は尋常なものではない。利家が前に出て、従者を睨み返した。

「破落戸どもが、貧しい村人へのせめてもの罪滅ぼしか」

「なんだと！」

吉乃と呼ばれた女が顔を強張らせ、声を荒らげる。が、その声は乱暴な物言いとは裏腹に、胸に染み入るほどに澄んでいた。あえて男のような格好や言葉遣いをするのには、どうやら訳がありそうだ。従者たちの顔つきからしても、元は素性も怪しげな輩ばかりなのは一目瞭然だが、馬に積まれた米や雑穀の量を見れば、馬借としてかなりの力を持っていることは察しがついた。

「素直に握り飯を受け取れ。食わねば死ぬぞ」

吉乃がすっきりと形の良い顎をしゃくる。見れば見るほど美しい。しかし、若者はまったく気にするふうもなく、強い光を放つ目をまっすぐに向けた。

「腹は減ってねえ。それより、少しでも多くをあの者たちに分け与えてやれ」

吉乃の表情が変わる。三人とも物乞いにしか見えぬようなみすぼらしい姿にもかかわらず、山と積まれた握り飯にもまるで興味を示さない。改めて目を向ければ、見え隠れする手脚の筋肉は鋼のように逞しかった。

「お前ら百姓ではないな。さては戦で主をなくした浪人か。いいから、とにかく食え。すぐに粥を炊くから、百姓たちの分は充分にある」

半ば無理矢理に、若者たちに握り飯を押しつけた。若者は仕方なく受け取った握り飯を頬張る。柔らかな甘みが、たっぷりと口中を満たした。

「うまいな」

「だろう。握り飯を食えば、誰もが笑顔になる。これが人の世の幸せというものだ」

吉乃は頬を緩めると、従者たちが炊き出しの支度をしている姿を目で追った。

「握り飯が、人の世の幸せか」

若者は手にした握り飯に、大きく口を開けてかぶりついた。

「丁度良い。お前たちに聞きたいことがある。この辺りで、上総介（かずさのすけ）様を見かけなかったか」

上総介とは織田上総介三郎（さぶろう）信長といい、この尾張の地を領する織田弾正忠家の若き当主だ。吉乃は信長を探しているという。三人の表情が引き締まる。

「なぜ、上総介様を探しているのだ」

若者が問い返した。

「決まっている。首を獲るのだ。聞けば、信長は大うつけと呼ばれているらしいな。ならば、たいした輩ではなかろう」

上総介様から信長に変わっている。

「諱を呼ぶとは、大層恨みが深いとみえる」

この時代、諱を呼ぶことなどまずあり得ない。諱は忌み名とも書き、生前に口にすることをはばかった。あえて使うときは侮蔑の意がこもっている。

「恨みなどない。だが、信長の首は獲らねばならぬ」

「そりゃ、道理に合わねえだろう」

「道理ならあるぞ。信長が、からっぽだからよ」

そう言いながら、吉乃が己の頭を指で差した。うつけとは、「からっぽ」を意味しており、愚鈍な人物や常識外れな行動をする人物に対する蔑称だ。

「からっぽとは、少し言い過ぎではないか」

吉乃が腰の刀に手をかける。

「言い過ぎなどであるものか。足りぬくらいだ。いいか。お前たちのような浪人が物乞いまでしなければ生きてゆけぬのも、すべては戦続きの乱世のせいだ」

「それが信長とどう関係がある」

「国が乱れるのも、治める者がからっぽだからよ。国造りの先の姿が見えぬ」

吉乃の視線の先には、己の手で我が子を縊(くび)り殺したばかりの母親の姿があった。美しい眉が左側だけ吊りあがり、澄んだ声に怒りが滲む。

吉乃が尾張の現状を憂うのも、もっともなところがあった。

かつて尾張の地を治めていた守護大名の斯波(しば)氏は、足利(あしかが)将軍の有力一門であった三管領(さんかんれい)の筆頭として細川(ほそかわ)氏や畠山(はたけやま)氏にも勝る権勢を誇っていたが、室町幕府の衰退とともに次第に勢力を失っていった。

尾張を預かるはずの守護代家を世襲してきた伊勢守(いせのかみ)を名乗る織田宗家も在京したために、織田一族である織田大和守(やまとのかみ)家に領地支配をまかせていた。が、応仁の乱が勃発すると織田伊勢守家と織田大和守家の両家は激しく対立した。

乱の後、幕府の介入により和睦した両家は、尾張八郡のうち、北部にある丹羽、葉栗、中島、春日井の上四郡を織田伊勢守家が、南部にある海東、海西、愛智、智多の下四郡を織田大和守家がそれぞれ守護代として分割統治することとなった。

　肥沃な地で石高が高い。陸路海路ともに東西をつなぐ交通の要所でもあった。二つに割ってもなお魅力のある所領だ。守護の斯波氏も京都から尾張の清洲城に入城し、その後、半世紀にわたり三つ巴の体制が続いたが、駿河の今川氏による再三の侵攻により次第に勢力が衰えていった。

　この機に武をもって台頭したのが、織田大和守家の三奉行の一人に過ぎなかった織田弾正忠家の棟梁、織田備後守信秀だった。傀儡になりつつある守護斯波家の陣代として、守護代両家を脅かす存在となった。その信秀が四十二歳で病により急逝し、若き嫡男信長が家督を継いだのが、二年ほど前のことだ。

「いいか、信長がどれほど大うつけか、教えてやろうか」

「おもしろい。聞かせろ」

　吉乃は興が乗ったときの癖なのか、桜の花びらのような淡い色の指先で鼻の下を擦ると、目を見開いて話しはじめた。

「備後守様の葬儀は、萬松寺に三百人を超える僧侶を招いて、それは盛大に執り行われたそうだ。だが、このとき信長は、あろうことか己の父の葬儀に遅れて姿を現した。とんでもない奴だろう」

「たしかに」

若者が笑みを浮かべて頷(うなず)いた。恒興がその顔に視線を走らせる。

「しかも長柄(ながえ)の大太刀と長脇差を藁縄(わらなわ)で腰に括り、髷(まげ)を茶筅(ちゃせん)の形に結いあげて袴も穿いていないという葬儀どころか武士にあるまじき出で立ちで、おまけに抹香(まっこう)を鷲掴みにして位牌に投げつけると、周りが止めるのも振り切り、そのまま中座するという無礼まで働いている。まさしくもって大うつけだ」

「しかし、なんでそんなことをしたんだ」

若者の意を汲むように、恒興が尋(たず)ねる。

「それは信長が嫡男にもかかわらず、喪主を弟が務めることになって拗(す)ねたんじゃねえか。喪主を弟にしたのは、母である土田御前(どたごぜん)様とのことだ。まあ、信長は重臣たちの評判がすこぶる悪いらしいからな。それも致し方あるまい」

「信長は、そんなに嫌われているのか」

若者が言葉を重ねた。

「ああ、最悪だ。もはや家中に味方はおらん。葬儀の一件のみならず、かねてから老臣たちを顧みず、大勢の悪童らを子分として引き連れては熱田や津島の街を奇妙な出で立ちで練り歩くような大うつけだ。子分として付き従うのはいずれも四男五男といった冷や飯食いのあぶれ者ばかりで、それも士分のみならず商人や百姓の子弟も少なくない。領地の内外問わず縦横無尽に山河を駆けめぐり、弓槍や馬術、水練、相撲などに明け暮れている。おまけに種子島（たねがしま）という怪しげな武器を大量に買い込み、子分たちと的を撃って遊んでいるとも聞く。先代から仕える老臣たちは事あるごとに苦言を呈するらしいが、当の信長は一向に聞く耳を持たないそうだ」

「大うつけか」

若者が、フンッと鼻を鳴らした。

「そうだ。これでは三代にわたって繁栄した織田弾正忠家も、器量なしの棟梁によって滅びかねねえ。長きにわたって干戈（かんか）を交えてきた美濃斎藤（さいとう）家の姫を娶（めと）ったことに胡座（あぐら）を掻き、近頃では国境のこの地で呑気に子分どもと遠乗りや戦ごっこの三昧（ざんまい）だ。道三（どうさん）入道の奸計（かんけい）とも知らずに遊び惚（ほう）けている暗愚の若造が領主でいるから戦がなくならねえんだ。放っておいてもいずれは道三入道か今川あたりに討たれるのは疑うべくもない。ならばいっそ早めにその首を獲って、美濃に持参し、斎藤家に尾張も所領としてもらったほうが民のためにもなるというものだ」

話しているうちに気が昂ぶってきたのか、頰が微かに紅潮している。

それにしてもいくら混沌を極める尾張とはいえ、今や守護代家をもしのぐ勢いを持つ織田弾正忠家の棟梁の首級を獲るとは、尋常な了見ではない。口にすることさえ恐ろしいことだ。吉乃は、よく見れば人目を惹くほど整った顔立ちをした女子だが、男勝りの荒れた言葉遣い以上に、大胆な性根をしているようだった。

伊達や酔狂ではない。本気で信長の首級を獲る気でいる。

炊き出しをするのに男の出で立ちをして、見るからに手練れの従者を連れているのも、信長を討つ機会を狙ってのことだと察しがついた。

「信長の首を刎ねれば、戦はなくなるか」

「そりゃあ、決まっている。国と国が奪い合うから戦になる。どちらかがなくなれば、奪い合いなど起こらねえだろう。炊き出しでも一時は民の命をつなぐことができるが、あくまでその場しのぎに過ぎねえ。真に民を助けるには、戦をなくすための根本に手を打たなければならぬ」

「どうすればいい」

吉乃が深く息を吸い、まっすぐに胸を張った。

「すべての国がなくなれば世は平和になる」

若者が凍りついたように、躰を止めた。やがて、瞳に強い光が宿る。

「ふふんっ。たしかに理に適って(かな)いる。おもしろい。ならばこの日の本から尾張以外のすべての国をなくせば、極楽浄土のような静謐(せいひつ)が訪れるという訳か」

「それはありえねえな」

呆れて物が言えないとばかりに、吉乃が大きくため息をついた。

「なぜだ。国と国が奪い合わねば、戦がなくなるのではないのか」

「そりゃそうさ。だけど、そんなことをできる者がいない。すべての国をなくすことなど、誰にもできぬ。神や仏でも無理だ」

「神や仏でもか」

何を思いついたのか、若者の目は猫の夜目のように爛々(らんらん)と輝きを放っている。

「当たり前だ。だからいくら神仏を崇め(あが)ようとも、この世から戦はなくならねえんだ。できるのは、せめてこの尾張の国に束の間の平穏を得ることぐらいなものだ」

「尾張だけか」

「仕方ねえんだ」

吉乃が切れ長の目をさらに細めるようにして、悔しそうに唇を噛んだ。

「なるほど。ならば、信長の首を刎ねるか」

若者は手刀で己の首を掻き切る真似をして、さも愉快そうに相好を崩した。若者の目がさらに強い輝きを放つ。背後の二人は、惚けたような顔であんぐりと口を開けたままだ。


風が変わった。荒れた川面のごとく揺れていた笹の葉が、激しく流れを変える。尋常ではない殺気が、肌を舐めるようにまとわりついてきた。

目の前の藪の中から、風体の良くない輩が次々と飛び出してくる。どの男からも卑しく残忍な匂いが漂う。総勢で、五十人は超えた。

手には抜き身の刀や手槍が見える。刀はどれも錆びているし、槍は足軽用に量産された数物ばかりで、おそらく戦場で屍体から盗んだものだろう。

「ひぃいいいっ、化け物だぁ」

ぬうっと最後に現れた首領と思しき大男を見て、百姓の一人が腰を抜かした。

驚くのも無理はない。身の丈は優に六尺五寸（約一九七センチ）を超えるほどで、表情さえわからぬほどの髭（ひげ）に覆われた顔から、ギョロリとした黒目で周囲を怠（おこた）りなく見渡している。歳はまだ三十に満たぬようにも見えるが、その強面（こわもて）から本当のところは窺（うかが）い知れない。どこで手に入れたのか、大ぶりの十文字槍を、まるで赤子の玩具（おもちゃ）のように片手で激しく振りまわしている。

他の者たちも誰も彼も違わぬ悪相だった。間違いない。山賊だ。目当ては馬と米俵、それに女たちであろう。捕まえた女たちを奴隷として市で売るのだ。

野獣のごとき首領の咆哮（ほうこう）とともに、山賊たちが一斉に百姓に斬（き）りかかった。

「奪え！　奪い尽くせ！」

「うわぁああ！」

男には用がないようだ。一寸の躊躇（ためら）いもなく斬殺していく。

百姓の一人が、背中から袈裟懸（けさが）けに右の肩から左の腋（わき）へかけて、一刀で斬りさげられる。真っ赤な血潮が噴きあがり、上半身だけが滑り落ちた。ドサッと音がした後、遅れて下半身が引っ繰り返る。

握り飯に群がっていた百姓たちが、蜘蛛（くも）の子を散らすように逃げ出した。中には足を引きずるようにしている者もいるし、慌てて転ぶ者もいる。手を合わせて慈悲を乞う百姓たちを、山賊たちは顔に笑みさえ浮かべながら、容赦なく殺していった。

首領の大男が十文字槍を大きく薙ぎ払うと、逃げ惑う三人の百姓の首が三ついっぺんに吹き飛んだ。頭を斬り落とされたことに気がつかないのか、三体の首無しの躰がそのまま数歩ほど駆けてから、その先で次々と倒れていく。

さらに別の百姓の躰を貫くと、そのまま軽々と片手で頭上高く持ちあげた。信じられないような怪力だ。串刺しにされた百姓は、口から大量の血を吐きながら、全身を痙攣させて激痛に呻いている。首領が軽々と十文字槍を振るうと、百姓は三間半（約六メートル）ほど吹っ飛んで絶命した。

「おらおら、皆殺しだ！」

山賊たちによる殺戮や乱暴が続く。男は殺され、女子供は殴られて捕らえられた。

「おい、女。こっちへ来い！」

永楽銭を左目に留めた片目の山賊が、刀を振りまわしながら、年若い女の髪を摑んで引き摺っていく。

「いやあっ、放して」

女は必死になって手足を振りまわして暴れた。女の抗う力が思いのほか強いことに苛立ち、

「ええい、糞っ。だったら死ね」

山賊は手にした刀で躰を刺し貫いた。女は口から霧状の血を吹いて倒れる。

「やめろーっ！」

吉乃の大絶叫が響いたときには、すでに女は絶命していた。

「てめえ、ぜってぇに許さねぇ」

吉乃が目に涙を滲ませ抜刀する。続いて、従者たちも一斉に刀を抜き連ねた。

吉乃が山賊を睨みつける。激しい怒りに黒髪が逆立った。

女子にもかかわらず、少しも怯む様子はない。切っ先でピタリと相手の喉元を捉えて堂々と構える姿からは、むしろ凄みさえ感じられた。

「なんだ、こいつ。よく見れば女かよ」

「だから、どうした」

「ひひひひっ。姉ちゃん、可愛がってやるぜ」

「可愛がるとはどういうことだ」

「そりゃ、おめえ……、えっ、なんだ」

男の手から刀が落ちた。慌てて拾おうと腰を屈めて手を伸ばしたが、一向に刀を掴むことができない。落ちたのは男の手首ごとだった。

吉乃の構える刀から、微かに血が滴っている。小鳥が羽ばたくようにひらりと払った太刀捌(さば)きがあまりに早く、男は自分の手首が斬り落とされたこともわからずに、必死になって刀を拾おうとしていた。

「あれ。なんで」

手首から先がなくなっていることに気づく。その刹那、大量の血が噴き出した。

「ひぃいいいっ、畜生！」

男は左手で己の手首ごと刀を掴むと、吉乃に向かって斬りかかった。

今一度、吉乃の刀がきらめく。男の頭が地面に転がった。頭を失った胴体が、派手に血飛沫(ちしぶき)を撒き散らしながらひっくり返る。

「おい、この姉ちゃん、なかなかやるぞ」

舌舐めずりをするように、山賊たちが取り囲んだ。どの者も反吐が出るほどの下卑た薄ら笑いを浮かべている。狒々(ひひ)か猪か、獣の毛皮をまとった丸顔の男が、手にした刀を頭上で振りまわしながら前へ出た。

「惜しいのぉ。こんな別嬪、殺すにゃ忍びねぇ」

「案ずるには及ばぬわ。てめえは終わりだ」

吉乃が上段から渾身の力を込めて刀を振りおろす。

山賊の丸顔が、脳天から喉元まで真っ二つに斬り割られた。

それを見た山賊たちが叫喚した。仲間の死に怖じ気づくどころか、むしろ気勢があがっている。楽しんでさえいるようだ。常日頃から殺戮に染まることで、もはや生への執着など微塵も持ち得ない。

次々に躍りかかってくる。吉乃を守ろうと、従者たちも挑みかかっていった。

近くで見ていた利家が、

「殿、如何に」

大声をあげる。もともと気性が荒く喧嘩っ早い。女子供に手をあげる輩には我慢がならない侠気も強く、吉乃のような美女が山賊に襲われていることに居ても立ってもいられない様子だ。むしろこの男にしては、よく我慢したほうだ。

恒興も若者の顔を覗き込む。躰は前のめりになっていた。

「決まってらぁ！」

若者は、すでに駆け出していた。

「あっ、ずるい」

すかさず利家が後を追う。いつもなら真っ先に飛び出していく利家だが、このときばかりは後れをとった。

若者が、山賊の一人の背中を力一杯蹴り飛ばす。よろけた山賊から刀を獲りあげると、一瞬のもとに胴を薙いだ。

太刀筋が早過ぎて、刀身が空気を裂く音が後から遅れて聞こえる。

「ぐぅはぁあああっ！」

腹からこぼれた臓物が、灰色の湯気とともにドボドボと地面に落ちていく。山賊は両手で臓物を掻き集め、腹に押し込もうとしていた。その首を一刀両断に斬り落とす。頭から返り血を浴びた若者が振り返りながら、

「又左、遅いぞ！」

大きな目をさらに見開き、天に抜けるほどの大音声（だいおんじょう）で叫んだ。

後に続く利家と恒興も、それぞれ刀や槍を奪い獲ると、目にも留まらぬ早業で

次々と山賊たちを斬り伏せていく。

三人とも驚くほどに強かった。荒鷲が羽ばたくように軽やかで素早い太刀捌きにもかかわらず、振るう一太刀は猛虎が牙を剝くように豪然としている。吉乃やその従者たちも腕は立ったが、比ではなかった。

「な、なんだ。お前たち……」

吉乃の声が裏返っている。先ほどまで物乞いかと思うほどに素性の知れぬ怪しげな三人が、いきなり助太刀をしてきたかと思えば、次々と山賊たちを斬り伏せているのだから無理もない。

三人は、まるで呼吸をするかのように平然と剣を使った。命の取り合いに慣れていた。その中でも殊更に若者の動きが激しい。刃向かってくる山賊たちに、罵声を浴びせながら豪快に飛びかかっていった。刀槍がきらめく。血飛沫が噴きあがった。刃のこぼれた刀で山賊の頭蓋骨を叩き割る。脳漿が飛び散った。

「ぬぅおおおおおっ！」

躰ごとぶつけるように間合いに入り、抉り抜くように刀を突き出した。山賊二人の躰を深々と同時に貫くと、大量の返り血に顔中が赤黒く染まった。

若者が血に塗れた刀を乱暴に肩に担ぐと、鬼神のごとき憤怒の形相で、山賊たちを制するように睨みつける。

「このまま退けぇ！　たったひとつの命だ。無駄にするんじゃねえ！」

雷鳴のごとき怒号が響きわたった。四方千里にとおるほどの大声量だ。その勢いに気圧され、山賊たちが後ずさりながら囲みを解いていく。人ではないものを見るかのように、どの顔にも怯えの色が広がっていた。

「どけっ、俺がやる」

首領が前へ出てきた。擦り切れた小袖から剝き出しになった丸太のように太い腕や脚は、黒光りする剛毛に覆われ、まるで餌を求めて里に彷徨い出てきた熊のようだ。手甲や脚絆は武者鎧のものではなく、獣の革で作られたものだった。十文字槍を軽々と片手で振りかぶる。

「若僧、やるな。ただの物乞いじゃなさそうだ。どうだ、俺たちの仲間にならねえか。その女の首を獲って米と一緒に持ってくれれば、命を助けてやってもいいぜ」

「あの米は、百姓への施しだ」

「俺たちが見つけた米だ！」

熊の雄叫(おたけ)びのような怒声をあげる。風が止まり、地が震えた。しかし、若者も負けていない。

「百姓は飢(う)えている。あの米がなければ、明日を迎えられねえ」

「飢えているのは我らも同じだ。だから奪う」

「奪い合えば、いくらあっても足りなくなる」

「ならばまた奪えばいい」

「奪うのではない。分け合えばいいのだ」

「分けるだと」

「そうだ。俺と争えば、どちらかが死ぬぞ」

首領の口元が緩む。首根のあたりを左手で擦りながら、大声で言い放った。

「負ければ首が飛ぶか。だが、どうせ奪わねば飢えて死ぬ。誰も分けてなどくれぬ。だから、生きるために奪うのだ」

「どうしてもやるか」

「無論のことよ」

「最後に訊(き)いておく。名をなんと申す」

首領は若者を見おろしながら、不敵な笑みをこぼした。

「ふんっ。俺の十文字槍を前にして、大した度胸だな。良かろう。その小賢(こざか)しい顔を斬り刻む前に、冥土(めいど)の手土産(てみやげ)に教えてやる。俺の名は、葉栗の可成(よしなり)だ。いくぞっ」

可成が素早く踏み込みながら、激しく十文字槍を振りおろしてきた。

若者は身を躱(かわ)し、斬撃を避ける。それでも、凄まじい風圧がきた。それだけで躰が吹き飛びそうなほどだった。

「葉栗だと」

続いて穂先が襲いかかってくる。刀で受けるが、大岩のように重かった。見れば、十文字槍の柄は黒光りする鉄で覆われていた。道理で衝撃が重い訳だが、そんなものを軽々と振りまわしている可成の剛力は尋常ではない。

「それがどうしたのだ」

可成は息ひとつ乱さず、十文字槍を振りあげる。

「葉栗は尾張と美濃の国境の村だ。両国の本城からも遠く離れ、激しい戦が繰り返された地獄の果てだ。葉栗の生まれというだけで、お前がどれほどの辛苦(しんく)を味わってきたか」

「なんだと。お前に俺の何がわかる」

「たしかに、わからねえかもしれん。だが、戦がお前から何を奪ったか、俺はわかりたいと思う」

「ほざくな！　お前は坊主か。抹香臭(くせ)え情けなど反吐が出るわ」

　再び穂先が叩き込まれてくる。受けた刀を握る手が衝撃にしびれた。若者は両脚で大地を踏み締め、歯を食いしばって堪える。足が地面にめり込んだ。

　可成が滅茶苦茶に打ってくる。耳をつんざくほどの金属のかち合う音。火花が散り、焦げた匂いが鼻をつく。凄まじい殺気だった。全身に鳥肌が沸き立ち、怯みそうになる気持ちを必死で押さえ込む。槍の刃先が頬を擦った。わずかに遅れて鋭い痛みが襲ってくる。血の臭いが鼻腔(びこう)を刺激した。

　腕は五分と五分。しかし、そうなれば体格の差が物を言う。

　若者も五尺半超え（約一七〇センチ）の体軀を持ち、この時代の男では大きなほうだったが、可成はさらに頭ひとつほど高く、まさに見おろされるようだった。

「よせ。やめろ」

「今さら命乞いか」

「違う。可成よ、俺に力を貸せ」

「子分になれと言うのか」

「子分ではない。仲間だ」

「戯けたことを申すな」

「俺は本気だ。糞ったれの世をぶち壊す！　戦のない世を造るんだ！」

「そんなことができる訳ねえ。生きるために奪う。奪うために殺す。それが世の理よ。生きるためには仕方ねえんだ」

可成の顔が修羅のごとく怒気に満ちる。

さらに激しく攻め立てられた。視界の端に利家と恒興の闘っている姿が見える。どちらもそれぞれ七、八人ほどに囲まれ、さすがに防戦に手間取っていた。元よりその気はなかったが、これでは助けは見込めない。

闘うしかない。前へ進むしかない。仕方なく、全力を振り絞って打ち込んでいく。二度、三度、四度。しかし、どの太刀も軽々と片手で跳ね返された。

「憎しみを生み出すのが人間なら、それから救うことも人間にできるはずだ。人がはじめた戦なら、人に終わらせられぬ道理はない」

「馬鹿なことを抜かすな。虚言を弄するにもほどがある」

「たしかにな。俺は大うつけと呼ばれておるわ」

さもおかしそうに相好を崩すと、キラキラと瞳を輝かせながら可成を見据えた。

とても命のやり取りをしている場とは思えない。

「何、大うつけだと。若僧、名はなんと申す」

可成の顔つきが変わった。

「名などどうでもよい」

「いい訳がなかろう。年若いのにそれだけの手練れだ。少ないが供も連れている。落ちぶれた身なりは仮の姿で、本当は物乞いなどではなかろう」

「ふん。山賊ごときにわかるのか」

「当たり前だ。物乞いは己が生き長らえるためならばどんなことでもするものだが、他人を助けるために命を張ったりなどはせぬ。それができるのは、生きることに誇りを失っていない者だけだ」

「誇りか。ならば、お前はどうだ」

「俺か。俺はだめだ。誇りなど、生まれたときから持ちあわせておらぬ」

「俺にはそうは見えねえぞ」

「だから、戯けたことを申すなと――」

「なあ、可成よ。奪い合わずとも生きていける世を造ってみねえか」

「くどいわ。そんな世なんぞ、造れるものか！」

「やろうとして、できぬことなどない。できぬのは、やろうと思わぬからだ」

「うるせえっ！　黙れっ！」

可成は両目を血走らせて大声で叫ぶと、大地を砕き破るほど力強く踏み込んできた。打ち振るわれた十文字槍を刀で跳ね返そうとしたが、もの凄い膂力で押され、勢いで二の腕を切られた。

血が噴き出す。躰が熱かった。激痛に腕が痺れる。傷は浅くはない。それでも足を踏み出し、さらに前へ出る。逃げない。逃げたくない。

流れた血でヌルヌルする手に力をこめ、刀の柄を握り直した。が、手にした刀は折れ曲がっていて、もはや使い物になりそうもない。

死の恐怖が迫る。そのとき、先ほど幼子を縊り殺した母親が、ふらふらとよろめきながら二人の間に歩み出てきた。

「ほーら、握り飯をお食べ」

笑みさえ浮かべながら死んだ我が子を抱いて、命の取り合いの狭間に踏み込んできた母親の目には、狂者の妖しさが色濃く浮きあがっている。

「よせ！」

若者が叫んだときには、もはや手遅れで、振り下ろした可成の十文字槍の穂先が、母親の首元から胸までを深く斬り裂いていた。幼子を強く抱き締めたまま、母親は膝から崩れ落ちる。悔しかった。許せなかった。何も彼もが悲しかった。

クワッと瞳孔が開く。躰中の血が沸き立った。

「ぬぉおおおおっ！　糞ったれじゃあ！」

丹田から湧きあがる怒濤のような怒りが、燃え盛る火砕流のように一気に口から大声となって噴き出した。

腰をため、渾身の力で白刃を叩きつける。可成の十文字槍が弾け飛ぶと、十間（約一八メートル）ほど先の地面に突き刺さった。若者はそれを目で追いかけながら深く息を吐き、躰から力を抜く。十文字槍を失った可成の動きが止まった。起きたことが信じられぬとばかりに、己の両手を見つめ、

「やめた、やめた」

両腕を組むと、ドカッと地に胡座を掻いた。それを見た山賊たちは一目散に逃げてしまい、可成だけが取り残された。

「子分たちに見捨てられちまったようだな」

ざまあみろと言わんばかりに、利家が刀の刃先を喉元に突きつける。恒興や吉乃たちも集まってきた。馬借たちは激しく肩で息をしている。

「奴らは子分なんかじゃねえ。戦場で知り合い、村を襲うのに都合がいいから徒党を組んでいただけだ」

ギョロリと目をめぐらせ、睨み返してきた。命乞いをするつもりはないらしい。山賊どもを束ねるだけあって、肝は据わっている。

利家がその首を刎ねようと刀を振りあげた。

「いくぞ、覚悟！」

首を落としやすいように、可成が両手を膝に置いてうつむく。利家が渾身の力を込め、刀を振りおろした。その刹那、

「又左、待て！」

若者が大声をあげて止めに入った。すんでのところで、刀が止まる。あと一寸（約三センチ）ほどで、刃が可成の首に食い込んでいただろう。

「なぜ、止めるんだ！」

吉乃が悲鳴のような声で難じた。視線の先には可成に殺された母親の姿があった。

「この男は殺さねえ」

「馬鹿を言うな。さっさとそいつの首を刎ねろ。さもなくば、オレが殺す」

「やめろ！」

刀を振りあげた吉乃の前に、若者が立ちはだかる。

いぶかしげに二人のやり取りを見ていた可成が、

「若僧、情けは無用だ」

吐き捨てるように言い放った。

「情けではない」

「ならば、なぜ殺さぬ」

「あれを見ろ」

若者が指差したのは、山賊たちに殺されたばかりの三十人ほどの農民の屍だった。

そのうちの幾人かは可成の手にかかった者たちだ。

「殺して何が悪い。俺たちは戦ですべてを奪われたんだ。だから、俺たちも奪う」

まったく悪びれる様子もない。

「たしかに糞みてえな世だ。だがな、お前たちが殺したあの者らにも、日々の営みがあったんだ。畑を耕し、飯を食い、子を育てていた。喜びも怒りも哀しみも楽しみも、みんなそれぞれに暮らしがあったのに、お前たちがそれを奪ったんだ」

「笑わせるな。今どき、坊主だってそんな説教臭いことは言わねえぞ。どうせこんな地獄のような世の中だ。生きてたって、何ひとついいことなんてねえ。俺たちが殺らなくても、どうせ明日には別の奴に殺されていたさ。運良く明日を生き延びても、明後日には餓死している」

「それでもあの者らを殺す道理はない」

「人を殺め、掠奪に明け暮れるのも、そうせねば生きていけないからだ。民を飢えさせ、奪わねば生きられない世にしたのはいったい誰だ」

若者が地に膝をつき、可成の両肩をしっかりと摑んだ。

「奪わねば、生きられぬ世など糞食らえだ。そんな世なんていらねえ！」

「な、なんだと……」

若者が歯軋(はぎし)りして悔しがる。目には涙さえ滲ませていた。

可成は、まるで不思議な生き物でも見るかのように目を見開く。先ほどまで命のやり取りをしていた男が、今は童のように己の胸懐を無防備にさらしていた。

「俺がだらしないから……、俺に力がないから……、あの者たちをこんな目にあわせちまった。何もかも俺のせいだ」

若者が頭を垂れ、肩を震わせながら、死んだ百姓たちに詫(わ)びる。

可成は若者を見た。真剣な眼差しが飛び込んでくる。しかし、すぐに首を横に振ると、目をそらした。

「もういい。さっさと殺せ」

「いやだ。殺さぬ」

今度はこぼれんばかりに無邪気な笑みを見せた。

これにはさすがにまわりの者たちも驚く。利家と恒興だけは、またいつものことかといった様子で、呆れたように苦笑いを浮かべた。

「可成よ、此度のこと、ひとつ貸しにしておく。だから、俺に力を貸せ」

人懐っこそうに、さらに顔をほころばせる。

「ふざけるな！　そんな借りなど返せるか」

若者を睨みつけるが、戸惑いは隠せない。

目の前の若者は、先ほどたしかに可成の十文字槍の前で死を覚悟したはずだ。可成自身、本気で殺すつもりで槍を振るった。命のやり取りをしたばかりだというのに、それが互いの汗も乾かぬうちに、今は仲間になれと言う。

「もう一度言う。お前の力を俺に貸せ」

「できねえものは、できねえ。どうせ、お前の言う世など、造れる訳がねえんだ」

「なぜ、そう思う」

可成が目を伏せる。

「俺は生まれたときから、そういう世しか観てこなかったからだ。来る日も来る日も人は奪い合い、殺し合う。それが人だ」

「違う！　そんなことはねえ！　人は分かち合うこともできる」

「嘘だ。人は奪い、憎み、犯し、そして殺す。坊主だって人様の物を奪う世だ。自分が生きるためなら、親さえ斬り殺し、我が子の首さえ絞めるのが人って生き物だ」

顔をあげた可成の顔は、怨讐に歪んでいた。この世のすべてを憎悪するような冷たい目で見あげる。

「俺が十歳のときだ。おっとうがいて、おっかあがいて、爺様がいて、婆様がいて、妹も弟もいて、みんなで身を寄せ合って暮らしていた。田畑を耕せば、幾ばくかの実りが採れる。楽ではなかったが、俺たちは幸せだった。だがある年に、村を飢饉が襲った。大雨で洪水が起きた後、時節を外した雹に見舞われた。その次には井戸が涸れるほどの日照りが幾日も続いて、田畑はすべて干上がっちまった。神も仏もないとは、ああいうことを言うんだ。それでもわずかに採れた米から命を削るようにして種籾を残した。村人にとって、命をつなぐ最後の望みだったんだ。種籾があれば、来年の豊作を夢見ることができる。なのに、俺たちの村を戦が襲ったのだ。村は焼かれ、すべてを奪われた。おっとうは種籾を守ろうとして首を刎ねられ、俺を庇ったおっかあも斬り殺された。乱取りの雑兵どもが立ち去った後、隠れていた俺が出てみると、そこには屍体以外の何も残っちゃいなかった。みんな殺された。幼かった弟や妹も槍で串刺しにされていた。生き残ったのは俺一人だけ。何もかもが奪い尽くされていた。わかるか。だから俺は奪い返すんだよ」

いきなり、若者が可成に飛びついた。その体軀をがっしりと抱き締める。

「お、おい。やめろ」

「可成よ、辛かったんだな。お前のことは、俺が許す」

若者の目からポロポロと大粒の涙が幾粒もこぼれ落ちた。それを拭おうともせず、可成の躰にまわした腕にさらに力をこめてくる。躰が折れるほどに力強い。

「許すだと……」

可成は戸惑い、若者の為すがままになっていた。怒っていたかと思えば、人目もはばからず、声をあげて泣きはじめる。こんな変わった男は見たことがない。

「神仏が許さなくても、俺が許す」

「……こんな俺でもか」

可成が若者の視線を追う。その先には百姓の父親が、幼い我が子に握り飯を与えている姿があった。子供は父を見あげて笑っている。

「こんな世はぶっ壊せばいい。奪わなくてもいい世、殺さなくてもいい世、憎しみなど生まれぬ世を造るんだ」

「斯様(かよう)なことができる訳なかろう。神代の昔より天地が治まったためしはない」

「帝にも公方にもできぬというなら、俺たちでやればいい」

恐れ多い言葉を平気で口にする。崇高であるべき権威を屁とも思っていない証だ。

「俺たちだと。若造、何様のつもりだ」

「躓いてもいいではないか。仕損じようとも、叶うまで幾度でも挑み続ければいい」

本気でそう思っているようだ。若者が瞬きもせず、見つめてくる。可成は呆れたようにため息をついた。

「本当に大うつけだな」

「ああ、俺は大うつけよ。だから、お前もあの者たちに一緒に謝れ」

若者が生き残った百姓たちに深々と頭をさげた。

可成も素直にそれに従う。他人に詫びるなど、何年ぶりのことだろうか。そのような己の姿など、想像もしたことがなかったが、やってみれば胸の内をくすぐるような爽やかな思いが広がった。

「今一度訊く。お主、名をなんと申す」

頭をあげた可成が問いかける。若者は右肩を傾げて突き出すようにすると、深く澄んだ瞳を輝かせた。茶筅のようにまっすぐに結いあげた髷が風に揺れる。

「信長だ。織田上総介三郎信長だ」

その名を聞いた可成が、目を見開いた。惚けたようにあんぐりと口を開け、二の句も継げない。

「信長だと！」

代わりに叫んだのは吉乃だった。

「それがどうした」

信長が顎を突き出し、躰を震わせる。吉乃の驚きは可成の比ではなかった。目の前の若者が信長だとも知らずに、偉そうに尾張の治政について論じたのだ。憤激と羞恥が入り交じり、頭がどうかなってしまいそうだった。

「誠なのか」

「なあに、案ずることはない。俺の首を獲ろうとしていたことは、聞かなかったことにしておく……」

吉乃が首筋まで紅潮させた。

「……すべての国がなくなれば世は平和になる」

「な、何を」

「お前の言葉だ。俺は躰が震えたぞ。生まれてこの方、これほど躰が昂ぶり、熱くなったことはない」

信長が吉乃の細い肩を摑み、顔を寄せる。吉乃の顔がさらに真っ赤に染まった。

「だから、そんなことは――」

「できるさ。俺はできると思う」

一寸の迷いもなく、力強く言い切った。

信長はゆっくりと立ちあがる。両手を固く握り締め、しっかりと大地を踏み締めた。その瞳に、燃えるように赤く染まった夕日が映っている。

そんな信長の姿を、吉乃は息をするのも忘れて見つめ続けていた。

三

日が落ち、空が薄墨色に染まる。

傷を負った信長たちは、手当てのために吉乃の兄である生駒八右衛門家長が当主を務める尾張国丹羽郡小折の生駒屋敷へ案内されていた。

三人とも命にかかわるほどの深手ではなかったが、さすがに多勢に無勢での戦いとあって、かなりの刀傷を負っている。初めは治療の誘いを頑なに断っていた信長だが、吉乃が生駒家長の妹とわかってからは素直に申し出を受けた。

「こいつは驚きだ」

生駒屋敷を門前で見あげた利家が、声を落としてつぶやいた。信長も頷く。

小折は尾張北部にあって隣国美濃との国境も近い。度々、戦火にさらされてきたのだろう。屋敷といっても広大な敷地の周囲には深い堀がめぐらされ、土塁と竹垣によって守られた砦（とりで）の体（てい）を成していた。いや、もはや城と呼んでも差し支えないほどだ。高い塀のせいか、身を切るような寒風もほとんど感じられない。

家長が姿を現した。

吉乃の従者の一人がすかさず歩み寄ると、耳打ちをするかのように小声で注進する。幾度か小さく頷いた家長が、濡れ縁に腰かけて、小袖（こそで）に着替えた吉乃によって傷の手当てを受けていた信長に、両手をついて深々と頭をさげた。

「織田様、初めてお目にかかります。生駒八右衛門家長にございます。妹の命を救っていただいたそうで、誠にかたじけのう存じます」

信長の突然の来訪を受け、これも着替えてきたのだろう。草色の肩衣（かたぎぬ）に同色の折り目正しい袴をつけ、緋色の下着に白小袖を重ねた身なりは整然としていたが、すっとあげた顔は、眼光鋭く不敵な笑みが漂っていた。

「なるほど、小折の山犬とは噂に聞いていたが、油断ならねえ目つきをしてやがる」

信長が家長を睨み返す。

尾張地方では古より狼信仰を持つ豪族が多く住んでいたことにより、山犬型の狛犬が奉納されている寺社が方々に点在していた。狼（山犬）は大神から通じており、人々にとって畏れの対象だ。このあたりの領民は、家長のことを「小折の山犬」と呼んでいた。これは賞賛というよりも、急速に力をつけていく家長への畏怖の念が強い。無論、信長の言葉はそれを揶揄している。

「ほほう、これは手厳しいですな。さすがは尾張の虎とまで言われた備後守様の御嫡男だ。肝が据わっておられる。もっとも、虎の子が虎になるか、猫で終わるかは、育ってみるまでわかりませぬが……」

濡れ縁に正座し、まっすぐに背筋を伸ばしたまま、眉ひとつ動かさずに信長を見据える。若くして生駒家の惣領を継承しただけのことはある。主君を持たずに時代の荒波を掻い潜って生き抜いてきた強かさが滲み出ていた。

（小折の山犬め。なるほど、親父殿が手を出せずに泳がしておいたことも頷けるわ）

生駒家は藤原を祖とする豪族ながら、灰（染料）と油を取り扱い、さらには馬借業を営んで莫大な富を築いていた武家商人だった。が、実際に生駒屋敷に足を踏み入れ、若き当主に会ってみると、そんな穏やかな輩ではないことがわかる。

　小折の地は、尾張国の重要輸送路線である岩倉街道の要所となっていた。

　岩倉街道は、尾張下四郡守護代織田信友の居城がある清洲から尾張上四郡守護代織田信安の居城がある岩倉をとおり、美濃との国境線である木曾川に沿って信長の従兄弟織田信清の犬山城下までを結んでいる。つまりは小折で馬借を営むということは、尾張の大動脈を押さえているということになる。屋敷が城のようになっていることも頷けた。

「ふんっ。お主こそ、狼が犬に尻尾を振ってどうするんだ」

　犬山城の城主織田信清は、伯父の信秀が病の床に就くと、手のひらを返すように独自勢力として行動しはじめた。信秀が死すると、従兄弟である信長の所領を度々侵して、いよいよ敵対するようになった。それを財力で支えていたのが、中立だったはずの生駒家長だった。家長からすれば信清に与して度重なる矢銭の要求に応えることは本意ではなかったが、美濃との国境の地において馬借の営みを拡大するためには、致し方のないことだった。互いの利だけで結ばれた関係だ。

小折の山犬（家長）が、犬山城（織田信清）に向かって尻尾を振る。煽り立てるような信長の言葉に、それまで温和に見えた家長の表情が険しいものになる。

痛いところを突かれた。濃い眉が吊りあがり、眉間に深い皺が寄る。屋敷内に殺気を帯びた緊張が広がった。腰に差した刀に手をかける者までいた。

「なんだ、こっちも山賊みてえなもんじゃねえか」

凄みを利かせる人相の悪い食客たちを見て、可成の目つきが鋭さを増す。可成は縄を打たれるどころか、十文字槍さえ返され、あたかも信長の家来のような顔をして付き従っていた。

利家も目を見開くと、刀を手元に引き寄せる。

「とんでもねえ。こいつら、山賊なんてものじゃねえぞ。誰もが戦慣れしていることは一目瞭然だ。これなら、いつだって戦ができる」

恒興が音もなく信長の背後に身を置いた。生駒屋敷の食客たちは、数にすれば優に二百を超えるだろう。戦場から戦場をわたり歩いてきた流浪の徒で、掠奪を業としてきた破落戸ばかりだ。対して信長の供は、可成を数に加えたとしてもわずか三人。いくら手練ればかりといえども、多勢に無勢は否めない。

　庭先で焚(た)かれた篝火(かがりび)が、パチパチと弾ける音を響かせる。

「あーあ、うつけに一杯食わされたわ」

　吉乃が聞こえよがしに大声で言い放った。傍らで傷の手当てを受けていた信長が、吉乃に向き直る。皆の視線が二人に集まった。

「なんだと」

「信長なら信長と、初めから名乗りゃいいんだよ」

　拗ねたように、プクッと桜色の頬を膨(ふく)らませながら、信長の腕に巻いていた止血帯を力一杯締めあげる。

「うぉおおおおっ！　痛てえっ！」

　信長が顔をしかめ、ひっくり返った声で叫んだ。

「なんだよ、さっきはかすり傷だと己で言ってたじゃねえか。もののふならこれしきの傷で声などあげるな」

　白菊のような可憐な手のひらで、肩脱ぎ姿の信長の背中をピシャリと叩くと、紅を引いてもいないのに深紅に濡れる小さな唇を、わずかに突き出すように尖らせた。美女というものは怒った顔さえも愛らしい。もちろん、目は悪戯っぽく笑っている。

「もののふでも、痛いものは痛い」

これにはさすがの信長も、ため息まじりに苦笑いした。

「これ、織田様に対して、なんという無礼を。少しは女子らしく控えなさい」

家長がたしなめたが、吉乃はよほど男勝りの気性をしているようで、自省するでもなく、形の良い眉を吊りあげて信長を睨みつけている。そんな顔も愛嬌がある。

さらには聞こえよがしに舌打ちをすると、ドカッと大胆に胡座を掻いて座り直した。着物の裾が割れて、透きとおるほど白い太腿が大胆に露わになったが、本人は気に留める様子もない。

破落戸どもにまじって、幼い頃より飯事のように剣を振るってきたのだろう。男に引けを取らない太刀捌きのみならず、性根まで剛毅なものに育ったようだ。

が、信長も日頃から熱田の街で溢れ者たちと過ごしているせいか、吉乃の無礼な言動を咎めるどころか、むしろおもしろがってさえいる。

一方の家長は、兄として困惑を隠せず、大仰にため息をつきながら、

「いい歳をして、はてさて困ったものだ。織田様、お許しを」

深々と頭をさげた。吉乃に手を焼くのはいつものことなのだろう。そんな兄妹の様子があまりに滑稽で、場に張り詰めた空気が一気に緩む。先ほどまでとは一転、和やかな雰囲気が漂い、周囲の者たちの顔に柔らかな笑みがこぼれた。

　信長は吉乃の横顔を見つめる。

(皆の笑いを誘おうと、あえて戯れを演じたのか。おもしろい女子だ)

　青い血脈が透けるほど色白な首筋に、漆黒に艶めく髪が、幾重にもほつれて流れている。皆の笑い声につられるように、吉乃も華奢な躰を大きく震わせながら朗らかな声をあげた。

　ふと、吉乃が信長の視線に気づく。二人の視線が絡む。

「うつけ、何を見ておる。オレの顔に何かついているか」

「見てなどおらぬ」

「いや、ずっと見ておった。さては、オレに惚れたか」

「馬鹿を言うな」

「御父上の備後守様は側室の数も十指に余るほどだったと聞くぞ。うつけもオレを妾にしたいか。まあ、オレほどの美女だ。男ならそんな気になるのも無理はないが」

ぬけぬけと己を美女と言い切る。だが、吉乃が口にすると、それが不思議と耳に馴染んだ。まったく腹も立たない。熱田の闇市を肩で風切るようにして放蕩の限りを尽くしてきた信長でも、こんな女子には出会ったことがなかった。

「誰がお前のような山猿を妾にほしがるか」

「やはり大うつけよのう。お前の目は節穴か。これほどの美女が目に入らぬのか」

ほら見ろとばかりに、吉乃が鼻と鼻が触れるほどに顔を近づけてきた。深く澄んだ瞳が微かに揺れる。柔らかな息が降りかかった。

「男勝りに荒々しく振る舞っても、やはり女子だな」

「なんだと」

「胸元から甘い香の匂いがする」

着崩れた小袖の胸元から、熟した白桃のような胸の谷間が露わになっていた。

「なっ……。ぶ、無礼者！」

吉乃が慌てて飛び退くと、両手で着物の襟を掻き合わせる。首筋まで真っ赤に染まっていた。

信長は腹を抱えて笑い転げる。濡れ縁の上で、ひっくり返って声をあげた。

そんな二人の様子を、利家と恒興が珍しいものでも見るような顔で見つめている。

「この大うつけ！」

吉乃が顔を紅潮させて怒鳴った。家長が口を挟むように、

「いい加減にしなさい！　織田様に失礼であろう……」

強い調子で叱る。兄の厳しい口調に、さすがに吉乃もそれ以上は口をつぐんだ。

「……そのような戯けたことばかり言っているようでは、やっとのことで決まった嫁ぎ先からも、輿入れ前に愛想を尽かされるぞ」

ほとほと困り果てた様子の家長の言葉に、信長がハッとしたように顔をあげた。

「吉乃殿は嫁ぎ先が決まっているのか」

本人も気づかぬうちに、心なしか顔が強張っている。

「はい、土田弥平次殿にございます」

家長が目を細めるようにして頷いた。

先ほどまでは威勢の良かった吉乃が、表情を落として目を伏せる。

美濃の豪族である土田氏と生駒氏は、代々にわたり閨閥結婚や養子縁組によって

強固な縁を築きながら力を蓄えてきた。今では美濃の土田氏は斎藤道三の家臣明智家に仕え、尾張の生駒氏は馬借業を営みながら犬山城の織田信清を支えるまでになっている。信長も弥平次とは一度だけ会ったことがあった。

信長の正妻である帰蝶が美濃より輿入れした際に、媒酌人を務めたのが、名門土岐氏の支流でありながら道三に仕えていた明智長山城の城代明智光安だった。

明智長山城の先代城主明智光綱が亡くなったとき、嫡子である光秀がまだ幼少にあったため、光綱の弟であった光安が城代としてこれを助けることになった。光秀はのちに元服しても家督を継ぐことをみずから辞したため、光安が城代のまま実質の当主を担っていた。

明智家は、道三への忠誠を示す。

光安の妹の小見の方が道三の正室となり、生まれた娘が帰蝶だった。

信長と帰蝶の婚儀では、光安が媒酌人となり、輿入れの際に侍者の一行や嫁入り道具などの警護を担ったのが明智十兵衛光秀で、弥平次はその家臣だった。

弥平次の父の土田親重は信長の母である土田御前の弟である。信長と弥平次は従兄弟ということになる。

長年にわたり美濃との死闘を続けてきた織田家中には、斎藤家との婚儀を快く思わない者も多かった。美濃勢との戦で命を奪われた者も少なくない。光安が媒酌人となり、道中警護を光秀や弥平次が担ったのも、道三なりに気を遣ってのことだ。

帰蝶にとって明智長山城は、母方の実家となる。吉乃の夫となる弥平次は、その明智長山城に仕官していた。

絡み合った幾つもの糸を手繰っていくと、一本につながっていた。

「そうか、弥平次のもとへ嫁ぐのか……」

さらに何か言いたげだった信長だが、脳裏に浮かんだ帰蝶の顔に思いを馳せ、後の言葉を深く呑み込んだ。

その様子を見ていた吉乃は、静かに一礼すると奥へと引きさがっていった。

家長は、怪我の手当てを終えた信長を客間に通した。

広い居室には畳が敷き詰められている。それだけでも生駒家の財力が窺い知れた。家長と信長の二人しかいない。恒興ら従者たちには食事が振る舞われていた。

「八右衛門殿、俺に力を貸してくれ」

家長は、信長の言葉にたじろいだ。思わず身を引きそうになる。

信長はどっかりと胡座を掻いているというのに、まるでこちらに向かって駆け出してくるような迫力を感じた。破落戸のような格好によるものかと思えば、どうもそればかりではないようだ。信長という男、たしかに声は大きく、所作も許しがたいほど傍若無人なところがある。が、そのような男なら見飽きるほどに見てきている。信長は誰とも違う気がした。

この男の言を聞いてみたい衝動に駆られる。だが、事はそう容易いものではない。

「これは異な事を申される。織田様と当家とは、いつなんどき干戈を交えることになったとしても不思議ではない。おわかりのはずです」

家長が、信長に弓を引く犬山城主織田信清に肩入れしていることは周知の事実だ。信長の耳に入っていない訳がない。

「それがどうした」

「なんと！」

これには家長も絶句する。

「小折の山犬と呼ばれるお主の力が必要なんだ」

キラキラと瞳を輝かせながら、屈託のない笑顔をまっすぐに向けられた。口は悪いが、声には微塵の邪気もない。思わずつられて、微笑み返してしまいそうになり、慌てて口元を引き締めた。

「ひとつ、お尋ねしたい」

「なんだ」

「織田様は、なぜ譜代の家臣を重んじられないのですか。聞けば、家督を継がぬ庶子、それも分家さえままならぬような三男四男の冷や飯食いばかりを、わざわざ高禄で馬廻衆に取り立てているそうですな。そればかりか、商人や百姓の子も分け隔てなくお抱えなさるとか」

「冷や飯食いばかりではない。戦で家を焼かれ、親を亡くした食い詰め者たちもだ」

涼しい顔で言ってのける。

「家中の重臣はお嫌いですか」

言葉遣いは丁寧ながら、問いかけには容赦がない。先ほどまでとは打って変わり、家長の面様は引き締まったものになっていた。

「そんなことはない」

「では、何故にさようなことをなさるのですか」

「人は身分や血筋で働くんじゃねえ。立身出世への思いが強く、努力を惜しまぬ者がいれば、誰にでも相応の機会を与える」

「器量がなくてもですか」

「生まれながらに才能のある者は、それを頼んで鍛錬を怠り自惚れる。だが、生まれつき才能がない者は、技術を身につけようと必死になる。俺はその努力を計る」

「結果ではなく、努力であると申されるのか」

「人はいかように働くかではない。なんの志を持って働くかだ」

「織田様はそれを見ておられるのですね」

「そもそも出世や恩賞の尺度が曖昧では、本気や覚悟は育たぬからな」

門地門閥ではなく、働き次第で取り立てる。何を当たり前のことを訊くのかという顔で、平然と言ってのけた。

(たしかにこの方は武門の棟梁としては大うつけかもしれん。しかし……)

世の評価とはわからぬもの。聞くと見るとでは大きく違う。

国人でありながら馬借業で急速に勢力を拡大してきた家長も、金で荒くれ者たちを雇い入れ、同様の傭兵を行っている。出自や扶持を取ってからの年月の長短に関係なく、戦働きでの成果によって昇格させていた。その逆も然り。働きが鈍ければ、すぐに降格した。先日も藤吉郎という百姓の若者を、組頭に登用したばかりだった。

だが、守護代家さえしのぐほどになった織田弾正忠家の棟梁である信長が、それを口にしたことは驚きだった。

「さりとて、それでは備後守様の代から仕える知行取りたちは納得されますまい」

武士は名誉や面目を最も重んじる。

「くだらねえ。働きの大小によって公平に報いる。それをせねば、強い一党は作れぬ。譜代の重臣だとか百姓だとかは関係ないだろう」

「では、武功をあげれば重臣たちにも目をかけると」

「無論のこと」

譜代の家臣を嫌っている訳でも、食い詰め者ばかりを登用している訳でもない。ただ、志が高く、能力に長けた者に機会を与え、結果を残した者から重用していっているだけなのだ。それを解せず、目をかけられなくなった古き家臣たちが、信長をうつけ者と決めつけているに過ぎない。

それはわかる。しかし、それでは従来からの既存勢力は不満を募らせるだろう。

武士は領地支配によって成り立っている。収穫高がそのまま実力になるため、主従で力を合わせて田畑を耕し、武力で領地を守る。

一握りの支配階級以外は、兵農はひとつであって分かれていない。大名たちが抱える兵士の大半が、そもそも普段は百姓なのだ。だから、田植えや収穫の時期には大規模な徴兵はできないし、軍を起こせば農業の生産性は大幅に低下する。苗を植える田畑の地名を「苗字」として名乗り、一所懸命に領地を守るのが武士なのだ。

にもかかわらず、信長は若き食い詰め者たちを農地から切り離し、城内に住まわせて馬廻衆という専任の軍事部隊に雇い入れていた。

馬廻衆になれば農作業をしなくても、日々熾烈な鍛錬をすることで高禄がもらえる。信長が進めているのは、兵農分離による強兵策だ。土地を介在せず、直接雇用による強力な軍事組織を構築しようとしている。

「織田様は、世の尺度では測りきれぬお人ですな」

「破落戸ばかりを雇っている大うつけと馬鹿にされている」

天真爛漫（てんしんらんまん）に大口を開けて笑う。青空に風が吹くような心地よい笑顔だ。

気づけば家長も一緒に肩を震わせていた。

「何をすればよろしいのですか」

家長が身を乗り出す。視線を合わせた信長が、ここで大きく息を吸う。思いをぶつけるように言葉を吐き出した。

「俺は、武士も百姓も死なない世の中を造りたい」

「馬鹿な！」

あまりの思いもかけぬ言葉に、家長は己の発した言葉が礼を失する暴言であったことに、しばらく気づかぬほどだった。

屋敷に入り込んだ隙間風が、締め切られたはずの部屋で灯明皿の火を揺らす。

家長は息をすることも忘れていたことに気づき、慌てて深呼吸した。頭に血が巡り、頬が熱を持つ。てっきり信清と縁を切り、兵と矢銭を貸せと言われるとばかり思っていた。だが、一族同士の勢力争いなどに、まったく興味がないらしい。

「生駒殿の津島での商いを安堵し、関銭（せきせん）の免除を約束する」

「関銭を取らぬと申されるのですか」

もはや話の飛躍についていくことも叶わない。頭を抱えるようにして、家長が首を左右に振った。関銭とは通行税である。諸国をわたり歩く商人は、各地の安全を保証してもらう代わりに関銭を払う。領主にとってみれば、重要な収入源だった。それを取らぬとは、正気の沙汰とも思えない。

もちろん商人は関銭を商品価格に上乗せしている。輸入品が高価なのは、今も昔も変わらない。信長が行おうとしているのは、自由貿易の拡大による市場の開放だ。

「その代わりに馬借の商いを倍、いや三倍に広げ、日本中の産物を片っ端から尾張に集めてくれ」

「それはありがたきことながら、見返りに何を用立てればよろしいのでしょうか」

「何もいらねえ」

「それでは織田様に利がありませぬ」

腑に落ちぬ顔で問う家長に、

「利ならたっぷりとある。民が豊かに暮らす世の中が、この尾張からはじまるんだ」

信長の目は遥か遠く彼方を見ていた。

税を免除された家長が馬借の商いを拡大することは、多くの安価な産物が尾張の人々にわたることになり、民の暮らしが立つことにつながる。民の生活が潤えば、市場がさらに活発に動き、それを求めて他国から多くの人々が集まってくる。結果として領地を治める信長の税収も莫大に増えることになる。

　得た税を道路や治水の事業費用に充て、工事に従事する人々の暮らしをさらに豊かにする。道路の整備により物流の増大が進む。治水の発展により農地が拡大し、石高も増大する。だから、生駒家の税を免除するのだと、信長は熱弁した。

「まずは与える。生きる喜びが生まれれば奪い合いがなくなり、戦のない世になる」

　信長の脳裏に、我が子を手にかけた母の姿がよぎる。もう二度と、民にあのようなことはさせたくない。

　公家による荘園、室町幕府の守護や守護代、さらには武力により台頭した豪族や国人というように、社会が混乱し、権力が二重、三重に領民支配を行っていた。

「手始めに尾張をひとつに統べ、百姓の年貢を国主に一統する。棟別銭（住民税）は廃止だ」

「百姓の負担は相当軽くなりますな」

「商人の地子銭（固定資産税）も廃し、冥加金（売上税）のみとする」

「地子銭を取らぬと申されるのですか」

「金はあるところからだけ取る。儲けた割合に応じて、国造りに金を出してもらう」

「我々商人は、商売を広げて儲けを増やすことが世のためになるということですな」

棟別銭や地子銭は住んでいるだけで、関銭は道をとおっただけで払わなければならない税だ。弱い民からは金は取りやすいものだ。

冥加金は商いで儲かった売上にかける税で、金持ちから金を取ることになる。金を持っている者は強い者ということになり、本来ならば金は取りにくい。

国が乱れるほど、国主や領主は弱いところから金を搾り取ろうとするが、信長は強い者からこそ金を集めるべきだと言う。

「誰もがいさんで働き、それを己の喜びとする世を造るんだ」

「そんな夢物語のようなことができますか」

強い者とは力がある者のことだ。信長への反発も大きい。

「できるかできないかじゃねえ。やるかやらぬかだろう。この日の本をひとつにして、安寧な世を成すのだ」

「日の本をひとつとは……」

「まあ、聞け。国と国が奪い合うから戦がなくならねえ。国がなくなれば、奪い合い、争うこともなくなる。そうだろう。もっとも、これは吉乃殿の受け売りだが」

「織田様ともあろうお方が、小娘の戯れ言を真に受けなさるとは」

「俺はそうは思わねえ。おもしれえじゃねえか」

本当に愉快そうに、ポンッと、組んだ胡座の膝を打つ。

戦国の大名は、生き残りをかけて版図を拡大している。領土を奪うために家臣を動員し、戦によって新たに得た領地を恩賞として与え続けるのだ。この奪い合いは、このままでは永遠に終わることはないだろう。

が、信長は奪うためではなく、与えるために日の本をひとつにするという。

「この世から尾張の国を消し去るおつもりですか」

「そんな小さなことはどうだっていい。尾張だけではない。すべての国をなくす。その上で一から新たな国造りをする。美濃や三河との国境に行ってみたが、どこを見ても、大地に線など引かれてはいなかった。地図の上に勝手に線を引いたのは人だ。人が引いたものなら、人に消せぬ道理はねえ」

ニヤリと口元を緩める信長だが、その目はまっすぐに家長を見つめている。

躰が震えた。激しく脈打つ鼓動が、己の耳朶を打つかのようだ。駆け巡る血潮で頬が熱を持ち、額が汗ばむのがわかる。

信長は尾張一国さえ統治できていない。織田弾正忠家は、亡き信秀の代から急速に力をつけたとはいえ、立場は織田大和守に仕える奉行職に過ぎない。尾張一国に勢力を広げようとすれば、当然ながら守護代織田両家とぶつかることになる。

さらに駿河、遠江、三河の三カ国を支配する守護大名の今川義元が、矢作川の向こうから虎視眈々と尾張を狙っている。美濃の斎藤道三も今は同盟を結んでいるとはいえ、少しでも隙を見せれば、いつ寝首を掻いてくるかわからない。

四面楚歌ともいえる信長が唱える「戦のない世」など、とても得心できることではない。しかし、家長の面から笑みが消える。

「信じても、よろしいのですね」

そう口に出してもまだ、腑に落ちた訳ではなかった。それでも信じてみたいと思わせる何かが、目の前の若者にはあった。

「誰かがやらねばならぬ」

「だからといって、織田様でなくともよろしいのではないですか」

「皆がそう思えば、何も変わらねえ」

これほどひたむきな瞳を見たことがない。一片の迷いも感じられなかった。

信長の声が、家長の胸を満たしていく。全身に鳥肌が広がった。生まれてこの方、これほど血湧き肉躍ったことは初めてだった。途方もなく大きく広い世界がある。誰も見たことのない、誰も踏み込んだことのない世界だ。家長の目の前の若者は、己の足でそこへ歩み出そうとしている。いや、疾風のごとく駆けはじめていた。

この男についていけば、そこへ辿り着けるかもしれない。

家長の表情が変わる。目が力強く開かれた。

「わかりました。この生駒八右衛門家長が命に代えても、日本中の産物を尾張に集めて参りましょう。戦のない世を造るために天下を統べると申されるのであれば、矢銭につきましても、津島をまとめあげ、いくらでもご用立ていたします。また、織田様に大事とあらば、みずから兵を率いて馳せ参じ、手足となって粉骨砕身働くことをお誓いいたします」

金も出す。兵も出す。この時代の約束など、当てにできるものではない。少しでも背中を見せれば、容赦なく刃を向けられる戦国の世だ。だからこそ、この無邪気なまでに無防備な背中を、守ってやりたいと本気で思わせる。

ただの大うつけかもしれない。たかが口約束に、なんの疑いもなく喜んでいるような男だ。本当ならば信じてはいけないのかもしれない。

それなのに家長は、己の胸が高鳴るのを止めようがなかった。こんなに高揚したのは、生まれて初めてかもしれない。

「一緒に万民の世を造ろうぜ」

そう熱く語る信長に、家長も熱い眼差しを返した。

四

キラキラと川面が揺れた。降り注ぐほのかな陽の温みを吹き飛ばすように、伊吹(いぶき)おろしが五条川(ごじょうがわ)に叩きつけられる。

貧しい身なりをした若者たちが、河原に群れていた。土豪の子もいれば、百姓や湊(みなと)の人足もいる。悪評が方々に響いている荒くれどもばかりではあるが、どの顔も少年の面影を残している。数は百に届く。誰もが殺気立っていた。

「奴らはまだか。いつまで待たせやがるんだ！」

大将とおぼしき男は源五という近郷の百姓の五男坊だ。大猪を思わせる巨漢で、肩に担いだ六尺もある丸太を、苛立ちとともに軽々と振りまわしていた。

「合戦が怖くなって、逃げ出したんじゃないですか」

子分の一人が下卑た薄笑いを浮かべた。ここで言う合戦とは、石合戦のことだ。河原で石を投げ、丸太や竹槍で殴り合う。ようするに若者たちの喧嘩だが、数が集まれば怪我をする者も多くなり、ときには死人が出ることもあった。さながら、戦の鍛錬のようなもので、やがて彼らは雑兵となって本物の戦場に出る。

「俺たちを恐れて尻尾を巻いて逃げたか」

「あの瓢簞を腰にさげた大将は、意気地のなさそうな阿呆面をしていましたからな」

「たしかに、いかにも阿呆面だったわ」

源五の言葉に、皆が大笑いした。

そこから半町（約五五メートル）ほどのところにある葦の大きな茂みで、身を伏せて様子を窺っている者たちがいた。その数は三十。率いるのは信長だ。

「又左よ。あの大猪が言っている阿呆面とは、俺のことか」

信長が眉間に皺を寄せ、隣にいる利家の胸ぐらを摑む。ところが利家が、

「まったく以て聞き捨てならねえ。殿は阿呆ではなく、大うつけにござる」

大真面目な顔で答えたものだから、背後にいた子分たちが吹き出してしまった。

信長は舌打ちをして利家から手を離すと、茂みの中から立ちあがって駆け出した。

「糞っ！　ぶっ潰してやる。出陣じゃあ！　行くぞぉ！」

子分たちも一斉に喊声をあげながら、信長の後に続いた。武士の子もいれば、百姓の子もいる。両手に握り飯ほどの石礫を摑み、腰には竹を切り出して作った刀を差している。

物心ついた頃から信長とともに、喧嘩や石合戦を繰り返してきた連中だ。怖じ気づく者など誰一人いない。それどころか嬉々として目を輝かせ、我こそは手柄を立てんと、全速力で河原を駆けていた。石合戦の褒美は、腹一杯の握り飯だ。貧乏百姓の小倅では、正月でも拝めぬ馳走だった。

「なんだ」

突然茂みから現れた信長たちに驚いた顔を見せた源五だが、すぐに口元を緩ませ、

「けっ。奇襲とは舐めた真似をしやがって。返り討ちじゃ！」

川面を震わせるほどの大音声をあげた。百ほどの子分を二手に分け、まずは第一

陣だけを迎撃に突っ込ませる。半分に割っても五十を超える。三十ほどの信長たちなど恐れるに足りなかった。

だが、信長たちは余程喧嘩慣れしているのか、驚くほどに強い。

「おらおらっ！　こんちくしょう！」

先頭を切って突っ込んでいった信長は、源五の繰り出した第一陣の将に狙いをつけると、投げつけた石礫で額を割ってひっくり返らせた。続け様に、丸太で三人を殴り倒す。信長に負けず劣らず、利家たち子分も実戦さながらの働きを見せた。数に勝る源五の子分たちが劣勢になるほどだった。それでも次第に疲れが見えはじめ、河原に倒れる者が出はじめる。その様子を見ていた源五が、

「よーし、そろそろだな」

残り半数をみずからが率いて、第二陣として繰り出した。

それに気づいた利家が、五人に囲まれて奮闘中の信長に向かって叫ぶ。

「殿、新手が来ますぜ」

「言われなくても見えておるわ」

「どうしますか」

「決まっている。力で押し返すだけだ」

「策はないんですか」

利家は組み伏せた敵を拳で殴りつけながら、呆れ顔で信長を見あげる。

「あるぞ！　一人が三人分働け。それで我らの勝ちだ」

「心得た！」

立ちあがった利家が、足下の男の脇腹を蹴りつけながら、右手を高々と掲げた。

先ほどより少し離れたところにて、この石合戦の様子を馬上から見ている者たちがいた。図らずも居合わせたのは、織田弾正忠家の家臣である平手五郎左衛門政秀と柴田権六勝家、そして佐久間大学助盛重の三人だった。

「これはおもしろいぞ、権六殿よ。寡は衆に敵せず。数に劣る敵には、大軍の利を活かした戦い方がある。隊を二手に割り、半数で強き敵の勢いを削ぐ。そこへ残りの半数でとどめを刺しに行く。あの敵の大将は、なかなか戦の常道がわかっておる」

政秀がいかにも愉快そうに、馬上で躰を揺らす。

「五郎左衛門殿、何を呑気なことを申されておるのだ。これはもはや子供の喧嘩の度を越えておる。止めねば三郎殿のお命にもかかわるぞ」

信長たちの劣勢は、誰の目にも明らかだ。だが、勝家の諫言（かんげん）にも、政秀は涼しい顔をしている。

「まあ、今しばらく様子を見ることにしようではないか」

「これはしたり。五郎左衛門殿は三郎殿の傅役（もりやく）ではござらぬか」

そう声を荒らげる勝家と、事の成り行きを黙って見ている盛重の二人は、信長の弟である織田勘十郎信勝（かんじゅうろうのぶかつ）の傅役であった。

「だからこそよ」

政秀は慌てるどころか、むしろ状況を楽しんでさえいるように見える。

「はかりかねるわ。三郎殿に大事があっても構わぬのか」

「そうではない。三郎殿だからこそ、案ずるに及ばぬと申しておるのだ」

「ならば良いがの」

勝手にすればいいとばかりに、勝家が吐き捨てた。だが、その言葉が終わるか終わらぬかといううちに、勝家の危惧したとおりとなる。

強さに勝るが数に劣る信長たちと、強さに劣るが数に勝る源五たちである。

消耗しながら互いに数を削っていくと、少数にもかかわらず力押しにしていた信長たちが次第に不利となっていく。もはや信長の周りには、戦う力が残っている者はほとんどいなかった。

これを機と見た源五が、とくに腕に覚えのある者を十人ばかり引き連れ、信長を取り囲んだ。一番暴れまわっていたのが、大将の信長だ。信長を潰せば勝敗はつく。

「詫びを入れるなら今のうちだぞ」

「誰が大猪なんぞに頭をさげるか」

源五の顔が怒りのあまり、真っ赤に上気する。

「ならばその阿呆面を叩き潰してやる」

源五が手にした丸太を振りあげて迫った。信長が、フフンッと鼻を鳴らす。

「そろそろ猪狩りの頃合いだな」

信長が右手を二度ほど大きく振ると、源五たちの背後で喊声があがった。後方の葦の茂みから、信長側の新手が飛び出してきたのだ。恒興が率いる屈強な三十人が、こん棒を手に源五たちの背後に襲いかかった。

「謀(はか)りやがったな」

「やはり猪は罠(わな)にかかりやすいわ」

「大将が囮になるなんぞ、誰が見破れるか！」

石合戦の終盤に、取り置いた新戦力で挟み撃ちである。瞬く間に形勢が逆転する。散々に打ちのめされた源五たちは、ついには河原に土下座して、信長に詫びを入れることになった。信長たちの大勝利だ。

顔中傷だらけの信長が、支度しておいた握り飯を配りはじめる。まずは信長の子分たちをねぎらいながら、一人ひとりに手渡した。それでもまだたくさんの握り飯があまっている。

「お前らも食え」

源五にも握り飯を差し出す。源五が目を見開く。

「いいのか」

「敵ながら天晴れの働きだ。此度は少しばかり肝を冷やしたわ」

信長が大声で笑った。恒興や利家たちも笑っている。気づけば、源五たちも顔をほころばせていた。信長が伸ばした手を摑み、源五が立ちあがる。

五条川を抜ける風が、火照った躰に心地よかった。源五は口の端から流れる血を手の甲で拭うと、大口を開けて握り飯を頰張る。

「うまい！」

信長が大きく頷きながら、源五の肩に腕をまわした。

「お前、次の相撲の試合に出ろ」

「俺なんかが出てもいいのか」

「身分など、くだらん。相撲は強い奴が一番偉いのだ。そうだろう、孫介(まごすけ)」

信長が平然と言い放つと、

「はい。相撲には、侍も百姓もありません」

佐々(さっさ)孫介勝重(かつしげ)が笑顔で頷いた。源五に勝るとも劣らぬ大岩のような巨軀を誇る。

「そうか。強い奴が偉いのか」

「ああ。今は孫介が連勝中だ。源五、お前なら良い勝負ができるぞ」

「本当か。よし、俺も相撲をやる。ならば、もっと握り飯を食っておかなくちゃな」

戯ける源五に、皆が声をあげて笑った。

馬上で見ていた勝家が驚きを隠せず、政秀に向き直る。

「五郎左衛門殿は、伏兵のことをご存知でおられたのか」

「いいや。知りもうさぬ」

盛重がつぶやくように尋ねた。

「ということは、三郎殿の手立てによるものか」

「そういうことになるかの。ただ、今朝も女子どもに支度させた握り飯の数が、子分らの数を遥かに上まわって多かったとは聞いており申した」

「初めより勝つ算は立っておったということか」

盛重が信じられぬとばかりに首を振った。

「これで百勝目。ちょうどキリが良いのう」

政秀が白髪混じりの眉を震わせ、笑みをこぼす。

「うむ。見事な兵法であった」

勝家が険しい表情で唸った。

「しかしながら、三郎殿には困ったものだ。いったい、いつまで子供の喧嘩遊びをなされるおつもりなのじゃ。帰城されたら、今宵こそは、そろそろお止めいただくよう、きつくお諫め申しあげねばならんのう」

政秀が鐙（あぶみ）で障泥（あおり）を蹴り、ゆっくりと馬を煽る。誇らしげに馬上で揺れる背中を、勝家は睨（ね）めつけるように見つめていた。

五

けきょ、けきょ、けきょ。

ふくよかな鳴き声が、早春の空気を緩ませる。鈴を震わすような愛らしい鶯(うぐいす)の声に引かれるように、織田勘十郎信勝は梅の木を見あげた。

この末森(すえもり)城は、父の信秀が織田弾正忠家棟梁の城として生前に築いたものだ。高さ十一間(約二〇メートル)ほどの小山に立つ南尾張には珍しい平山城で、周囲には深い堀がめぐらされている。美濃の宿敵斎藤道三と和睦し、その娘帰蝶を信長の正妻として迎えたことで後顧の憂いを断った信秀が、東の強敵今川氏との全面対決に備えて防衛拠点としたのだ。

津島湊支配のために置いた古渡(ふるわたり)城を破棄して、その押さえを那古野城の信長にまかせると、信秀自身は末森城へと移り、今川方の安祥(あんじょう)城や岡崎(おかざき)城を落として三河へ侵攻し、さらには熱田湊の支配を強化して領国統治を進めた。

信秀の死後は、同居していた次男の信勝がそのまま城主となった。

一方で嫡男として棟梁を継いだ信長は、那古野城に住み続けている。

家中に二つの本城が存在し、それぞれが膨大な利益を産む湊を支配することになり、それが弾正忠家分断のひとつの理由となっていた。

津島湊からの津料（関税）収入は年間四万貫（約三十二億円）で、熱田湊は年間五万貫（約四十億円）ほどある。尾張一国の石高およそ五十七万石のうち、弾正忠家の支配する領地は半分ほどの三十万石であり、そこからの年貢収入は四万貫にも満たないことからすれば、両湊のもたらす利益がどれほど家臣たちを惑わし狂わすか、想像に難くない。

けきょ、けきょ、けきょ。

むせるような濃密な梅の香りに押し包まれて瞼を閉じると、信勝の脳裏に幼き頃の兄弟の記憶が蘇った。繋いだ手の感触。触れ合う肌の温もり。凛とした兄の声。

胸の奥底に微かな疼きを感じる。悪童のような振る舞いで家中の老臣たちから非難の的にされている信長だったが、信勝にとっては心優しき世話好きの兄だった。

――勘十郎、危ないぞ。降りてこい。

あの日も梅が見事に花を咲かしていた。十歳だった信勝は、梅の木の上にいた。

――大丈夫ですよ、兄上。

一番美しい一枝を手折り、母に届けたい。その思いを伝えると、兄は心配そうに瞳を揺らしながらも、弟の願いを聞き入れてくれた。

粗野で頑固で自由奔放に暮らし、大うつけと呼ばれている兄。

礼節を重んじ、謹厳実直に生きる大人しい弟。

大人たちの評価はけっして誤りではなかったが、だからこそ幼き頃は兄弟二人だけで過ごすときに限り、弟は兄に我が儘を言った。父にも母にも傅役にも見せぬ顔を、兄だけに甘えるように見せたのだ。

——その先はだめだ。やめろ！

——平気、平気。あと、もう少し。

横に太く伸びた大枝の先に、美しく咲き誇る枝を見つけ、躰をよじるように腕を伸ばした。梅の花芽は桃と違い、一節にひとつしかつかないために華やかさが薄い。少しでも多くの花を密集させた枝を取りたかった。母に喜んでもらうためだ。あの美しい枝を持ち帰れば、きっと褒めてくれるに違いない。

あと一寸と手を伸ばした刹那、躰の重心が崩れ、信勝は大枝から地面に向かって真っ逆さまに落ちてしまった。子供ながらに、死を覚悟した。だが、咄嗟に身を挺した兄が、信勝の躰を受け止めてくれた。兄によって命を救われた。

信勝は手の甲を深く切る傷を負った。枝によって裂かれた皮膚から血があふれ出て、痛みより驚きで泣き出してしまった。

だが、信長は腕を折る大怪我をしていた。それでも痛みをおくびにも出さない。それどころか、いつまでも泣き続ける信勝を一言も責めることなく、震える躰を抱き締めてくれた。信長は怪我を負った訳について誰にも話そうとせず、その件で信勝が叱られることもなかった。

本当は自分が木に登ったせいで兄を怪我させたのだと、父や母に伝えるべきだと思った。が、そんなことをすれば、兄のように乱暴な遊びを好む子なのだと、母に嫌われてしまうかもしれない。それが怖くて、どうしても言うことができなかった。

(兄上はあのときのことを覚えているだろうか。忘れる訳がないよな)

信勝は、ゆっくりと目を開けた。

鶯が飛び立つ。

息を切らして駆け込んできた近習(きんじゅ)の気配により、信勝は我に返った。

兄信長の来訪が告げられる。

供回りの者たちの表情が一様に強張ったのは、誰もが信長を恐れていたからだ。この城で信長の存在を疎まぬ者は、信勝ただ一人と言って良かった。

「勘十郎、元気か。顔を見に寄ったぞ」

柔らかな静寂を蹴破るかのようにして、信長が大声をあげた。一里（約四キロ）先まで聞こえるのではないかと思えるほどのとおる声だ。

信長自身は穏やかな笑みを見せているのだが、侍女たちはたちまちのうちに恐ろしげにひれ伏し、その顔を拝する者などいない。信長の姿格好を見れば、それも致し方ない。

髪は髷を結わずに、鮮やかな萌黄色の平打ち紐で茶筅のように巻き立て、先を適当に切っただけで荒々しい。擦り切れた麻の湯帷子を肩脱ぎにし、虎革と豹革を接いで四色に染めた半袴の腰には、火打ち袋や瓢箪をいくつもぶらさげている。極めつけに、目の覚めるような朱鞘の大太刀を引きずるように佩いていた。これではまるで熱田界隈を闊歩する破落戸どもと変わらない。

湯帷子は元々は入浴時に着るものだったが、当世ではすでに裸での入浴習慣が広まっており、室内着として定着しつつあった。

信長は自身で召し抱えた若き荒くれ者たちと徒党を組み、このような出で立ちで湊町を我が物顔で練り歩く。良識ある大人たちが目を背けるのもわかる。

「兄上は織田家の棟梁にござります。いくら野駆けといえども、相応しい身仕舞いというものがありましょう」

一方の信勝は、同じ腹から生まれた兄弟とは思えぬほどに、優美と気品に満ちていた。常日頃から礼節を重んじ、身なりも整っている。家中の長老たちの言にも素直に耳を傾け、覚えもめでたい。物言う花と讃えられた絶世の美女、母の土田御前に生き写しのような整った顔立ちもあって、大人たちから可愛がられた。

「せっかく弟に会いに来てやったというのに、顔を見るなり小言か」

信長が口をへの字に曲げた。が、言うほど不機嫌でないのはわかる。家中の老臣たちの言葉には洟も引っかけない信長だが、この歳の近い弟にだけは素直な態度を見せた。それがわかっているだけに、信勝の言葉もついつい厳しいものになる。

「兄上がいけないのですよ。家中の大人たちが大うつけと呼んでいること、兄上の耳にも入っておられますよね」

「別に俺は構わぬ。言いたいやつには、好きに言わせておけばいいさ」

「兄上は良くても、当家の威信にかかわります」

やれやれといった顔で、信勝が兄に苦言を呈する。これもいつものことで、信長が聞く耳を持つとは微塵も思っていない。そもそも信勝は、この自由奔放な兄のことが嫌いではない。家臣たちが信長のことを悪し様に言うのが、本音では歯がゆくてならなかった。

「兄上は甘いのです。それでは一門を束ねてはいけません」

以前から家中において、信長の器量を怪しむ声があがっていることは知っていた。父信秀が亡くなってからは、それがよりはっきりと信勝の耳に届くようになった。信勝の重臣の中には、信長を退けて一門を率いるべしと、はっきりと注進してくる者も少なくなかった。

しかし、信勝には兄に弓引く気などない。

尾張の虎の異名で、近隣諸国に名を轟(とどろ)かせた信秀の大胆不敵で勇猛果敢な血を色濃く受け継いでいたのは、兄の信長であることに疑う余地はない。

父も早くにそれに気づいていたからこそ、敢えて信長を本城である那古野城に入れ、みずからは末森城で正妻土田御前とともに信勝を養育したのだろう。また、弾正忠家で一、二を争う猛将である柴田権六勝家と佐久間大学助盛重の二人を、ともに信長ではなく信勝の傅役としてつけたのも、兄弟の資質を見抜いていたからだ。

父に似た兄と母に似た弟。

(父上が最も信頼していたのは、俺ではなく兄上だった)

だからこそ、信長の立ち振る舞いに納得がいかない。織田家のために、もっと棟梁として相応しい言動をしてほしかった。

「兄上の行状に置かれましては、母上も心配されております」

「心配だと。俺を嫌っているだけだろう」

信長が寂しげに目を伏せる。勘十郎だけに見せる顔だ。

「そのようなことは……」

「いらぬ気を遣うな。母上が俺を忌み嫌っていることくらいわかっているさ。家中のことは、勘十郎にまかせた。俺は他にやることがいくらでもあるからな」

このときばかりは、日頃から気の強い信長も、見る影もないほどに肩を落とす。

信勝には兄の言葉は強がりにしか聞こえなかった。

「他にやることとは」

「この糞ったれの世をぶっ壊す」

まるで近くの山に川魚でも釣りに行くかのように大事を語る。

「本気で申されておるのですか」

信勝が躰を仰け反らせ、眉をしかめた。信長の数少ない理解者であるはずの信勝でさえ、驚きを隠せないでいる。

「当たり前だ」

信長が片方の頬をあげ、瞳を輝かせる。信勝は、憮然として深く息を吐いた。

「世を壊すことより、今はお家を守ることこそが肝要かと」

織田弾正忠家を取り巻く環境が日増しに厳しさを増していた。東からは海道一の弓取りと呼ばれている今川義元の脅威が募り、美濃の斎藤道三も信長の舅といえども、少しでも弱みを見せればいつ襲いかかってくるかわからない。

さらには信秀の存在により息を潜めていた織田一族が、信長の代になって魑魅魍魎の類いのように暗躍をはじめていた。

岩倉城を拠点とする上四郡守護代の織田伊勢守家、清洲城において守護斯波氏を傀儡にしている下四郡守護代の織田大和守家、犬山城の独立勢力織田信清、そして織田弾正忠家においても那古野城の信長派家臣と末森城の信勝派家臣が険悪な関係となり、尾張国内は五つの力が牽制し合いながら一触即発の状態になっていた。

世をぶっ壊すどころか、これでは織田弾正忠家が潰れかねない。

「美濃との国境の村を見てきたぞ」

「またそのような勝手なことをされたのですか」

信勝が呆れ顔で嘆息した。

「勘十郎、庭の梅を愛でるのも良いが、たまには城を出てみろ。答えはすべて民のもとにある」

「いったい何があるというのですか」

「年寄りどもの言うこととは、まったく違うものだ」

信長が腹心の者を少数連れただけで、度々、戦で荒れた村を見に行っていることは知っていた。何度か同行を誘われたが、土田御前が良い顔をしないので、一度も実現してはいない。

「母親が餓死寸前の我が子を、己の手で絞め殺すところに出くわした」

「なんと憐れな。助けたのですか」

「口惜しいが、間に合わなかった」

「それはかわいそうなことですね」

信長が顔を近づけてくる。吐く荒い息が顔に降りかかった。

「かわいそうだと。まるで他人事だな。こうしている間にも、日本中で幾千幾万という幼子の命が奪われているんだ！　わかるか」

「声を荒らげずともわかっておりまする。わかっておられぬのは、兄上のほうだ。すべての民を生かすことなど無理なこと。我が家中の者たちにも、親がおれば子もおります。織田家の郎党数千人を守ることが、勘十郎の責務と心得ております」

「それがわかってねえって言ってるんだよ！」

信長に腕を摑まれる。二の腕に、深々と指が食い込んだ。

「あ、兄上……」

信長の剣幕に気圧される。強い光を放つ瞳に、吸い込まれそうな気がした。

「こんな狭い家中で、ちんたらとくだらねえ争いをしている場合じゃねえんだ。勘十郎、力を貸せ。俺は天下を造り替える！　奪い合わなくても良い世を造る。母が子を殺さなくても良い、平和な世だ！」

上擦った信長の声が、庭内に響く。そのとき、傍に控える侍女たちの間をすり抜けるようにして、二人に割って入った者がいた。

「三郎様。お控えください」

信勝の近習の津々木蔵人だった。必死の形相で信長を止めようとする。

信勝の覚えめでたく、末森城においてはすでに家老柴田権六勝家と権力を二分している出世頭だ。その蔵人が、信長を押し止めようと、悲痛な声で訴える。

「勘十郎様はいつだって三郎様のことを案じておられます」

見据える視線は、突き刺さるほどだ。蔵人の真剣な言葉に、信長は我に返る。

「すまぬ。言葉が過ぎた」

摑んだ信勝の腕を放した。信長とて、信勝を責めるつもりなど微塵もない。

「三郎様が世迷い言のようなことを放言される度に、家中の老臣たちは離れていきます。悪し様に棟梁の器にあらず、と口にする者さえおります。それを必死にたしなめておられるのが勘十郎様なのです。当家において、三郎様を最も慕っておられるのは、勘十郎様なのですよ。今少し、そのお心を汲んではいただけませぬか」

頰や顎が涼しげに削げ、端整な顔立ちは息を呑むほどに美しい。童女を思わせるような優雅な色気を持った蔵人の目から、ついに一滴の涙が溢れた。

「俺だって……、そのくらいはわかっている」

さすがの信長も、蔵人の熱い言葉に、声を落として首を垂れた。

「蔵人、控えよ！　兄上に対して礼を失することは許さぬ！」

信勝が顔を真っ赤にして、大声で蔵人を叱りつけた。これほど声を荒らげることは珍しい。まして相手は信頼する家臣の蔵人だ。信勝の剣幕に驚きを隠せないまま、

「申し訳ございません」

蔵人が片膝をつきながら頭をさげた。

「いったい何事じゃ」

静かに障子が開き、濡れ縁に姿を現したのは、信長と信勝の実母である土田御前だった。衣擦(きぬず)れの音が耳朶を打つほどに優雅に身を滑らせる。指先から黒髪の一本いっぽんまで、気品に満ち溢れていた。哀切極まりない切れ長の目は、血肉を分けた母ながら滴(したた)るほどに妖艶(ようえん)だった。

「母上……」

信長の動きが止まる。土田御前は、そこに信長の姿を見つけるや、途端に忌々(いまいま)し

いものでも見るかのように眉を吊りあげた。その目は見る者の背筋をゾッとさせるほどに感情が失われている。我が子を見る目ではない。

「ずいぶんと外が騒がしいと思い様子を見に来てみれば、やはり三郎であったか」

土田御前が右の手のひらで覆い包むように、左の胸を押さえた。癖なのだろう。信長には子供の頃から見慣れた姿だった。

「お騒がせして、すみません」

「三郎。何故、末森に参られた」

淡々とした声は、氷のように冷たい。

「近くまで野駆けに来たもので、勘十郎の様子を見に寄りました」

「それはご苦労なことですが、余計な心配には及びませぬ。勘十郎には津々木殿のような秀抜な忠臣が常に傍に控えおる。そうであろう、津々木殿」

「はっ。恐れ入ります」

「三郎も良い弟を持って安心であろう。織田家も行く末まで安泰というものです」

信長は頬を強張らせ、小さく頷いた。

「ところで平手殿のこと、惜しいことでしたのう」

母の言葉に、信長の面から一切の表情が消えた。

信長には、信秀より与えられた四人の傅役（おとな衆）がいた。一長は林新五郎秀貞、二長は平手五郎左衛門政秀、三長は青山与三右衛門、四長は内藤勝介だ。

秀貞の林一族は、弾正忠家でも最大の勢力を持つ武士団だったが、信長廃嫡の急先鋒であった弟の林美作守通具に引っ張られるようにして、秀貞も信長の一番家老でありながら信勝派の中核を担うようになっていた。

二番家老平手政秀は織田弾正忠家で最大の財力を誇り、財政面を司りながら、信長を支える数少ない重臣であった。傅役四人の中で、政秀こそが信長の真の後見役と言えた。

青山与三右衛門は美濃稲葉山城を攻めた加納口の戦いで討ち死にし、内藤勝介も信秀時代の激戦赤塚の戦いで武名をあげた際の古傷が癒えずに隠居同然の暮らしを送っている。

そのような中で、一月ほど前に事は起きた。

政秀の嫡男五郎右衛門が、再三にわたり信勝一派から反信長への誘いを受けたのだ。信長を廃嫡し、信勝を棟梁に据えようとの密計だ。

噂はすぐに広まり、信長も耳にすることになる。

信長は真意を試すかのように、五郎右衛門が大事にしていた馬の献上を所望した。数々の名馬を所有し、みずから鍛えあげてきた信長からすれば、本当に五郎右衛門の馬がほしかった訳でない。家中一の財を誇る平手一族宗家の嫡男である五郎右衛門にしても、本来ならば馬一頭を惜しむ理由はない。

しかし、五郎右衛門は信長の申し出を断った。これは信長を支えてきた平手家が離反を決意していることの意思表明となった。

誰が懐柔を行ったのか。平手家次期当主の五郎右衛門が断り切れぬほどの相手とは、表向きは柴田勝家などの末森城の重臣たちであったが、背後には土田御前の存在があったことは間違いない。

だが、政秀が動いた。その朝、信長のもとへ火急を知らせる早馬が駆け込む。

政秀が切腹をした。信長は寝所から転がるように駆け出ると、肌小袖のまま馬に飛び乗り、単騎駆けにて政秀の屋敷に向かった。

信長が全身に汗を噴き出させて到着したとき、政秀はまだ息を残していた。

「爺。なんという馬鹿なことをしたんだ！」

信長が和笞(わむち)を床に叩きつけた。派手な音を立て、竹の笞が床板の上で弾む。

血塗れで横たわる政秀を、嫡男五郎右衛門、次男監物(けんもつ)、三男甚左衛門(じんざえもん)が囲んでいた。狭まる視界の端に信長の姿を捉えた政秀の唇が、微かに動く。最期の力を振り絞り、途切れる言葉を紡いだ。

「御前様の御意志に抗うには、この老体の皺腹を掻き切るほかありませぬわ」

そう言って、政秀が穏やかに頬を緩ませる。

「だめだ！　死ぬことは許さぬ。俺はまだまだ爺から学ばねばならぬことが山ほどあるんだ。糞ったれの世をぶち壊すんだ。戦をしたくてもできぬ世を造るんだ。それにはどうすればいいか、俺に教えてくれ」

「申し訳のうございます」

「ならぬ。俺の許しもなく、勝手に逝(い)くな！」

溢れ出た大粒の涙が、頬から顎を伝い、政秀の顔に落ちた。

政秀が伸ばした手を、信長が強く握り締める。その手はすでに熱を失っていた。

「我が儘を申すのは、三郎殿の得手とするところ。一度くらいは爺にも、勝手をさせてくだされ」

「俺を置いていくな」

「不老不死の人間などおりませぬ。人は誰も必ず死する。ならば、いつ死ぬかではなく、なんのために死ぬかこそが肝要でありまする。老いぼれの命の使い道をくだされ、ほんに有り難きことよ」

「すまぬ。俺に力がないばかりに」

信長が両手をついて頭を垂れた。肩が激しく震える。

「三郎殿。あなたは強い。顔をあげ、胸を張りなさい。己を信じなされ。されば、そこにおのずと道は開ける」

政秀の優しげな言葉に、信長が幾度も首を縦に振った。

「俺は逃げぬ。まっすぐに己の道を行くぞ」

「戦のない世の中を、どうぞ成し遂げてくだされ」

「爺、約束する」

「儂は本当に良き殿を持った。この上なき果報者じゃ」

政秀が静かに目を閉じた。自害するにあたり、政秀は遺書を残していた。平手一族へ信長からの離反をたしなめ、さらなる結束を願うと記されていた。

遺書を読み終えた五郎右衛門が、信長に向き直る。両手をついて頭をさげると、

「父の最期の望み故、末森よりの誘いには首を縦に振らぬことは約束いたします。しかしながら、某は三郎様を弾正忠家の棟梁とまだ認めたわけではございません。戦のない世を造るなどという世迷い言を申されるのであれば、平手一門は三郎様にも与することはいたしませぬ」

躰を震わせながら言い切った。

平手一族は弾正忠家において、林一族に次ぐ大きな兵力を持っていたが、政秀の最期の願いによって考えを改めた五郎右衛門により中立となった。

「構わぬ。それで充分だ」

信長は己に言い聞かせるように言葉にすると、力強く立ちあがった。

脳裏に政秀の顔がよぎる。文武に秀でた政秀は、信秀の右腕として、長年にわたり織田弾正忠家を支えてきた。信秀が朝廷に内裏築地修理料として四千貫（約三億二千万円）を献上したときも、名代の役目を担ったのは政秀だった。

そのとき十歳だった信長に、政秀はきらびやかな都や宮中の話を聞かせてくれた。荘厳で雄大な数々の神社仏閣。碁盤の目のように整備された道路。尾張では見たことがないほど多くの人々が大通りを行き交い、市には日本中からありとあらゆる産物が集まり売られていく。

――尾張では多くの民が飢えて死んでいるのに、京ばかりが豊かなのはずるい。

目を輝かせて京の素晴らしさを語る政秀に対して、信長は反発するような荒い物言いをした。戦場になった国境の村では、戦火に焼かれて民は飢え苦しんでいる。政秀だとてそれを知らぬはずはない。だからこそ、京の都の雅びさや豊かさをまるで我が事のように自慢しているようで、なんだか裏切られたような気がした。

しかし、政秀は穏やかな笑みを絶やすことなく、静かに信長を諭した。

――富める者を誹るより、飢える者を無くすことに尽くしなさい。

富めることは罪ではなく、皆が豊かになることを求めるべきだと、政秀は教えてくれた。信長が物乞いに化けて、戦に焼かれた村の様子を探るようになったのも、このときの政秀の言葉が胸に残っていたからだ。その政秀は、もういない。

政秀自刃の一件より、信勝の目には兄の立ち振る舞いが変わったように見えた。

武士にあるまじき奇抜な出で立ちや粗暴な振る舞いは以前のままだが、信勝に対する物言いには、熱き情がこもるようになった。

戦に明け暮れる世に罵詈雑言を投げつけ、飢える民百姓を思っては人目も憚らず(はばから)に涙する。おかげで、もはや家中のみならず、領民たちまで大うつけと嘲笑う(あざわら)始末だ。だが、そんな兄を不思議と嫌いにはなれない。

それにしても……と、信勝は思う。

(命を賭してまで守ってくれるような家臣が、俺にはいるだろうか)

複雑な思いで兄を見つめる。

信長は両手を強く握り締め、土田御前を睨みつけていた。

「爺のことは、誠に以て無念の至り」

「心中察し致します。それにしても、何も腹まで召されなくとも良かったものを。年を取ると堪えがきかなくて困るのう」

土田御前の空疎な笑い声だけが、中庭に響きわたる。

信勝から見ても気の毒なほどに、信長は落胆して肩を落とした。虚ろな瞳は焦点が定まっていない。

物心ついた頃には、母と兄の関係はすでに冷え切ったものになっていた。「兄上にもっと優しくしてあげてください」と、母に頼んだことがあったが、鬼のような目で睨みつけられただけで何も答えてくれなかった。信勝は後になって、土田御前に仕える侍女の一人から、真相をこっそりと打ち明けられた。

土田御前が織田家に嫁したとき、信秀にはすでに正妻がいた。弾正忠家の主筋である尾張下四郡守護代の清洲城城主織田大和守達勝（たつかつ）の娘を妻に迎えていた。が、弾正忠家が台頭し、所領の帰属をめぐり達勝と戦火を交えることになり、この妻を離縁した。側室だった土田御前が継室（事実上の正室）となったが、自分もいつ離縁されるか不安で仕方がなかった。

土田御前には二歳になる子がいた。名を吉法師（きつぼうし）という。後の三郎信長だ。

この吉法師が大変に癇が強くて、土田御前の手に余った。激しく泣き暴れ、片時も母を休ませることがなかった。

吉法師は人並み外れて鋭感な子で、おそらくは離縁に怯える土田御前の心の内を感じとっていたのだろう。あるとき、乳を飲みながら母の乳首を噛みちぎった。母の悩乱の闇を、触れ合う肌をとおして己の痛みとしたのだ。以来、土田御前は吉法師をその手に抱くことはおろか、傍に置くことさえなくなった。

その代わりに吉法師には、信秀の家臣池田恒利（つねとし）の後妻が乳母につけられた。土田御前に抱かれたときはあれほど泣き暴れたにもかかわらず、この乳母には嘘のように懐いた。それがなんとも薄気味悪い。いつしか土田御前は、我が腹を痛めて産んだ信長を疎むようになった。

そんな信長を不憫（ふびん）に思ったこの乳母は、かえって一心に愛情を捧げた。

やがて、夫の池田恒利が亡くなると、信秀によって側室に迎えられ、殊の外、可愛がられた。信秀は土田御前から離れ、この乳母のもとに入り浸るようになる。

土田御前からすれば、我が子信長によって、夫の寵愛（ちょうあい）を失ったのだ。恐れていた離縁に勝るとも劣らぬ重苦を味わうこととなった。

この頃、信秀は三河攻略の起点とするべく古渡城へと移ると、それまで居城としていた那古野城を二歳（数え歳。満一歳）の吉法師に譲った。

信長はわずか二歳にして、両親と離れて一城の主となったのだ。

信秀とともに古渡城に移った土田御前は、これ以降、さらに信長を遠ざけ、やがて生まれた次男の信勝を溺愛するようになった。信勝だけはけっして乳母にはまかせず、自分の手によって育てた。故に、信長は母親の温もりを知らずに育った。

信秀が古渡城を廃して末森城を築く。

信長は那古野城から何かにつけて末森城に暮らす母や信勝のもとを訪ねるようになる。しかし、土田御前が優しく言葉をかけるようなことは終ぞなかった。

「どうせ俺など、招かざる客よ」

手を伸ばすと、梅の木の枝を力任せにへし折った。枝の折れる派手な音に、侍女たちが身を竦める。

「兄上、そのようなことを」

「もう、いい。帰る」

信長が、信勝と目を合わせぬまま言い放った。土田御前は応えようともしない。その右手は、左胸を強く摑んでいる。

「お待ちください」

信勝の声が届かぬまま、信長は言葉だけを残し、勢いよく城を飛び出して行った。

「生駒屋敷へ行くぞ」

末森城を出た信長は、すべてを振り切るように、馬首を北へと向ける。そのまま馬に笞を打ち、飛ばしに飛ばした。後に続くのは、前田利家や池田恒興などいつもの面々だ。

生駒屋敷に到着すると、信長ら一行を可成が出迎えた。

信長とともにやってきて以来、食客として居着いてしまったのだ。

「おい、山賊。元気そうだな」

姿を見つけた信長が、親しげに声をかける。

「おっ、物乞いの若殿。変わりはないか」

とても命のやり取りをした間柄とは思えない。

「しばらく見ぬ間に、洒落(しゃれ)た身なりをするようになったじゃねえか」

可成は小袖に肩衣を合わせて着ていた。この間までなんの生き物かわからぬような獣の毛皮を身に着けていたことからすれば、たいした変わりようだった。

「おうよ。今の俺は清和源氏の流れを汲む河内源氏の棟梁鎮守府将軍八幡太郎義家の七男である陸奥七郎義隆が子孫、森三左衛門(さんざえもん)可成だ」

「山賊がずいぶんと出世したものだな」

これには信長も苦笑するしかない。明らかな仮冒（かぼう）であるが、源平藤橘を偽称することは、この時代にはさして珍しくない。

「お主だって物乞いをしていたのに、本当は織田の殿様だったじゃねえか」

信長の場合は国境の地の様子を探るために身分を隠していただけで、織田弾正忠家棟梁であることに嘘偽りはない。いくら元は武士とはいえ、山賊に身をやつしていた可成が、生駒家に仕えるにあたり名門の武家を騙（かた）るのとはまったく事情が違う。

「殿に対して無礼であろう。山賊ふぜいが分をわきまえろ」

利家が可成を睨めつけた。相変わらず喧嘩っ早い。

「何を！　お前らのほうがよっぽど山賊みてえじゃねえか」

たしかに信長の出で立ちは異様なことこの上ない。恒興や利家も信長に負けず劣らずの傾（かぶ）いた身なりをしていたので、これでは山賊集団と言われても仕方なかった。

「だいたい、もののふの値打ちは身なりでは決まらぬ。違うか」

「なるほど、これは三左に一本取られたわ」

信長が豪快に笑った。生駒家長や吉乃も釣られて顔をほころばせる。

可成だけは真剣な面持ちで、何事かに思いをめぐらしていた。

「言いたいことがあれば遠慮なく申せ」

気づいた信長が尋ねると、可成が柄にもなく戸惑いを見せる。

「笑うなよ」

「笑わねえ。約束する」

口を開きかけた可成だが、やはり途中で言葉を呑み込んでしまった。

「やっぱりやめた。どうせ笑うに違いねえんだ」

「笑わぬと言っただろう」

信長が表情を引き締める。意を決した可成は頷くと、つかえた物を吐き出すかのように、一気に言葉を放った。

「俺は日本一の武士になるぜ」

「山賊の首領が日本一の武士か」

信長が目を見開いた。

「笑うんじゃねえ」

「笑ったりなどするものか。これからは、誰もがなりたい己になれる世を造る」

信長の言葉に、今度は可成が惚(ほう)けたように口をあんぐりと開けた。

「そんな世が造れるのか」

「造れる。いや、造らねばならぬ」

「そんなら、俺も日本一の武士になれるのか」

「人間の一生など所詮は五十年あまりよ。神仏から見れば、夢幻のように一瞬に過ぎぬ。ならば悔いなく、なりたい己として生きるべきだ」

「おおっ。偉い武士になって京の都にでっけえ屋敷を建ててやるぜ」

可成が大きく胸を張った。それを見た利家が、

「お前が京都って面かよ」

肘(ひじ)で可成の脇腹を突く。その顔は笑ってはいたが、けっして嘲(あざけ)るようなものではなかった。

「そういう又左はどうなんだ」

信長は利家に向かって顎をしゃくる。

「俺ですか」

「お前だって、夢があるだろう」

「俺は、城がほしいです。尾張のどこかに、小さくてもいいので、自分の城を持ちたいです。そこで妻を娶り、たくさんの子を育てます。俺の城を造るんです」

利家は荒子城城主の前田利春の四男として生まれ、家督は長男の利久が継ぐことになっていた。父親や兄との関係はあまり良いとはいえず、ほとんど荒子城に帰ることはなかった。

「ならば、そんなケチ臭いことを言うな。そうだ、日本から全部の国をなくしてひとつに統べたら、能登あたりに大きな城を持てばいい」

信長が握り拳で利家の逞しい胸を叩く。能登は尾張からまっすぐに北進し、美濃を越えて日本海を望むところまで出た版図だ。

「すげえ。それって大名ってことじゃねえですか」

利家が驚きを隠せず声をあげた。

「孫介はどうだ」

信長に問われた佐々孫介が、へへへっと照れ笑いを浮かべる。年齢に似合わぬあどけない笑顔だが、相撲の力士のような屈強な体軀を持った大男だ。

信長は子供の時分から相撲が好きで、悪童を集めては力比べに興じていた。家臣たちにも戦の鍛錬と士気高揚を狙いとして、暇さえあれば相撲を取らせた。孫介は大岩のような巨体を活かして百戦百勝の活躍を見せ、馬廻衆の中でもとくに信長に目をかけられている。

「俺は……、そんなの恐れ多いです」

孫介は比良(ひら)城城主佐々蔵人佐(くらんどのすけ)の次男で、弟の佐々成政(なりまさ)とともに信長の馬廻衆に取り立てられていた。兄の佐々隼人正(はやとのしょう)が家督を継ぐために身の置き場がなくて信秀に仕えてきたのだが、信長の代になってからは那古野城で部屋住みとなっている。

信長より七つ年上で、今川義元と信秀が争った三河小豆坂(あずきざか)の戦いでは十七歳にして武功をあげ、小豆坂七本槍の一人に数えられたほどの勇猛果敢な侍なのだが、元来の気立ての優しい性分のためか、いつも年下の恒興や利家からは弟分のように扱われていた。本人もいやがる節もなく、嬉々として後をついてまわっている。

「なあ、孫介。俺は思うんだが、人っていうのは、なんのために生き、なんのために死ぬのか。志がある者だけがなりたい己になれんじゃねえか」

「なんのため生きるか……」

孫介が信長の言葉を噛み締めるように繰り返した。

信長が口元を緩め、孫介を見つめる。

「石切職人はなんのために石を切るのか、わかるか」

「なんのため……ですか」

「ある職人は、暮らしを立てるためと言った。生きるための糧を稼ぐことは大切なことだ」

「わかります」

「別の職人は、国一番の仕事をしていると言った。職人として、匠(たくみ)を目指すのは誇れることだ」

「いかにも」

「またある職人は、目を輝かせ、空を見あげながら、神社仏閣を造るためと言った。この者の思いは石切場を離れ、その目には寺社で祈る人々の姿が見えていたんだろう。金を稼ぐためでも、己が名工になるためでもない。多くの民の信仰への思いに応えたいという志のために仕事をしている。どの職人が切り出す石がもっとも見事であるか、問うまでもないだろう」

「御意にございます」

孫介が幾度も大きく首を縦に振りながら、声を上擦らせる。

「まあ、俺も坊主の受け売りだがな」

「それはさぞやご高名な方で」

「いや、名も知らぬ旅の坊主だ。もはや顔も思い出せぬ」

信長が肩を揺すった。

「俺は、殿がいつも言っている新しい世っていうのを、一緒に造りたいです」

「そうか。一緒に造ってくれるか」

「それで……その新しい世で、綺麗な嫁さんをもらって、子供もたくさん作って、それでいつまでも楽しく暮らします」

信長が笑みを湛えて大きく頷いた。それを聞いていた利家が、

「なんだ、欲がねえなぁ」

孫介の頭を小突く。実際には巨漢の孫介のほうが頭二つほど大きいため、利家の手は空振りになってしまった。恒興が笑いながら利家の肩に腕をまわし、

「いいじゃねえか。なりたい己の姿は人それぞれよ」

みずからにも言い聞かせるように言葉を嚙み締める。

「身分も家柄も関係ねえ。熱い思いのある奴が、働きに応じて出世できる。誰もがなりたい姿になれる。そんな世を造るんだ」

信長の言葉に、みんなが胸を熱くして歓声をあげた。蜂の巣を突いたような騒ぎになる。恥ずかしがる者などいない。口々に、自分のなりたい姿を語りはじめた。

不意に、甘い香の匂いがお前の信長を包み込んだ。傍らに吉乃がそっと身を寄せていた。

「うつけ。相変わらずお前の家来どもは騒がしいのぉ」

呆れて物が言えぬとばかりに顔をしかめている。

「家来なんかじゃねえ。奴らは俺の仲間だ」

「そうか。仲間か。うつけらしい言い方だな」

信長の視線は、大声で騒ぎ立てている馬廻りの者たちに注がれていた。吉乃は、その横顔をそっと見つめる。いつまでも、ずっと見ていたい衝動に駆られた。

「吉乃よ」

吉乃の思いを見透かしたかのように、信長の言葉が胸に入り込んでくる。粗野で傍若無人で野放図な男と思われがちだが、吉乃の耳に届く信長の声は、触れると痛いくらい実直で、それでいてどこまでも温かい。多くが気づいていないだけだ。

信長という人間は限りなく優しい。その優しさを戦国の世で貫きとおすためには、冷徹なまでの強さを求められる。そんな世が哀しい。

「なんじゃ、うつけ」

信長が眉に力を入れる。

「世の中は馬鹿ばかりだ！」

大うつけと馬鹿にされている信長が、世の者たちを馬鹿だと罵る。なんという滑稽なことか。吉乃は思わず吹き出してしまった。

「うつけに馬鹿呼ばわりされるなんぞ、本当にこの世は馬鹿ばかりってことだな」

「そうだ。まったく以て馬鹿ばかりだ」

吉乃の笑う声につられるように、向き直った信長も相好を崩した。

信長と吉乃の視線が絡む。吉乃は視線を逸らすことなく、

「梅が散れば、オレは美濃へ行くぞ」

いよいよ輿入れが近づいていると告げた。声が震えていないか、気が気ではない。

「うむ」

真顔になった信長が頷いた。

「それだけか」

吉乃が少し拗ねたように睨む。

「なんだ。盛大な祝いの宴でも催してもらいたかったのか。それとも高価な贈り物でもほしかったか」

「いらぬわ」

「輿入れにあたり、お前に言っておきたいことがあって来た」

「今さら妾にしようと思っても、もう間に合わぬぞ」

相変わらずの憎まれ口だと、自分でも思う。それでも、目には今にも潤みが溢れそうになっていた。

信長が小さく咳払いをする。思いを吐き出すように、言葉を口にした。

「人と人が奪い合わなくてもいい世を造る。母が子を殺すことのない世だ」

信長らしい餞（はなむけ）の言葉だ。

「やっぱりお前は大うつけよのう」

瞬きとともに、涙が一滴こぼれる。さらに続いてもう一滴、熱い涙が吉乃の頬を伝い落ちた。不思議だった。これほど嬉しいのに、どうしても涙が止まらなかった。

六

「兄上、見事な戦果ですね」

鷹狩りを終えて引きあげる道すがら、信勝が馬上から身を乗り出すようにして、信長に語りかける。鷹狩りが三度の飯より好きな信長だったが、上機嫌なのはそればかりが理由ではない。兄弟で馬首を並べるのは、本当に久しぶりのことだった。

「なあに、勘十郎の追い出しが良かったからよ」

嬉々たる声を隠そうともしない信長の言葉に応じるように、佐々孫介が満面の笑みを浮かべながら肥えた兎（うさぎ）を高々と掲げた。この本日一番の大物を捕らえたとき、信勝みずからが申し出て獲物の追い出し役である勢子（せこ）を担っていた。

「これはありがたき言葉。しかしながら、私こそ兄上の鷹狩りの腕前には、ほとほと敬服いたしました」

世辞とわかっていても、悪い気はしない。

「鷹狩りには極意があるのだ」

「そのようなことは初めて聞きました」

信勝が首を傾げた。その表情に、信長が満足げに頬を緩ませる。

「知りたいか」

「すでに口から出かかっているではないですか」

信勝も破顔した。信長が片方の眉をあげ、目を輝かせる。

爽やかな風が馬上で揺れる兄弟を包み込んだ。

「鷹を主だと思って仕えるのだ」

「主ですか」

「鷹匠がそう言っていた。なるほど、そのように心得てからは鷹が俺の思いをわかってくれるようになった気がする」

「兄上の気持ちを鷹が」

信勝が目を見開く。

「政も同じだと思わぬか。民こそ主だと承知すれば、思いを通じ合うことができる」

「御意！」

兄弟が顔を見合わせた。気がつけば、笑みを交わしている。

「ところで、よくぞ俺との鷹狩りだと言って城を出られたな」

信長と親しくすることに、柴田勝家をはじめ、信勝の家臣たちは良い顔をしない。彼らにとっては信長を廃嫡し、信勝に家督を継がせることこそ、弾正忠家が戦国の世を生き残る唯一の道だった。家中の庶務を家臣に放り投げ、素性の知れぬ若い連中を大勢引き連れては馬鍛錬や戦遊びに興じてばかりの信長などと、信勝が親交を深めて得るものなどあるとは思っていない。

それは重臣たちばかりではなかった。二人の生母である土田御前こそ、信勝を棟梁にしようと躍起になっている。皮肉なことに、むしろ家中においてその流れの火消しに声をあげているのは、平手政秀亡き今となっては信勝くらいなものだった。

「蔵人が気遣いをしてくれまして、此度の出門は末森では山王社への厄除祈願ということになっております」

それで本日の鷹狩りが、五条川を越えるほどの遠出となったことに合点がいく。

山王社は清洲城下にあって、かつてこの地で流行した疫病を鎮めるために建立された総鎮守だ。清洲城は信長の対抗勢力である下四郡守護代織田大和守信友の本城だが、信勝一派からすれば敵の敵は味方ということで、城下をとおることに危険はなかった。信勝自身もまだ知らぬところではあったが、信友の養女を側室に迎える話も密かに進んでいた。

裏を返せば、信長からすれば危険この上ないのが清洲城下ということになる。信長とわかれば、いつ襲われても不思議ではなかった。が、もとよりそんなことを気にする信長ではない。

「蔵人が」

蔵人は勝家と並び、信勝が強い信を置く重臣だ。武辺者の勝家と違い、文官としても優れた才を発揮している蔵人は、土田御前にも何かと頼りにされている。

信長の脳裏に、先日の末森城での出来事がよぎった。果たして蔵人が、土田御前が知れば気を悪くするようなことを進んでするものだろうか。

「蔵人は何事にも心配りを欠かさぬ男です。当家の行く末を思い、兄上のことも案じております」

信長の疑問を打ち消すかのように、信勝が屈託ない笑顔を向ける。

「そうか。勘十郎がそう申すなら、そうなのかもしれんな」

信長は胸に湧きあがる思いを振り払い、己を納得させた。

（今日もこうして、久しぶりに勘十郎と会えるように計らってくれたしな）

馬首を並べる信勝の楽しげな笑顔を見て、

「よし、せっかくだから本当に山王社に参詣していくか」

信長の表情も自然に緩んでいった。


山王社の門前に馬をつなぎ、一行は境内に足を踏み入れた。何やら騒がしい。

弓や槍を抱えた武士が大勢集まり、睨み合うように二手に分かれて、大変な剣幕で口汚く罵り合っていた。今にも誰かが抜刀しそうなほど殺気立っている。

それぞれの者たちの顔を見た信長が、唖然とした表情で足を止めた。

一方は、池田恒興とその家来たちだった。

恒興の母は信長の乳母だ。実母の愛情を知らぬ信長にとってはこの乳母が母親代わりであり、乳兄弟としてともに幼少時代を過ごした恒興を、実の弟と変わらぬほど可愛がってきた。恒興の母は後に信秀の側室にもなり、晩年においてもっとも寵愛を受けた。今は出家し、養徳院として信秀の菩提を弔っている。

相対して声を荒らげているのは、織田造酒丞信房とその家来たちだった。

信房は織田一族ではないが、祖父が数々の武功をあげたことにより織田姓を賜り、以降は代々一門に次ぐ扱いを受けてきた。信房自身も小豆坂の戦いにおいて大怪我を負うほど奮闘し、信秀から「信」の偏諱を賜っていた。佐々孫介らと同様に小豆坂の七本槍の一人に名を連ねており、「最初槍六度」とも賞された。

馬廻衆では年長格であり、小柄な体軀に似合わぬ気性の激しい豪胆な男で、戦においては常に一番槍をつける切り込み隊長だ。

様子を見ていた信長の表情が、次第に憤怒の形相に変わる。信長の側近として馬廻衆では組頭を担う二人が、まさに一触即発の騒ぎを起こしていた。

「お前ら、いったい何事だ！」

「殿！」

信長の姿を認めた者たちが、一斉に驚きの声をあげた。ことに恒興と信房の驚きようといったらない。いまだ昂ぶりに頬を上気させたままだが、それでもさすがに決まりが悪いのか、刀にかけた手をおろしていく。

そこへ、信長に声をかけた者がいた。

「これは上総介殿、ちょうど良いところに参られた」

床几に座ってふんぞり返っているのは、守護斯波義統に仕える奉行たちだった。義統は尾張の守護職といってもすでに下四郡守護代織田信友の家臣坂井大膳に実権を握られ、清洲城においては傀儡同然の身分だ。この奉行たちも実際は大膳の息がかかった者どもだろう。

(俺が来ることを知っていたのか)

奉行たちは意味深長な笑みを浮かべながら、事情を説明しはじめた。

信房の家来に、海東郡大屋村の庄屋である甚兵衛がいた。

甚兵衛が年貢を納めに清洲へ行っている留守の家に、隣村である一色村の左介が夜盗に入った。左介は甚兵衛と日頃から懇意にしていて、金を蓄えていることを知っていたのだ。

ところが盗みに入った晩、物音に気づいた甚兵衛の女房が目を覚ました。さすが庄屋の女房だけあって肝が据わっている。夜盗の躰に必死でしがみつき、派手な揉み合いになった。左介はたまらず逃げ出したが、その際に刀の鞘を掴まれて取り落としてしまった。

翌朝、甚兵衛は女房を連れ、清洲の守護職へ、証拠品の鞘を持って夜盗の被害を届け出た。取り調べの段になり、甚兵衛の女房は、夜盗は左介に間違いないと訴え、一方の左介は、鞘は刀ごと盗まれたものだと知らぬ存ぜぬを押しとおした。この左介が恒興の家来であったから事態は大事になってしまう。

織田一族ではないにもかかわらず、織田姓を賜ったほどの有力な家系である信房と、信長とは乳兄弟の間柄で母は信秀の側室でもあった恒興。信長にとって父の代から仕えてくれている重臣と兄弟同然の寵臣で、二人は日頃から何かと功を競い合い、察した家来たちも仲が悪かった。その二人の家来たちが当事者となったのだ。

そこで清洲の奉行衆は、火起請（ひぎしょう）によって神判を仰ぐことにした。

火起請とは、真っ赤に焼いた鉄を摑んで神棚まで運べるか否かでことの真偽を判定する裁判のことだ。起源は日本書紀の時代の熱湯に手を入れるという盟神探湯（くがたち）まで遡る。境相論（さかいそうろん）で戦になることも珍しくなかった時代なので、このような荒唐無稽もまかりとおったのだ。

山王社の神前に奉行衆が出座し、双方からも結果を見届ける検使を出させた。

そして、左介の火起請を行った。左介は炭火で焼かれた手斧を手のひらに乗せた途端、大声で悲鳴をあげて放り出してしまった。本来ならば、これで罪が確定する。

しかし、飛ぶ鳥を落とす勢いの恒興の家来たちは、左介を庇い立てした。鉄が本来あるべきより焼かれ過ぎていたと言いがかりをつけ、火起請の無効を訴えた。

これには信房の家来たちが黙っていない。

日頃から恒興の家来たちが信長との関係を鼻にかけ、増長していたことが我慢ならなかったので、この機に不満が爆発した。大騒ぎになったところへ、信長が弟の信勝を連れてとおりかかったというのだ。話が出来過ぎている。

「上総介殿、いかが致すか」

薄ら笑いを浮かべた奉行たちが、信長に迫る。

信長が常日頃より目をかけてきた恒興と信房。その家来同士の争い事だ。信長と敵対している清洲の坂井大膳が好機とばかりに仕掛けてきたのではないだろうか。

（やはり、末森と清洲は通じていたか）

そんなこととは疑いもせず、

「兄上。織田家の威徳を示すときです。左介は勝三郎殿の家来ではありますが、ここはすぐさま首を刎ねるが上策かと存じます」

信勝が清廉に引き締まった表情で信長に耳打ちする。

たしかに左介の罪は明白だ。何より証拠の鞘がそれを示している。恒興ら一党の主張に義はない。が、首を刎ねれば家中に拭えぬ遺恨が残るだろう。

それでも、すでに火起請の結果が出てしまっていた。そもそも火起請などせずとも、左介の有罪を疑う者など誰もいない。恒興側もわかっていることだ。だからこそ、双方が引くに引けなくなっていた。

したり顔の奉行衆を睨みつけてから、視線を信房に移す。

「なあ、造酒（さけ）。幸いにして甚兵衛の女房に怪我はなかったのだろう。金品の被害もなかったのであれば事を荒立てず、俺たちの中で収める訳にはいかねえか」

これには信房が色をなして噛みついてきた。

「殿の言葉でも、納得できませぬ。殿は、いつも勝三郎に甘いのじゃ。いくら乳兄弟だからといって、彼奴（きやつ）ばかりを遇するのはいかがなものか」

「そのような事はない」

「ならば、火起請が示されるとおり、左介の罪と断じられよ」

信房は目を真っ赤に充血させ、怒りに全身を震わせながら訴えた。対して恒興も、

「左介は俺の大切な家来だ。家来を守れなくば、もののふの名折れだ」

まったく引く素振りがない。それが余計に信房の怒りを煽り立てる。

「これは笑止の至り。家来の咎（とが）を責めるどころか、庇い立てするとは。日頃から殿の威光を笠に着ての傍若無人な振る舞いは目に余っておったが、ここまでくれば腹立たしさもとおり越し、もはや憐れとしか思えぬわ」

「なんだと！　俺がいつ、殿の威光を笠に着たってんだ！」

「そう、それよ。我が祖父は数々の武功により織田姓を賜り、この造酒丞信房も小豆坂にて今川の兜首を挙げ、亡き備後守様より小豆坂の七本槍との栄誉を頂戴した。その俺に対して、己の家来の不始末の揉み消しを強要するとは、これが殿の威光でなければいったいなんだと申す。まったくもって片腹痛いわ」

「てめえだって、備後守様の勢威を笠に着てるじゃねえか。だいたい、爺さんの武功を己の手柄みてえに言うんじゃねえ」

　二人の殺気が瞬時に広がり、それぞれの家来たちが刀の柄に手をかける。

　家中で味方の少ない信長を支えてきたのは、若き馬廻衆や小姓たちだ。信長によって取り立てられ、常に行動を共にしてきた。この者たちが仲違いするようなことになれば、信長はますます身の置き場を失ってしまうことになる。

「みんな、抑えろ！」

信長が大声を張りあげた。しかし、信房の家来には、すでに刀の反りを返し、鯉口(こいぐち)を切っている者がいる。それでも信長の下知(げち)に頷いた信房は、配下の者たちを右手で制した。その上で、信長に向き直ると、その場に胡座を掻いて座し、小袖の前を大きく割った。露わになった腹を、ピシャリと音を立てて手のひらで打つと、

「我が命、疾(と)うの昔に殿にお預けいたしておる。しかしながら、それは備後守様に仕えし頃とは筋合いが違う。一族郎党の栄達を求めるためでも、領地安堵のために奉公しているわけでもありませぬ。殿だからです。身命を賭して戦うのも、殿と共にあるからなのです」

いつでも喜んで腹を切るとばかりに訴えた。信房の言葉に、

「俺だってまったく同じ思いよ」

恒興も大きく首を縦に振りながら、熱い視線を信長に向けた。

「お前ら、俺に勝るとも劣らぬ大うつけだ」

信長の声が震えている。信房が腹をさらしたまま、

「我らは、殿が大好きなのです。領民たちから大うつけと蔑まれようが、家中で孤

立しようが、殿を信じてついてきた。殿が造ると申される新しい世だって、本当はわからぬことばかりだし、大雨なのにいきなり早朝から遠乗りとか、真冬にもかかわらず川で水練などという理不尽極まりない無茶にも黙って従ってきた。いや、どこかではそれを楽しんでさえいた。それも、殿のことが好きで仕方がないからです」

目には涙さえ滲んでいた。恒興も信長ににじり寄る。

「俺だって、殿が大好きだ。殿のためなら、万の大軍に槍一本で飛び込むんだって屁でもねえ。命なんて惜しいと思ったことは一度だってありやしねえ」

二人の言葉に、家来たちも皆、大きく頷いていた。

聞いていた信長も心を打たれ、その目は潤み、真っ赤に充血していた。

「造酒。勝三郎。俺は日本一の仲間を持ったと思っている」

「ありがたき言葉。それをわかっていただけるのならば、もうこれ以上何も言いますまい。我ら、すべて殿の差配に従いまする。のう、勝三郎」

「当たり前よ、造酒殿」

全員が一斉に信長を見つめた。信勝が心許なげに視線を寄越す。

信長は深く息を吸うと、一同に言いわたすように大声をあげた。

「この件、俺が預かった！」

家臣一同が一斉に地にひれ伏した。奉行衆も口を挟む者はいない。むしろ、この事態をどう収拾するのか、お手並み拝見というところだろう。

「本当に焼かれ過ぎていたのか、先ほどとまったく同じように焼いてみろ」

信長は強張った顔に笑みを戻すと、再び鉄を焼かせるよう下知する。手斧が炭火にくべられ、真っ赤に焼かれた。次に何が起こるのか、皆が固唾を呑んで見守る。

「俺も神判を仰ぐ。俺がこの火起請を無事に成し遂げたら、左介を成敗するぞ」

誰も言葉を発する者はない。ただ一人、信勝が、

「お待ちください。それでは兄上が火傷を負います」

不安げな声をあげた。

「案ずるな。我は神とともにある」

信長はゆっくりとその場にいる者たちを睨みつけた後、焼いた手斧に右手を伸ばし、しっかりと摑みあげた。手から白い煙が湧き、肉を焦がす匂いが立ちのぼる。

「兄上！」

信勝が叫びながら駆け寄る。が、信長は左手でそれを制すと、顔色ひとつ変えず、

ゆっくりと三歩歩いて神棚に手斧を置いた。それを見た左介は、

「申し訳ございません！」

額を地面に叩きつけるようにして、大声で泣き出した。

恒興と信房の双方の家来たちも、一斉に身を固くし、額を地に押しつけた。

信長は見事に火起請をやり遂げた。手斧は焼かれ過ぎてなどいなかった。失敗した左介の有罪が決まる。夜盗の罪は死罪だ。この場で首を刎ねることになる。

しかし、信長はひれ伏す左介の前で片膝をつくと、肩に手を置き、

「食うに困って盗みを犯したことは許しがたい。まして、相手は親しき仲の甚兵衛だ。盗みに入る前に、助けてくれと頭をさげるべきだったんじゃねえか」

「仰せのとおりでございます」

左介が涙で濡れた顔で見あげる。信長は甚兵衛に向き直ると、

「甚兵衛も、懇意にしてきた左介が夜盗をするほどに飢えていたことに、なぜ気がつかなかったんだ。お前が手を差し伸べていれば、こんな騒ぎにはならなかった」

目をそらすことなく、優しく語りかけた。

「はい。言葉もございません」

甚兵衛はさらに頭を低くした。信長は立ちあがる。

「だが、左介を飢えさせたことは、俺に罪がある。すべては俺の力が足りぬせいだ」

そう言って、左介の成敗を耳削ぎの刑に減じた。恒興の家来たちは言うまでもなく、信房の家来たちも異を唱える者は一人もいない。それどころか慈悲深き裁定を聞くにおよび、信長のことを神仏のように手を合わせて拝む者が続出した。

「左介、俺を許せよ」

「本当に……、本当に、申し訳ありませんでした」

左介は顔を伏せたまま、肩を大きく震わせた。

奉行の一人が忌々しげに顔を歪める。奉行たちから報告を受けた大膳が、舌打ちをする姿が目に浮かぶようだった。

奉行の配下の下人が左介の顔をあげさせると、小太刀で両耳を順に切り落とした。

耳や鼻を削ぐ刑は、本来ならば女の罪科に対して行われるものだ。男である左介に処されたこと自体が、侮蔑的な意を含んでいる。

死罪よりは減刑されたものの、その処分はけっして軽いものではない。これがもしも身分のある武士であるならば、切腹よりも重刑とされるものだ。

それでも左介とすれば、本来ならば死罪を免れぬところを命を救われたことになる。異議が出てもおかしくない。だが、信長が焼けた手斧を掴んで見せたことで、奉行衆も従わざるを得なくなった。唯一、信勝だけが不満そうな顔をしていた。

「兄上は織田家の棟梁だ。織田家が鉄の絆を築くためには、兄上が権威を示すことこそがなすべきことではないのですか」

「不服か」

「乱れた世を治めるのは秩序です」

納得いかぬ信勝が憮然とする。

「俺もそう思う。だが、秩序を守らせるのは、人の思いだ。長く続く戦乱の世に、人々は疲れ切り希望を失っている。額に汗して働く者が幸福を感じる世でなければいけないんだ。田畑は実り、市には物が溢れ、飢えなど無縁で人々は人生を楽しむために働ける。俺はそんな国を造りたいんだ」

「ならばこそ、鉄のように固い秩序がいるのです。兄上は棟梁として、秩序をもって国を治めるべきです」

「勘十郎。国を誰が治めるかなど、民にとってはどうでもいいことだ。求められるのは、腹を満たす飯があるかどうかよ」

「だからこそ、秩序が必要なのです。秩序がなければ、国は治まりません。兄上は甘いのです」

「民がいてこその国だ。国など糞食らえよ」

信長はさも愉快そうに口元を緩ませて、信勝を見据える。

「宿老たちが聞いたら、なんと申すか……」

だから大うつけと呼ばれるのだ、そう言いかけて、信勝は言葉を呑み込む。

「織田家も糞くらえだ」

「兄上はいつもそうだ。自分勝手で、まわりの者の思いなど気にも留めぬ」

信勝が歯を食いしばる。幼少の頃から兄の勝手気ままにはずいぶんと振りまわされてきた。にもかかわらず、不思議と子分たちは信長のもとへと集まってくる。

今もそうだ。先ほどまで死闘をはじめそうだった恒興と信房の郎党たちが、今は目を輝かせて信長にひれ伏していた。信長にはそういう言葉では言い尽くせぬ魅力のようなものがあった。認めたくはないが、それは否定できない。一方では、そんな信長に対して、大人たちは眉をひそめる。

「そんなことはない。俺はいつだってお前のことを考えてきた。大事な弟だからな」

そう言って目を細める兄とは裏腹に、弟は息を吐いて視線を落とした。

「私は母上の乳を飲んだことがない」

「乳だと」

信長は不思議そうに信勝を見た。

「なんでもありませぬ」

信勝は黙って首を横に振った。

乳飲み子だった信長に乳首を噛み切られて以後、土田御前が自分の産んだ子に乳を与えることはなくなった。

信勝が物心ついたときから、土田御前は事あれば信長の悪口を言った。

――三郎は大うつけじゃ。乱暴者で困る。好き勝手ばかりしておる。だから、勘十郎がしっかりせねばならぬのじゃ。

厳しく躾（しつけ）をされた。でも、その向こう側には、いつも兄の姿が透けて見えた。

（母上はいつだって、兄上のことばかり気にしておられた）

そんな信勝の思いなど気にも留めず、信長は屈託のない笑みをこぼす。その無邪気さがかえって腹立たしい。

信長の下知で孫介が懐から手ぬぐいを取り出すと、左介の傷口の止血をした。左介は両手を合わせると、信長を拝むようにしながら、繰り返し御礼の言葉を述べている。信長が左介の顔を見据える。

「必死に生きてこそ、その生涯は光を放つ」

「ありがとうございます」

「生きろ、左介！」

信長の言葉に、居合わせた者すべてが夢中になって頷いていた。

信勝だけが目をそらすように嘆息する。

「それでも……秩序は必要なのです」

おろした両の手で拳を握り締めながら吐き出した信勝の言葉は、もはや信長の耳に入っていなかった。

信長の元へ信房と恒興が揃って詫びにくる。ひれ伏すと額を地に押し当てたまま、

「殿、本当に申し訳ございませんでした。我らが日頃より無用な張り合いをしていたばかりに、斯様な不始末を致しました」

「我ら二人が力を合わせねば、殿が申される新しい世など造れませぬ。これよりは心を入れ替え、思いをひとつにして一層励んで参ります」

それぞれが声を震わせた。

「二人とも、よくぞ言ってくれた。盗みは捨て置けねえ。罪は罪だ。だが、仲間同士で争うような国は、必ず亡びる。そうだろう」

「御意！」

二人が声を揃えた。信勝がじっと見つめている。眉間に皺を寄せ、ひどく憤慨していた。が、表情にはうらやましそうな様子が見え隠れしている。

信勝はそのことに気づいていない。いや、薄々気づいていながら、認めたくないだけかもしれない。

「ところで、勝三郎。なぜ、あれほどまでに左介をかばったのだ」

信長が問いかける。いくら子分とはいえ、罪を犯した者をあれほど頑なに庇い立てするなど、どうにも恒興らしくなかった。

「左介は親のない子だったのです」

恒興が目を伏せ、言いにくそうに口を開いた。

「戦か」

信長の言葉に頷く。

「左介の父親は、我が父の陣触れに応じ、美濃との戦で命を落としました。母親と兄を流行病（はやりやまい）で相次いで亡くし、餓死寸前で生き倒れていたところを俺の兄が拾ったんです」

「拾っただと」

「そうです。物乞いならば、まだ人間です。物乞いにさえ満たぬ、畜生に過ぎなかった。まるで荒れ野をさまよう野犬と同じです。いや、それよりひどかった。開いた目は光を消し、声も失い、何もかもを諦めていた。それが十歳のときの左介です」

ずっと話を聞いていた信房が、

「そういうことなら、言うてくれれば良かったのじゃ」

洟を啜りながら恒興の肩に手をかける。目から滝のように涙が溢れていた。

小豆坂の七本槍と称されるほど剛勇をもって鳴る信房だったが、こんなにも涙脆い顔を合わせ持っている。

「いや、俺がしっかりと面倒を見てやれていれば、こんなことにはならなかった」

恒興がうなだれた。信長も目を潤ませながら、

「それで、左介の傷の具合はどうだ」

恒興に訊ねる。

「かなりの出血はありますが、手当てもしておりますゆえ、大事には至らぬかと」

「そうか、そうか」

信長は自分のことのように喜び、満足げに何度も頷いた。信房も顔をあげると、

「それにしても殿の手は大丈夫だったのですか」

心配そうに信長の手のほうを見やる。

信長が二人に身を寄せ、他の者に聞こえぬように声を潜めると、

「実はな。咄嗟に持っていた兎の生皮を手のひらの中に忍び込ませた」

ギョッとする二人。それを見て、信長は悪戯っぽい笑みを浮かべた。

「では、焼けたのは兎で」

「鷹狩りの帰途だったのが幸いだった」

「これは一杯食わされましたわ」

三人は顔を見合わせると、腹を抱えて笑い転げた。

第二章　煌光の轍

一

「まあ、綺麗」

帰蝶が感嘆の声をあげる。潤んだ瞳には、提灯の灯火が揺れていた。

津島天王祭の宵祭は、尾張の夏を彩る風物詩だ。川舟の湊町津島にある津島神社は、かつては日本総社の称号を持ち、平安末期成立の『大般若経奥書』には伊勢神宮と並ぶ大社と記されている。門前町の賑わいは、西尾張一を誇った。

津島楽の荘厳な音が鳴り響く。二艘横連結の船上に夥しい提灯で飾られた山車を乗せた巨大な巻藁船がいくつも続いて、闇夜を煌々と照らしながら、天王川を悠々と漕ぎ進む。

信長は勝幡城の生まれだ。津島は勝幡城のすぐ傍で、祖父の代から織田家が支えている湊町だった。橋の上から船を眺める。夜風に提灯がなびく。

「闇夜も提灯を灯せば、民は笑顔になる」

信長の言葉に、帰蝶が頷いた。雪白の頬を提灯の灯りがやんわりと照らす。

心せねば手折れてしまいそうな華奢な躰に、藍染(あいぞ)めの浴衣が良く似合っていた。細長く伸びた手脚が、歩くたびに衣擦れをとおして艶(あで)やかな輪郭を浮き出させる。緩やかな夏の夜風に、漆黒に輝く髪がサラサラと揺れた。

二人で門前町を流し歩く。わずかな供を連れただけだ。家族連れが信長たちの背後に差しかかった。子供が満面の笑みで船の灯りを指差し、寄り添う母に甘える。

信長も父信秀に連れられ、母土田御前とともに津島祭を観たことがあったらしい。幼き頃の記憶で、自分ではまったく覚えていない。毎年、津島祭がある度に、平手政秀からそのことを教えられた。信秀が土田御前を連れて古渡城に移り、信長が那古野城を譲られて城主になったのは二歳のときだ。その翌年には信勝が生まれた。以後は、政秀とともに祭を訪れていた。その政秀も、今はもういない。

母親に手を引かれた子供が無邪気にはしゃぐ声が、とおり過ぎていった。後ろ姿を目で追ってしまう。信長の思いに寄り添うように、帰蝶がそっと背に手を添えた。手のひらから温もりを感じる。

「御前様のことを思っておられるのですか」

「そうだな……。いや、どうだろう」

「寂しいですか」

「そんなことはない」

信長は提灯の灯りを見つめている。

「殿は意地を張っておられます」

「意地など張ってはおらぬ」

「いいえ。妾(わらわ)にはわかります」

「ふんっ」

いきなり、信長が帰蝶の手を取った。互いの五指を交互に絡め、しっかりと握り締められた。

「と、殿。他人(ひと)の目がございます」

「気にするな。どうせ皆、山車に夢中だ」

信長が少年のような悪戯っぽい笑みを向ける。

夫婦といえども人前で手を繋ぐどころか、連れ立って歩くことさえありえなかった時代だ。ましてや武士の間では、女子と並んで歩くことは恥辱とさえ思われていた。帰蝶でなくとも、驚くのは当たり前だ。

「そんな……、お戯れを」

帰蝶は、見ている者が哀れに思うほどのか細き声をあげて狼狽えた。

「俺に手を握られるのがいやか」

帰蝶が首筋まで上気させて、左右に何度も顔を振りながら目を伏せる。抜けるような白さを持った柔肌が、鮮やかな紅色に染まった。

「いやではありませぬ」

小柄な躰をなおいっそう小さく縮めるようにして、さらに聞こえるか聞こえぬかというくらいの小声で訴えた。

「では、良いであろう」

「妾はいやではありませぬが、殿が皆に笑われまする」

帰蝶の言葉を信長はおもしろそうに聞いている。帰蝶に付き従う侍女たちが、気が気ではない様子で目を泳がせていた。

「笑いたいやつには、いくらでも笑わせておけばよい」

かえって握った手に力を入れてくる。津島の町人たちからも、常日頃から大うつけと嘲笑されている信長だ。今さら何を言われようとも、少しも気にならない。

「もう、知りませぬ。好きなようになされればよい」

拗ねたように頬を小さく膨らませると、上目遣いで信長のことを睨んでくる。しかし、口元は和やかに緩んでいる。少女のような愛くるしい仕草に、侍女たちからもクスクスと笑い声がこぼれた。帰蝶が立ち止まると、

「なんと、愛らしいこと」

境内に立つ露店で売られていた朝顔の鉢に目を輝かせる。朝には鮮やかな青い花を露に濡らす朝顔も、夜は赤紫に咲いていた。

「初めて帰蝶を見たとき、朝顔のような女子だと思った」

「まあ」

「清廉でいて、どこか儚げで美しい……」

美しいという言葉に、帰蝶は再び頬を紅潮させた。

「……朝顔のように綺麗なくせに、なんとも恐ろしげに強張った顔をしていた」

「そのような顔などしておりませぬ」

「いや、していたぞ。まるで鬼のもとへ捧げられた生け贄のように怖い顔だった」

「まあ、ひどい」

「それも仕方なかろう。だから、俺がこの女を守ってやらねばと思ったんだ」

帰蝶の小さな手のひらが、じんわりと熱を帯びてくるのがわかる。

「殿が、蝮の娘である妾を守ってくださるのですか」

帰蝶は、「美濃の蝮」と呼ばれて畏怖されてきた美濃国主斎藤山城守道三の娘だ。

「蝮の娘といえども、長年にわたり血で血を洗う戦をしてきた敵国に嫁いできたのだ。不安でない訳がなかろう」

「殿はそんなことを考えておられたのですか。妾は、隙あらば殿を刺し殺せと言われて嫁いできたのですよ」

帯に手挟む白鞘の懐剣に、空いた手を添えて微笑んだ。

「そうだったのか。如何にも蝮の言いそうなことだな。危ないところだったわ。帰蝶に優しくしておいて本当に良かった。おかげで命拾いをした」

信長のおどけた様子に、表情を強張らせていた侍女たちの緊張が和らいだ。

「俺がお前を守る」

握られた信長の手に、さらに力がこもった。力強いのに、優しさに満ち溢れている。帰蝶もそっと握り返した。うつむいた帰蝶の頬を、ひとしずくの涙が伝う。信長はそれに気がつかないふりをした。

「一鉢もらおう」

信長が朝顔の鉢を買い求めた。

「帰蝶、知っているか。朝顔は漢方薬として毒虫刺されに良く効くそうだ。とくに蝮の噛み傷に塗ると毒消しになるらしい」

「まあ、嘘ばっかり」

「嘘なものか。薬草に長けた医師から聞いた話だから間違いない。俺が義父殿に噛まれても、帰蝶がいれば安心だ」

「わかりました。そのときは妾が殿を守ってさしあげます」

帰蝶が声をあげて笑う。信長も笑みを返した。

「朝顔は朝露負ひて咲くといへど夕影にこそ咲きまさりけれ」

信長が万葉集にある歌を帰蝶に詠んで聞かせる。日頃の傍若無人な振る舞いやかぶいた身なりからは窺い知れぬところではあるが、沢彦宗恩により学問を授けられてきた信長からすれば、なんということのないことだ。

朝顔は遣唐使が持ち帰ったもので、万葉集が詠まれた頃はまだ日本になく、ここにいう朝顔とは目の前にあるものではなく、桔梗（ききょう）のことを表す。桔梗は、帰蝶の母小見の方の生家である明智家とその宗家美濃土岐氏の家紋である。

　朝顔は朝露負ひて咲くといへど夕影にこそ咲きまさりけれ

――生まれ故郷の美濃ではなく、この尾張の地でこそ幸せになれ。

歌にかけられた信長の思いに、さらに涙がこぼれた。それをそっと細い指先で拭った帰蝶が、朝顔を見つめながら、

「殿と一緒に、咲くところが見たいです」

信長だけに聞こえるほどの小さな声でつぶやく。

「明日の朝になれば、花を咲かせよう」

そう返した信長は、帰蝶の言葉の意味にハッと気づく。当然ながら、帰蝶も朝顔が朝に花を咲かせることくらいは知っている。

「お忙しい殿は、いつもいらっしゃらないじゃないですか」

再び、帰蝶が拗ねた目で見あげる。その瞳は艶やかな潤みを湛えていた。

「今宵は帰蝶とゆっくりするか」

信長の言葉に、帰蝶が目の下をほんのりと赤らめ、恥ずかしげに微笑んだ。

二

美濃の国主斎藤山城守道三より信長のもとへ、会見の申し込みがあった。

道三の娘である帰蝶を信長が正室として迎えたことにより、両国は和睦し、休戦状態にあった。が、戦国の梟雄と言われる道三のことだ。隙あらば尾張を狙ってくることは疑うべくもない。

信秀の死から、二年の歳月が過ぎていた。信秀は守護斯波氏の陣代として尾張の国人たちを武によって押さえ込んでいたが、その重石を失ったことで、急速に尾張国内の力の均衡が崩れていった。さらには信長にとって数少ない味方の重臣であった平手政秀が自害している。道三が今を好機と見たとしても不思議ではない。

指定された会見場所は、濃尾の国境にある冨田聖徳寺である。

冨田は美濃と尾張のそれぞれの守護により税が免除された治外法権の寺内町だ。

七百軒ほどの集落が堀で囲まれており、さながら独立国の体を成していた。中立地とすれば、会見の地として一応は筋がとおっている。

とはいえ、尾張からは木曾川を越えねばならなかった。戦にでもなろうものなら信長は木曾川を背に陣を張らねばならず、明らかに不利な地と言える。これをもってしても、道三の謀であるとの疑いは拭えなかった。

「いかがなされるおつもりじゃ！」

評定の場で腹立たしげに口火を切ったのは、林新五郎秀貞だった。

秀貞は織田弾正忠家筆頭宿老であるとともに、信長がこの世に生を受け、吉法師と名づけられたときから、信長付き一番傅役を務めてきた。

信長の傅役として残っているのは、今や秀貞だけだ。その秀貞が信勝の傅役である柴田勝家とともに、裏では信長廃嫡の動きを先導しているのだから、家中に燻る火種の大きさは尋常ではなく、いつ爆炎となっても不思議ではなかった。

「俺は聖徳寺へ行く」

「なんと申された」

「義父殿に会いに行くと言ったんだ」

「これはしたり。三郎殿はあまりに思慮が足らぬ。相手は美濃の蝮ですぞ。それでは仕掛けられた罠にみずから飛び込むようなものでござろう」

秀貞が吐き捨てるように言葉を放った。

「兄者の言うとおり、愚の骨頂よ」

秀貞の弟の林美作守通具も、大量に唾を飛ばしながら、熊の咆哮のような大声ですぐさま賛意を示す。文官である兄を助けるこの荒武者は、野獣のような巨軀のとおり豪胆な気性をしていて、思ったことを口に出さずにはいられない。

そもそも自分より十八歳も年下の若き当主の一挙手一投足が我慢ならない。弾正忠家の老臣たちの言葉に耳を傾けることなく、破落戸のような子分たちと戦遊びや野駆け、川遊びに明け暮れる信長に、いよいよ堪忍袋の緒が切れそうになっていた。

さらに勝家も顔の半分以上を覆う髭を震わせながら、

「備後守様ならば、斯様な愚かな判断はなされぬであろうな」

わざわざ亡き信秀の名を挙げて、辛辣な皮肉を口にする。他の家臣たちも一様に不服の声をあげた。

戦国時代の家臣というのは国人から成り立っている。多くは鎌倉時代からの地頭として、村落を領地としている豪族や地侍だ。ゆえにそれぞれが城を持っている。

室町幕府から任命された守護や守護代でさえ、領国の支配においては、この国人たちとの連合政権のようなものだった。江戸時代における主君を唯一無二の存在として崇めるような武士は、戦国の世にはほとんど存在しない。

織田弾正忠家にあっても、その家臣たちは主君と横並びの意識が強かった。戦国乱世の武士たちにとっては、主君に少しでも衰えが見えれば、すぐに取って代わるのが当然の理とされた。

「三郎様が行くと申されているのだ。それで良いではありませぬか」

それまでずっと黙っていた津々木蔵人が口を開いた。

「蔵人、何を申す。若殿が愚かな行いをされようとなされるならば、これを諫めるのが家臣の務めでござろう」

秀貞が口髭を指で摘まみながら、眉ひとつ動かさぬ泰然とした態度でこれに返した。信長はすでに家督を継いでいるにもかかわらず、図らずもか敢えてなのか、若殿と言い放った。これには下座に控える前田利家や池田恒興ら信長の馬廻衆が色をなしたが、さすがに彼らはこの場で発言できる立場にない。

重臣の中でも年若い蔵人が、居住まいを正して秀貞に向き直る。

「相手は美濃の蝮。呼び出す上は腹に一物あると思うが必定。それでも行くと申されるなら、三郎様にもそれなりの膳立てがござろう。然らば、林殿も柴田殿も手助けは無用かと」

一瞬考えてから、美作守が大袈裟に手を打ち、

「なるほど、それならば陣触れの必要もないのう」

兄の秀貞より先に蔵人に同意した。

会見といえども、ひとつ間違えば戦になるのは覚悟して臨まねばならない。しかも、道三から申し入れがあった会見の日取りは四月二十一日（現在の五月下旬）となり、村々では田植えの最盛期となるのだ。

兵を集めるのは容易でない。無理をすれば秋の収穫に多大な損害を与えてしまう。そんな無理も道三のように美濃一国を掌中に収める国主ならば訳もないことかもしれぬが、いまだ尾張下四郡さえ押さえきれぬ織田弾正忠家にとっては、できることなら陣触れは避けておきたかった。

それにもしも信長が道三に討たれることがあれば、手を汚さずして信勝を棟梁に据えることができる。反信長派の家臣たちからすれば、これほどの好都合はない。

秀貞と勝家が視線を交わし、言葉を発せずに頷き合った。

「待て！　兄上を裸で道三のもとへ向かわせるつもりか」

信勝が血相を変えて異を唱える。しかし、誰も応える者はいない。

唯一、信勝の宿老である佐久間大学助盛重だけが、

「勘十郎様の申すとおり、いかに三郎様に支度があろうと、此度の会見は危うきに過ぎる」

信長を哀れむように私見を述べた。盛重は信勝の家臣ではあるが、先代信秀の代から弾正忠家に仕える重臣だ。信秀とともに数多の戦場を駆け抜けてきただけに、その見立ては思慮深く考え抜かれたものだった。

「大学助殿の申されるとおりだ」

信勝が唯一の援軍を得たとばかりに、表情を明るくする。思ったことがすぐに顔に出る。実直に兄を慕う弟。が、その思いが人の心を動かせるほど、戦国の世は甘くない。

美作守が両腕を深く組み、憎しみさえこもった目で信長を睨みつけながら、

「何を申される。三郎殿は日頃から我ら家臣の諫言に耳を貸さず、好き勝手をして

おられる。素性の知れぬ小童(こわっぱ)どもを、次から次へと召し抱えては、戦遊びに惚ける始末。それほど其奴らが頼りになるというなら、我らの力など借りずとも蝮ごときは追い払えるだろう」

歯に衣着せぬ苦言を大声で言い放った。

「美作守殿。それは言い過ぎではござらぬか」

信勝が抗議するが、

「言い過ぎではござらん。むしろ、まだまだ言い足りぬわ。勘十郎殿も、もはや末森のご城主であられる。いつまでもそのような甘いことを申されていては、家中にいらぬ不和を広げるだけでございますぞ」

目線を戻した美作守に一喝されてしまう。

林一族は織田弾正忠家の家臣団の中で最大の武力を誇る。実力は棟梁である信長や末森城主である信勝を凌ぐほどだ。美作守は信勝を押す一派の筆頭とはいえ、その関係は臣従とはほど遠い。信勝を仰ぐといえども、命に従うわけではないのだ。それどころか末森城における重要事項は、勝家や林兄弟の同意なしにはほとんど何も決めることができないのが、信勝の置かれた立場だった。

一同が静まり返った。信勝は、苦しげに目を伏せた。

「聖徳寺には俺の手勢だけで行く。ならば誰も文句はないな」

信長が結論を出す。林兄弟も勝家も頷いた。

「しかし、兄上。いくらなんでも……」

顔をあげた信勝が、唇を噛み締めた。

「心配するな。ちょっと義父殿の顔を見てくるだけだ」

まるで鷹狩りにでも行くかのごとく、屈託のない笑みを見せる。

信長の淀みない声が大広間に響きわたり、織田弾正忠家の評定は決した。


「行ってはなりませぬ」

家臣との評定から戻った信長の前に、帰蝶が両手を横に大きく広げて立ちはだかった。日頃は物柔らかに見える顔が、別人のように引き締まっている。小柄なはずの躰が、驚くほど大きく見えた。

「何を恐い顔をしているんだ。せっかくの器量良しが台無しだぞ」

「お戯れはおやめくださいませ。妾は真面目に話しておるのです」

帰蝶はつぶらな瞳を潤ませながら、信長を睨んでいる。少しでも油断すれば、今にも泣き出してしまいそうなのだろう。けなげにも、キッと歯を食いしばっている。

信長はゆっくりと深く息を吐く。

「義父殿が俺に会いたいというのならば願ってもないことよ。俺も蝮の顔を拝んでみたいと思っていたところだ」

帰蝶を娶って五年になるが、信長は一度たりとも道三に会ったことはなかった。この時代では珍しいことではないし、尾張と美濃のこれまでの関係を考えれば当然ともいえる。

信長はゴロリと寝転ぶと、腕組みをして目を閉じた。帰蝶がため息をつきながら、その場に正座する。寝転んだまま帰蝶ににじり寄り、膝枕をしてもらった。

「どうしても、父と会うのですね」

「うむ」

目を閉じたまま、小さく頷いた。着物の生地をとおして、帰蝶の太腿の温かさがじんわりと頬に伝わる。帰蝶が好んで焚き込んでいる香の匂いに、優しく包み込まれた。意識が蕩けて、本当にこのまま眠りに落ちてしまいそうになる。

「行けば、殿のお命が危のうござりまする」

帰蝶の声があまりにも切迫していたので、仕方なく目を開けた。柔らかな霞（かすみ）の世界から、現実へと引き戻される。

「これは異な事を申す。道三殿は帰蝶の実の父、俺の舅だ。何故、俺を殺すのだ」

わかっていてとぼけているのか、本当に道三を疑っていないのか、信長は澄ました顔で問い返してくる。それが帰蝶にはなおさら心配でならない。

帰蝶は信長に嫁いでくる前、美濃の守護土岐頼純（よりずみ）の正室だったのだ。頼純に十二歳にして嫁ぎ、その後、一年足らずで死別していた。

頼純を殺したのは、誰でもない、帰蝶の父である道三だった。

かつて、美濃守護土岐政房（まさふさ）が没すると、以前から跡目を争っていた嫡男頼武（よりたけ）と次男頼芸（よりあき）が、ついに激しい戦をはじめた。これに乗じて勢力を伸ばしたのが、油売商人からわずか二代で土岐家の要職まで昇り詰めた道三だった。

越前朝倉（あさくら）氏の支援を受けて守護となっていた頼武を打ち破ると、頼芸を助けて「濃州太守」という実質的な守護職に据え、信任を得ることに成功する。ところが頼武の子の頼純が第十二代将軍足利義晴（よしはる）の許しを得て正式な守護の座に就くと、道三は正室小見の方に生ませた自分の娘の帰蝶をこれに嫁がせ、和議を成立させたのだ。

そして油断させておいてから、翌年には娘婿である頼純を罠にかけて毒殺した。

その後、頼芸を守護に据え、みずからは守護代となって美濃の実権を握った。さらには頼芸の弟の頼満（よりみつ）も毒殺し、守護の頼芸さえも追放して事実上の国主となった。

これにて道三の国盗りが完成する。道三が戦国の梟雄と言われる所以だ。

その後、未亡人となって実家に戻ってきていた帰蝶を、尾張との同盟締結のために、信長と再婚させた。帰蝶が十四歳、信長が十五歳のときのことだ。

権謀術数の限りを尽くし、美濃を手中に収めた道三の次なる狙いが尾張であることは、改めて帰蝶が説明するまでもない。信長だとて百も承知なはずだ。

「父だからこそ、危ないと申しあげておるのです。武衛（ぶえい）様（守護斯波氏）のお力が及ばず一族が互いに刃を突き合わす尾張を束ねられるのは備後守（織田信秀）様しかおらぬと、父はかねがね申しておりました。備後守様亡き今、殿と会いたいなどと言ってくるのは――」

機が熟したということだ。

「いよいよ蝮が大うつけを喰らい、尾張を乗っ取る気になったということか」

まるで他人事のように気の抜けた返事だ。

「それがわかっていながら、何故行かれるのですか」

どうしてみすみすと道三の用意した罠に飛び込もうとするのか、帰蝶には歯がゆくてならない。油売りの行商からたった二代で大国美濃の国主まで昇り詰めた道三だ。人の懐に付け入り、安心させておいて寝首を搔くのは常套手段であり、数多の恐ろしき謀について、美濃では家臣から領民まで知らぬものはいない。もちろん実の娘である帰蝶とて例外ではなかった。

「大うつけならば、殺すのも容易いと踏んだか」

「殿は大うつけなどではございませぬ」

信長の行動には、常に明確な目的がある。己の志したことを実現したいという思いが異常なまでに強く、そのためには慣例や俗習に一切とらわれることがない。理想と行動に、紙切れ一枚挟む余地がないほど乖離（かいり）がなかった。

それが周囲の者たちの目には奇異に映る。そのことが信長にはもどかしく、ときには癇癪を起こしたように激怒することもあった。ただ、どこまでも正直に生きたいだけなのだ。帰蝶にはそんな信長の思いが、痛いほどわかった。

家中で敵だらけの信長と、長年にわたり戦をしてきた敵国に嫁いできた帰蝶。共に過ごした時は短くても、いつしか互いの思いは通じ合うようになっていた。

わずかな供を連れただけの信長が物乞いに化け、幾度も国境の村の惨状を探りに行っていることも知っている。命を顧みない行動も、強く熱い志があるからだ。

帰蝶が今まで見てきた誰よりも、信長は秀でた男だった。

「毒を以て毒を制すのだ」

やはり大うつけなどではない。死地に飛び込むだけの狙いがあるのだ。だからといって、愛する夫を危険な目にはあわせたくない。

「蝮の毒は人の命をも奪いかねませぬ」

「それでも行かねばならぬ。どうしてもやらなくちゃいけねえことがあるんだ」

「だからといって……」

「今の俺には力が足りぬ。蝮の力が必要なんだ」

実際に信長の兵力では、尾張統一はおろか家中さえも抑えきれるものではない。小豪族の集合体である尾張は、重石となっていた信秀が死んだことにより、力の均衡が崩れて無法地帯になりかかっている。

道三の力を後ろ盾に、駿河の今川義元を牽制しつつ、清洲（下四郡）を制し、続いて岩倉（上四郡）をも掌中に収める。織田一族を統一して尾張を新しき世にするために、道三の力は不可欠だった。

「蝮といえども、目もあれば耳もついている。人の言葉くらいはわかるだろう」

帰蝶を心配させぬように、少しおどけた様子で答える信長に、

「殿は父の恐ろしさをご存知ないからそんなことが言えるのです」

帰蝶は今にも泣き出しそうな顔で、必死に訴える。

信長が帰蝶を見あげた。その目が、まっすぐに帰蝶を捉える。

「正直に言えば、俺も蝮は怖い」

「ならば――」

「それでも行かねばならぬ」

「何故でしょうか」

「行かねば、戦のない新しき世は造れぬのだ」

信長の言葉に、帰蝶は息を呑む。それでも静かに首を横に振った。

「殿にもしものことがあれば、妾は生きてはおりませぬ」

最初の夫を、道三に殺されたのだ。これが戦国の世の習いとはわかっていても、もう二度とあのような思いはしたくなかった。

「義父殿の家系は、元は油売りの行商人だったと聞く。ならば民の苦しみも骨身に染みておろう。まずは尾張から、新しい世を造るのだ。きっとわかってくれる」

それでも帰蝶は目に涙を浮かべ、信長を見つめている。頬を伝う大粒の涙が一滴、信長の顔に降り落ちた。

「申し訳ありませぬ」

慌てて着物の袖で、信長の頬を拭う。

「詫びることはない。帰蝶はひとつも悪くない」

信長が帰蝶の手を握った。混じり合う温もりが、ゆっくりとひとつになっていく。

「帰蝶を嫁に貰って、本当に良かったと思っている」

「こんなときに、いきなりなんですか」

「今まで言ったことがなかったからな」

「そのような言葉、妾は聞きたくありませぬ」

「なんだよ。せっかく勇気を出したのに」

「だって、まるでこれがお別れみたいに聞こえます」

信長の言葉は嬉しい。が、その思いの意味することを考えると、帰蝶はやり切れなかった。泣き笑いのような顔になってしまう。

「そんな顔をするな」

「殿……約束してください。必ず帰ってくると」

「ああ、約束する」

まるで自分に言い聞かせるかのように、信長は力強く言った。


「ええい、婿殿はまだ参らぬのか」

道三は冨田の町外れの小屋に身を潜め、信長一行の到着を待っていた。

会見では信長に室町式の正式な礼装を見せつけてやろうと、絹の袷で仕立てた直垂と直垂袴を着ているので、太り肉の躰はひどく汗ばみ、先ほどから盛んに音を立てて扇子を使っている。禿げあがった頭に黒々とした髭を蓄え、苛々としながら左右に大きく躰を揺らす様は、まるで達磨のように見えた。

信長はまだ来ない。そもそも道三のほうが約束の時刻より一刻（約二時間）も早く来ているのだから信長が現れるはずもないのだが、いつもなら何ものにも動じないこの梟雄が、希有なことに先ほどから気もそぞろに落ち着かずにいる。

帰蝶からの手紙には、どれも信長への惜しみない賛辞がしたためられていた。男子ならば将来は家督を譲り、美濃一国をまかせても良いとまで思っていた聡明な娘だ。その帰蝶の言葉は、道三が尾張に放った間者たちのどれとも違った。

(さて、いよいよだな)

聖徳寺では古老の家臣七百人を折り目正しい肩衣と袴で身支度させ、御堂の縁に整列させていた。信長を迎える用意は整っている。万が一、信長が噂どおりの無礼な格好で現れたならば、それを理由に手打ちにすることも考えていた。

理由など、後でいくらでも考えればよい。強兵を誇る美濃兵の中でも、道三直下の精鋭を連れてきていた。信秀ならいざ知らず、大うつけと嘲笑されている信長が相手となれば、その首を獲るなど赤子の手をひねるより容易いだろう。

(噂どおりならばだが……)

準備万端整うと、どうにも我慢がならず、信長がやって来る様子を盗み見ようと、会見の仲介役である堀田道空とともに、町外れのこの小屋まで忍んできた。

道空は、煮えた鍋のような自由な商業都市津島に居を構え、道三に仕えながらも織田弾正忠家にも与する食えない男だ。仲介役には、まさにうってつけと言える。

「上総介殿の行列が見えて参りました」

「なんだと。そんなはずがあるものか」

自分でせかすように訊ねておきながら、まさかこれほど早く信長が来るなどとは思ってもおらず、道三は慌てて障子の隙間から外の様子を窺った。

驚いたことに陣頭を行くのは騎馬の信長だ。矢弾の的になりかねない先頭を悠然と進みくるということは、事前に間者を走らせて、事無しを得ている証である。

馬上の信長は、茶筅髷を萌黄色の平打ち紐で巻き立て、袖を切り落とした湯帷子から剝き出しの腕には太い麻縄を腕輪にし、派手な金銀飾りの長柄の大太刀と長脇差を藁縄で吊して佩いている。腰にはまるで猿まわしのように火打ち袋や瓢簞が七、八つほどぶらさがり、袴は虎革と豹革を四色に染め分けた半袴を穿いていた。どう見ても破落戸にしか見えない。

「あ、あの背に描かれたものは……」

道空に言われずとも、すでに道三も信長の背に目を奪われていた。湯帷子の背に染め抜かれていた絵柄は、男根だった。それも見事なほどに、いきり勃っている。

「戯けたまねをしくさりおって！」

頭上から今にも湯気をあげそうなほど、道三は顔を真っ赤にして腹を立てた。大国美濃の国主に対して、これほどの侮辱があるだろうか。これひとつとってみても、一刀のもとに首を刎ねる理由になるだろう。

（儂の半生で、これほどの愚か者は見たことがないわ）

ところが道三の顔色が、次第に赤から青へと変わっていく。信長に続くのは足軽隊だ。全員が揃いの派手な紅の陣羽織を身につけ、鉄の胴鎧や陣笠で重武装している。三列縦隊で一糸乱れぬ行軍をする姿は、異様なまでに迫力があった。

「なんだ、あの長い槍は！」

道三が驚嘆の声をあげた。

「三間半はあろうかと」

道空も面食らっている。全員が柄を朱色に塗った長柄槍を手にしている。美濃兵が持つ二間半槍に比べ、どう見ても一間は長い。この差は歴然で、槍衾を作られたら美濃兵は近づくことさえできないだろう。

「あんなものは見たことも聞いたこともないわ」

「しかしながら、戦の勝敗は得物だけで決まるのではござらぬ」

慰めるような道空の言葉が、余計に腹立たしい。

「槍だけではない。見よ、あの者どもの躰を」

道三の視線は、足軽たちの腕や足に注がれている。

いずれの足軽も見事なまでに筋骨隆々の逞しい体軀に鍛えあげられている。想像を絶するほどの激しい練兵を積んできていることは言うまでもなかった。

「あの屈強な腕は、昨日今日、鍬を刀に持ち替えたとてなるものではないわ」

長柄槍を天に突きあげた足軽隊は、延々と行進を続けていた。すでにその数は五百に達しようとしている。無駄口ひとつ叩く者はいなかった。恐ろしいまでに規律が守られている。農民を徴兵している美濃では考えられないことだ。美濃兵がいくら戦慣れしているとはいえ、本業は百姓であり兵役は副業なのだ。

さらに弓兵二百が続く。手にした弓の張りを見れば、それがいかに強弓かわかる。どの弓兵も、丸太のような豪腕を誇らしげに大きく振っていた。

「山城守殿、あの鉄砲の数は……」

「うるさい！　儂にも見えておるわ」

鉄砲隊が延々と続く。その数はおよそ三百。道三が所有する美濃の鉄砲をすべて掻き集めても、この半分にも満たなかった。種子島に鉄砲が伝来してから、わずか十年しか経っていないことを考えれば、それも無理はない。

『国友鉄砲記』には、天文十八年に信長が鉄砲五百挺を発注したと記録がある。信じがたい話ではあるが、もし事実とすれば信長は十六歳であり、この会見より四年も前のことになる。

「戻るぞ」

道三が障子から離れる。顔は蒼白になり、すっかり不機嫌になっていた。

信長の戦仕立てが、これほどのものとは夢にも思わなかった。精鋭化された兵たちに、最新式の装備を充実させている。

一挺が百貫（約八百万円）の鉄砲をこれほど揃えられる財力も侮れない。そもそも鉄砲に使う火薬の原材料のひとつである硝石や弾丸の主原料の鉛は、国内ではほとんど生産されていない。鉄砲を大量に持つということは、海外からの豊富な輸入手段を押さえているということだ。うつけにできる政ではない。

聖徳寺までの道中、道三は一言も口をきかなかった。

道三が聖徳寺に戻ると、信長はすでに到着していた。

新緑が芽吹く暖かな日である。本堂の戸は開け放たれていたが、控えの間との前には、まるで衝立のように屛風が張りめぐらされている。信長が用意させたようだ。

会見場である本堂には信長を先に着座させ、道三が後から出ていく手筈だった。

上下関係をはっきりさせるためだ。

だが、何を支度に手間取っているのか、信長は控えの間から出てくる様子がない。

道三の配下の者が、再三にわたり声をかけにいく。

（ふんっ、大うつけめ。あくまでも立場は対等だということか！）

ついに痺れを切らした道三が控えの間を出る。同時に信長が姿を現した。

「なんと！」

先に声をあげたのは道三だった。無理もない。

現れた信長は装束を改め、まるで別人のように洗練されていた。

髪は折り髷を結い、褐色の大紋に礼装用の小刀を差している。長袴の裾を音もなく華麗に返しながら、道三の前にスルスルと歩み出てきた。

信長の見事な変身ぶりに、二の句を継げない。そんな道三を前にして、信長は涼やかな笑みを湛えながら、静かに視線を投げかけてきた。

(なんと凜々しき男よ)

道三はあんぐりと口を開けたまま立ち尽くしている。気を利かせた道空が、

「山城守様にござる」

道三を紹介した。

「わかっております」

初見にもかかわらず、まるで道三を見知っているかのような落ち着きをみせる。信長は柔らかな微笑を残したまま、しっかりと頷いた。

道三もつられて笑みを返した。それから我に返ったように表情を引き締め、大きくひとつ咳払いをする。

別室には、二十人ほどの腕の立つ者を控えさせてあった。道三の合図によって飛び出してきて、信長を謀殺する手筈となっている。咳払いひとつは、中止の合図だ。

道三に誘われて、信長は本堂に入った。

「織田三郎信長にございます」

「婿殿。よくぞ参られた」

「義父殿とは前々から膝を交えて話がしたいと思っておりました」

「儂はあまり評判が良くないゆえ、ご家中では反対する者も多かったであろう」

道三が脂ぎった頬を緩ませる。

「家臣たちはどうとでもなります」

「誠か」

家中を束ねることもできない大うつけと聞いていたが、信長の自信に満ちた物言いは、道三にとって思いがけないものだった。

「それよりも帰蝶を説き伏せるのが難儀でございました」

「我が娘は、なんと申したのじゃ」

「蝮は信用ならぬから行くなと言ってきかぬゆえ」

笑みを浮かべながら、何食わぬ顔で言ってのける。これには道三も、

「婿殿には完敗だな」

天を仰ぎ見るかのように脇息(きょうそく)にもたれかかった。

「戦国の梟雄とまで言われ、諸国の大名より恐れられている義父殿に、斯様なお褒めの言葉をいただき恐悦至極にございまする」

慇懃（いんぎん）な所作のもと、静かに頭をさげる。どこで身につけたのかと思うほどに、宮中の貴人のように優雅で洗練されていた。

信長の傅役の平手政秀は和歌や茶道に通じ、正二位権大納言山科言継（やましなときつぐ）から賞賛を受けるほどの文化人だった。信長も幼少より政秀の教育を受けていた。この程度のことは訳もない。ただ、隠していただけだ。

「して、義父殿の目からご覧になられて、我が兵はいかがでございましたか」

「儂が見ておったこと、ご存知であられたか」

道三が決まり悪そうに頭を掻いた。

「無論のこと。ご覧になられていると思い、一興を供させていただきました」

信長の湯帷子の背に染め抜かれていた男根が、道三の脳裏をよぎる。あれは見事にいきり勃っていた。

「何故、儂が見ているとわかった」

「俺なら、そうするからです。義父殿がそうせぬ訳がない」

こうまで言い切られては、道三も苦笑するしかなかった。

「婿殿の兵は、恐ろしく統制がはかられておった。この道三、感服つかまつった」

この時代の軍編成では、騎馬隊、槍隊、弓隊、鉄砲隊などという兵種別編成により隊列を組むということはほとんどなかった。強力な封建制度の中で、それぞれの領主たちが掻き集めた兵の集合体が部隊となり、各隊における兵種や人数はまちまちだった。領主の実力により各隊ごとの兵種は入り乱れるもので、これでは大部隊全体として統制が取れた隊列を組むことは難しい。

ところが信長の親衛隊は、所領の領主をとおさずに、信長自身の目にかなった者が召し抱えられている。故に、道三さえ初めて見るような行軍が可能となるのだ。

「我が兵には、戦での乱取りを厳しく禁じております」

「なんと、乱取りをさせぬとは。それでは兵はやる気を失い、無軌道になってしまうだろう。婿殿の兵は、いったい何を目当てに陣触れに応じるのだ」

「陣触れなどしませぬ」

「ますます以てわからぬ」

「戦があろうがなかろうが、俺が扶持を与えております。その代わりに田畑を耕すことなく、城に暮らして日夜厳しい調練に励むことになります」

「尾張兵は皆同様なのか」

「今は俺の配下だけではありますが、いずれはすべての兵をそうするつもりです」

「婿殿には、本当に驚かされてばかりよ」

二人の前には膳が用意されている。湯漬け、漬物、そして漆塗りの銚子に入った酒だ。信長は湯漬けを手に取ると、一気に食した。

「あっ……」

道三が思わず声をあげてしまう。

(万が一、毒が入っていたらどうするつもりだ)

実際には毒など入れてはいない。が、大名同士が顔を合わせるなど、戦国の世では珍しいこと。しかも相手は密謀を得意とする道三だ。疑って然るべしだろう。

信長が食い入るように、道三を見つめてくる。

「民は泣いておりまする」

「婿殿、なんと申された」

「世は乱れ、度重なる戦で国は荒れ、民は重い年貢に飢え苦しんでおりまする。にもかかわらず、国を統べる者は民に対して、分かち合うことではなく奪い合うことを求める」

「儂らのことか」

信長は道三をまっすぐに見つめながら頷く。道三は顔をしかめる。

「民は泣いております」

信長が先ほどより語気を強め、再び繰り返した。言葉にも温度がある。信長の言葉は、火傷しそうなほどに熱かった。

室町幕府は各地に守護を置いた。本来、守護は幕府から任命された役人で、年貢の徴収権や警察権を持っているに過ぎない。が、幕府の弱体化により次第に力をつけ、地頭や国人を家臣にして実質的に国主としてその地を治めるようになった。これが守護大名だ。

有力な守護には、足利将軍家の一族である斯波氏、畠山氏、細川氏、さらには外様勢力である山名氏、大内氏、赤松氏など数カ国を支配する者がいた。尾張を統治していたのは斯波氏だ。これらの有力な守護大名は幕府の要職として任官し、国元を離れて在京する者が多かった。その代わりに置かれたのが守護代だが、やがてこれが守護に代わって国を支配するようになった。

さらに下克上が進むと、守護代の家臣たちが力を持ち、頭角を現していった。

ところが崩壊寸前とはいえ朝廷の統治制度である荘園の支配も残っている。武装した寺社による実効支配もあり、これらの多重構造により、領民には二重、三重に年貢が課せられていたのだ。

「何をするつもりだ」

道三が探るように目を凝らす。信長は居住まいを正すと、深く息を吸った。大きく開かれた瞳が煌々と輝きを放つ。

「天下静謐をはかります」

信長が言葉に思いを重ねる。

「馬鹿な！」

道三が苛立ちを隠せず、手にした扇子を床に叩きつけた。だが、信長に少しも怯む様子はない。

「戦のない新しい世を造るのです」

「道三を謀(たばか)るか。天下静謐などと、大言壮語を吐きおって。噂に違(たが)わぬ大うつけめ」

「油売りの頃をお忘れでおいでか。もはや義父殿の目は節穴か。耳は聞こえておらぬか。日がな一日、城で惚けていては、民の姿は見えず、民の声は聞こえませぬ」

「この道三が惚けておると申すか！」

剃りあげられた道三の頭頂部が、茹で蛸のように真っ赤に染まる。道三が入道して法体となり、斎藤新九郎入道道三と自称したのが十七年前だ。途中で還俗して髪を伸ばしたこともあったが、今では剃髪せずともほぼ禿げあがっているので、血の滾りがそのまま頭に現れるのだ。

「民は市で商いをし、農地を耕しています。すべての理は城の外にある。俺は常に民とともに大地を駆けまわっています。俺が造りたいのは民のための世です」

「民の世など造れるものか」

「周の武王は七つの武をもって国を統べたといいます。乱暴狼藉を禁じ、戦をやめ、強い国家を整え、身分にとらわれずに功績を評価し、民のために政を行い、民が仲良くすることを奨励し、国も民も財産を豊かにすることを目指したのです。武とは『戈（剣）を止める』と書きます。戦をなくすことこそが武であり、俺もこの七つの武を天下に布き、天下静謐を成し遂げます」

言葉そのものは幼少の頃より教えを請い、信長の名付け親でもある沢彦宗恩和尚の受け売りだったが、すでにすべての思いが信長自身の血となり肉となっていた。

「戯けたことを。天下静謐など理想に過ぎぬ。世は戦国だ。親が子を殺し、子が親を討つ乱世なのだ。婿殿が申される新しき世など、たとえ成したとしても三日と保たずに戦乱に明け暮れ、たちまち亡国の道をたどることになるわ」

「乱れぬように、最も強きものがこれを治めます。されば、天下静謐も夢物語ではなくなります」

「最も強きものじゃと」

「最も強く、最も正しきものです」

「天子様か。それとも公方様か」

道三が嘲笑うように躰を大きく揺する。皇室も将軍家も、力及ばぬから群雄割拠の乱世となっているのだ。

「国を治めるのは、帝にも公方にもあらず」

「では、婿殿が天下人となるか」

「そんなものに興味はない」

信長はきっぱりと言い切る。

「ほほう。天下人に興味はないと申すか。では、誰が国を治めるというのだ」

信長が道三を睨みつけながら、ゆっくりと口角をあげる。

「人間には非ず」

「答えに窮して、戯れに走るか」

そう口にしながらも、道三の顔は真剣そのものだ。額に脂汗が滲んでいる。

「王といえども人間ならば過ちを犯す。愚王の治世は国を滅ぼします」

「では、どうするというのだ」

「人間より強く、人間より正しきもの」

「神にでも治政をまかせるか」

「乱世に降り立つ酔狂な神などおらぬ」

「ではなんだ」

道三は、本人も知らぬ間に身を乗り出していた。勢いで脇息が倒れる。

ここでも信長は、敢えて焦らすかのように一呼吸を入れた。

「律令国家を再建する」

信長の声が本堂に凜と響きわたる。透きとおった瞳で、力強く道三を見据えた。

「それが答えか！」

「諸国を日の本に一統し、国家そのものが意志をもって民を治める」

「ありえぬ……」

道三は寒気に襲われて身震いした。しかし、首筋を幾筋もの汗が流れている。

「有名無実と化した律令法を改め、生み直し、これにより国家が人間を統治する。帝は国家安寧と五穀豊穣を祈念し、改元、官位授与、暦の制定を司り、国家万民の心の支えと仰ぎ奉られる。その前では誰もが平等であるとする一君万民の理念の下に、天下をひとつに統べ、これを国家として法に従って営む。すべては法の下に治められ、国主も大名もいらなくなる」

「気はたしかか」

道三の顔が蒼白になっている。

「驚くにはまだ早い」

「ちょっと待て」

道三が懐紙を取り出し、額の汗を拭った。

「今川の仮名目録も武田の甲州法度次第も、穴が空くほどに何度も読み返した」

「どちらも優れた分国法であろう」

「いかにも。しかし、これでは足りぬ。どちらも王が民を治めるための法に過ぎぬ」

「それが政の理であろう」

「違う。必要なのは、王を縛るための法だ。国家を見張るための法なのだ」

「王を縛るだと」

「天下静謐を成し得た暁には、征夷大将軍も単なる役職に過ぎなくなる。法の下で国家体制を護持するのが将軍の唯一無二の職務となるのだ」

「将軍が役職に過ぎぬのか……」

「だから、誰でもいい」

道三が目の前の盃に手を伸ばす。震える手で口元へ運ぶと、一息に飲み干した。

「本気で言っておるのか」

「無論のこと」

「それを、信じる者がおるのか」

道三の声が掠（かす）れている。鋭い視線を信長に投げつける。

「我が家中でも、恐らくは信じるものはごくわずかかと」

道三は肩の緊張を解いた。気づかぬうちに、全身に力が入っていたようだ。

「ははははっ、たしかに大うつけと笑われるだけじゃろうて。そんな世迷い言を信じる馬鹿はおらぬわ。それでもその道を進むと申すか」

「どんな峻険であろうと、俺は己の信じた道を往く」

「それが人の歩む道に非ずともか」

「言うまでもない」

「天下を乱さんとする者にも、それぞれ己の信じる道がある。それをさえぎろうとすれば、死にものぐるいで抗ってこようぞ」

「俺にだって信じる道がある」

「儂も婿殿を殺すかもしれぬ」

「俺は逃げぬ」

誰にも負けんとばかりに、信長は身を乗り出した。

「婿殿の信じる道は、修羅のごとき覇道となるやもしれぬぞ」

「歴史に悪魔と名を刻むことになろうが、覚悟はできている」

「覚悟か」

「誰かがやらねば、いつまでたってもこの世は変わらねえ。ならば、俺がやる」

道三が盃を空けようとして、空であることに気づく。荒々しく銚子を摑むと、そのまま口をつけてグビグビと酒を飲んだ。

いくら飲んでも酔わない。どうしてこの男はこんなにも無邪気な顔で、このように恐ろしいことを口にできるのだろうか。世の穢れを知らぬ少年のように澄んだ瞳の奥には、火山の火口のような猛火が秘められていた。

（眩しき男よ）

道三を真似るようにして、信長も銚子ごと酒を飲み干した。飲むたびに喉が動く。

「さあ、俺を煮るなり焼くなり好きにしてくれ。目が覚めて生きていたら、義父殿は味方になったということだ」

そう言うと瞬く間に酔い潰れ、ひっくり返ってしまう。そのまま大の字になり、大鼾を搔いて寝入ってしまった。

「酒も飲めないのに世迷い言を語るとは、たしかに本物かもしれぬな」

道三が呆れたようにため息をつきながら、信長の寝顔を見つめている。

飲めぬ酒を無理して飲んだ。

それで殺されたのなら、それも天命とでも思っているのだろうか。

人は己の尺度で測れぬ者を、忌みきらい、遠ざけ、恐怖する。

信長が大うつけと呼ばれている訳がわかった。

仲介役の道空が物音を聞きつけ、部屋に入ってきた。後には道三の側近である猪子高就も続く。

「いかがなされましたか」

大の字でひっくり返っている信長を見て、二人は目を見開いて立ち尽くした。

「どうやら、とんでもない婿を持ってしまったようじゃ」

道三がため息をつく。

「然に非ず。これほど楽しげな山城守殿は、初めて見ましたぞ」

道空も頬を緩めた。

「そうか。そう見えるか」

「如何にも」

「ならば、儂も大うつけになってみるかの」

道三が、さも愉快そうに声をあげた。

「お前たちも飲め」

破顔した道三が、道空と高就に酒を勧める。

しばらくして気配を感じたのか、ようやく信長が目を覚ました。信長はまだ夢の中にいるかのように、夢中になって道三に熱き思いを語り続けた。

（この蝮の毒を見事抜きおったわ）

半刻（約一時間）後、道三は信長を見送り、みずからも帰途につく。

「やはり上総介殿は大うつけにございましたな」

高就が高笑いしながら、信長を評した。

「お主にはそう見えたか」

道三が意外そうな顔をする。

「織田の家中さえ抑えきらぬ危うい立場にもかかわらず、天下静謐などと大それたことを申される。これが大うつけでなければ、天下一の大ほらふきじゃ」

「天下を憂いて、民の世を造ると口にした男が、往古来今(おうこらいこん)この日の本に現れたことがあったか。仮にいたとしても、本気で成そうとした者などおらぬ。天子様や公方様でも、考えるのは己のことばかりよ」

「だからこその大うつけかと」

「おもしろいのう。この道三、生まれて初めて死ぬのが惜しくなったわ」

「なんと申される」

高就が驚いた顔で道三を見た。死など恐れることなく戦国の梟雄として、下克上を突き進んできた道三の言葉とも思えない。

「長生きがしたくなった。今しばらくこの乱世を生き抜き、婿殿が造る新しい世というやつをこの目で見てみたくなったわ」

「新しい世ですか」

「そうじゃ、世が変わるぞ。残念ながらこの道三の息子たちは、必ずやあの大うつけの門前に馬をつなぐことになろうぞ」

道三は顔に当たる夕日を、眩しそうに見つめた。

この日を境に、道三の家臣で信長を悪く言う者はいなくなった。

三

「図書助（ずしょのすけ）はいるか」

熱田の羽城（はじょう）にある加藤（かとう）屋敷。信長はまるで身内であるかのように勝手知ったる顔で、ずかずかと奥まであがり込んでいく。

「これは三郎様」

加藤図書助順盛（よりもり）が、これも気安い様子で信長を迎えた。

順盛は熱田湊に根付く豪族加藤家の十三代目当主であり、商人としても多大な勢力を持っていた。父頼光（よりみつ）は土倉（どそう）（金融業）や廻船（海運業）で莫大な財を成した政商で、織田信秀の代から御用商人として弾正忠家に深いかかわりを持っていた。

加藤家は藤原氏を祖とする伊勢山田の神官の家で、代々当主は図書助を名乗る。順盛の祖父景繁（かげしげ）のときに熱田羽城に移り、街の発展に大きく寄与した。順盛は本家筋であり東加藤と称され、熱田旗屋の分家筋の西加藤とともに熱田の名主として守護への貢納を担っている。

熱田は伊勢湾に突出した岬上に位置し、海路・陸路を結ぶ東海道の要衝として栄え、さらには熱田神宮の門前町として尾張随一の賑わいを誇る繁華街だ。

酒に女に博打に喧嘩、そして日本中のありとあらゆる産物がこの街に集まり、ここをとおって広まっていく。熱田の市で売り買いされぬ物はない。若者にとってこれほど刺激のある街はないだろう。信長もかなり早くから、悪童仲間と熱田の街で遊ぶようになっていた。いつも拠点にしていたのが順盛の屋敷だ。順盛のことで、信長が伝え聞いた話がある。

いつぞやのこと、請われて順盛が大金を用立てた地侍が、期日を過ぎても支払いを渋ったことがあった。いつになっても音沙汰のないことについに堪忍袋の緒が切れて、順盛は抜刀するや単身にてその者の屋敷に乗り込んだ。鬼気迫る順盛の姿に怖じ気づいた地侍は、素直に支払いに応じたという。

嘘か誠か、熱田湊では知らぬ者がいないほどの語り草になっていた。

高利貸しが社会の裏側で際どい商売をしているのは、いつの世も変わらない。

加えて、順盛が廻船業において多数所有していた大型の伊勢船は、事あらば軍用の安宅船（あたけぶね）として転用され、順盛みずから刀を手に船首に立っては、風を切って海原を駆け進んだ。これではもはや海賊と変わらない。

信長にとって、順盛は危険な臭いに溢れた兄貴分だった。信長の破落戸のような格好も、多分にこの男の影響を受けている。

「ところで、今日はなんの御用でしょうか」

言葉遣いは商人のそれだが、眼光の鋭さは隠しようがない。濁った太い声を聞くだけで、気の弱い者ならば恫喝されているように感じて恐れおののいてしまうだろう。だが、それに怯むような信長ではなかった。

「図書助にうまい話を持ってきたぞ」

「三郎様がそう申されるときは、決まって面倒なことばかりだ」

「案ずるな。今日のは掛け値なしにうまい話だ」

信長が目を細める。

「そのお顔を拝見したら、余計に不安が増しましたぜ」

そう言いながらも、少しも心配などしている様子はなかった。腹の据わり方が尋常ではない。

信長が懐から書状を取り出すと、順盛の前に広げた。

村名主や織田家の家来が不法なことをしでかしたり、役人が無理難題をしかけてきても、信長の責任において順盛の商いを守り、これらを成敗することを約束すると書かれている。信長の署名と花押が見えた。

「これはありがたいことですな」

「で、あろう」

ほら見ろとばかりに、信長が得意げに顎をあげる。付き従って控えていた小姓の加藤弥三郎が何度も大きく頷いていた。この弥三郎は、順盛の次男である。今は那古野城で寝起きしているが、弥三郎にとって加藤家は生家だった。

相も変わらず、信長が召し抱えるのは家督を継がぬ冷や飯食いばかりだ。実の母に愛されず、右腕となるべき筆頭家老の林秀貞まで信長廃嫡を画策するなど味方の少ない信長にとっては、数年かけて育てあげた若き馬廻衆や小姓だけが心の拠り所だった。

この弥三郎は、この後、桶狭間の戦いにおいて信長が単騎で飛び出して出陣した際、最初に付き従った五人のうちの一人である。さらにその後、信長の重臣赤川景弘（信長がつけた渾名は道盛）と諍いを起こし、これを仲間とともに斬殺して織田家を出奔までしてしまう。徳川家康に拾われて知行を得て、織田家への帰参を願って功名をあげんと励むが、最後は三方ヶ原の戦いで武田軍の前に屍となった。

激しい気性は、まさに父親の血であろう。もっとも、信長が召し抱えるのは、こんな荒ぶる漢(おとこ)たちばかりだったが。

　これほどの由縁があり、信長からすれば加藤家一党は家臣のようなものだが、順盛のほうからすればそれほど簡単なものではない。

「ありがたい申し出ではございますが、何もわざわざ三郎様のお手を煩わせるまでもないかと」

　順盛が片目を細め、わずかに口角をあげた。もとより加藤家は強力な軍隊を持っている。浪人や流れ者たちを金に物を言わせて雇い入れたものだが、それだけに命知らずの手練れ揃いで、私兵としてよく訓練もされていた。信長の手など借りなくとも、商いを邪魔する者を排するだけの自信はある。

「さらに申せば……」

　ここで一呼吸を置くと、さらに声に重みを乗せ、

「……同様の申し入れは、勘十郎様からもいただいております」

　臆することなく、信勝の名を口にした。この頃の信勝は、朝廷に公認された官職として織田家当主が代々名乗ってきた弾正忠を自称し、併せて尾張下四郡守護代織田大和守家の通字「達」を使って達成(みちなり)と改名して、熱田の豪族や商人に対して所領

の給付や安堵、感状などの判物(はんもの)を公然と発給しはじめていた。
　これは尾張の次の守護代を狙っていることを宣言したに等しい。信長からすれば
もちろん、けっして許せることではないが、それを受け取る側からすれば、相手が
誰であろうと益があれば構わないことだ。
　信勝がみずから進んで行っているとは思えない。近頃の信勝は、熱田の利権を狙
う老臣たちの傀儡となりつつあった。林新五郎秀貞や柴田権六勝家らの顔が浮かぶ。
（勘十郎よ、お前は何をやってるんだ）
　血を分けた実の兄弟だ。いずれ、時がすべてを解決してくれるものと信じてきた
が、どうもそういう訳にもいかなくなりそうだった。
「ならば、これならどうだ」
　不遜(ふそん)な物言いの順盛の言葉にも顔色ひとつ変えず、信長は海運業の座を安堵する
ことを付け加えた。さらに熱田の神領にある加藤家の田畑や屋敷を永代安堵し、税
の免除も約束する。これにより商売をする上での利は莫大なものになる。
「すでに勘十郎様からも安堵を約束する書状を度々頂戴しております」
　西加藤家ははっきりと信長側に帰属を表明しているが、本家である東加藤家は信

長と信勝の両方から諸権益や財産を保障する判物を何度も受けている。つまりは熱田支配を競い合っている信長派と信勝派を天秤にかけている訳だが、戦国の世を生き抜く術としては至極当たり前のことだった。

（糞、この古狸め）

内心の苛立ちなどおくびにも出さず、

「民は飢え、苦しんでいる。今年の作付けが来年の民の命をつなぐのだ。さらなる私出挙（しすいこ）や種貸しに応じてくれないか」

信長は澄ました顔で順盛に依頼する。税金を安くするから、町民や農民に金を貸してやってほしいという頼み事だ。狙いは、市場への資金流入による地域活性だ。

「本音が出ましたな。それが本領安堵や座を認めていただくことと引き換えなら、勘十郎様の申し入れのほうが当家には利が大きい」

順盛が冷たく突き放す。だが、信長も引かない。

「俺がこの尾張を統べ、民の税をひとつにする」

農民は朝廷や寺院の荘官に対して税を納めるだけでなく、守護にも段銭（たんせん）という税を徴収された。さらには急速に力をつけた地域の豪族にも私段銭を支払うことがあり、二重三重の重税に喘いでいた。信長はこれを一本化しようとしている。

　弾正忠家の家老たちも、領地からの私段銭が大きな収入となっている。信勝の家臣のみならず、林秀貞など信長の家臣までが反信長の旗を揚げているのも、この改革への反発のためだ。

　信長は中間搾取を廃止し、大減税を行おうとしている。有力家臣ほど領地は広く、税制改革で失う利益も大きい。信長は家臣については直接雇用することで組織力強化を進めようとしているのだが、その思いを理解できる者は少なかった。

　一方で信勝は、重臣たちの声に素直に耳を傾け、変化による不安にも親身になって応えようとしている。そのため、信長を廃して信勝を担ぐべしという声は、日増しに大きくなっていた。重臣たちからすれば、信長は既得権益の破壊者であり、信勝は一族郎党を守ってくれる理解ある保護者だった。故に信長を支えるのは、領地を持たぬ若い親衛隊ばかりとなっていく。

「勘十郎様と戦でもするつもりですか」

　順盛の言葉に、信長は笑いながら首を横に振る。

「これから新しい世を造るのだ。家中でそんな小さな諍いをしている場合ではない」

「置いて行かれる者たちにとって、それは小さなことではないと思いますが」

「富は皆で分かち合う。民がいてくれるから国があるんだ。我が家中の者たちも、必ずやわかってくれるはずだ」

「俺は誰も信じないことにしています。だから、今まで生き残ってこられた」

「人を信じられてこそ、生きる値打ちのある世なのではないのか」

「三郎様は人がよ過ぎますな。そんなことでは、いつか大きな裏切りにあいますぜ」

　これには信長は曖昧に笑うのみで、軽く受け流した。

「それでも俺は人を信じたい」

「相変わらずですな」

　順盛が首を左右に振った。

「民が富めば図書助の商いも肥える。搾り取り掠め獲れば足りなくなるが、分け合えば余る。余ったものが種となって大きな木が育つ。それが商いというものだろう。利益を生むために種を蒔き、畑を耕すのは、農耕も商いも同じではないのか」

　順盛が、信長をじっと見つめる。

「武家である三郎様から、商いのなんたるかを説かれるとは」

「いらぬ節介だったか」

「とんでもないです。この図書助、目が覚めました」

「嘘を申すな。そんな玉ではなかろう」

「これはまた手厳しいですな」

信長が身を乗り出し、両手で順盛の着物の襟を摑んだ。荒々しく引き寄せる。二人の顔がぶつかるほどに近くなった。だが、これしきのことで怯む順盛ではない。顔色ひとつ変えることなく、信長を睨み返した。

「俺はもう、子供が飢えて死ぬところなど見たくねぇ!」

信長の吐いた息が、順盛の頰を殴る。

「本気なのですね」

順盛が信長の瞳をのぞき込むように見据えた。

「戦で奪って国を大きくするのではなく、商いを興して国を太らせるんだ。そうせねば、いつまでたっても民が報われる世にはならねえ。世を変えるのだ。図書助、俺に力を貸せ!」

「はじめたら、後戻りはできませぬぞ」

「俺は逃げねえ！」

物凄い迫力だった。数多の修羅場を掻い潜ってきた順盛でさえ、このまま殺されるのではないかと躰に震えが走ったほどだ。順盛は右の眉をあげ、深く息を吐いた。

「商人に必要なのは嗅覚です。どちらについたほうが儲かるか。それでもよろしいですか」

「充分だ」

二人で声をあげて笑った。笑っていた順盛が、急に表情を引き締めると、

「しかと承りました。私出挙や種貸しの件、如何様にも申しつけください。図書助の名にかけて、ご用立てさせていただきます」

順盛が両手をついて頭をさげた。このときより加藤家が名実ともに信長の家臣となった。信秀にも成し得なかったことである。

用が済んだ信長が辞去することを伝えると、順盛が引き留めた。

「三郎様に会わせたい者がおりまして、隣の間に控えさせております」

「別に構わぬが」

一度席を外した順盛が、一人の若者を連れて戻ってくる。

「三郎様、お久しゅうございます」

その場に両手をついて控える男を見て、

「あっ、取手介(とりでのすけ)！」

信長は思わず驚嘆の声をあげた。顔を見るのは五年ぶりか、いや、もっと経つかもしれない。驚くのも無理はなかった。人はここまで変われるものかというほどに、別人のようにやつれ果てている。年齢は信長より二歳年下のはずだが、とてもそうは見えなかった。それでも見紛うことはない。順盛の家来だった山口孫八郎(やまぐちまごはちろう)の子、取手介に間違いなかった。

「心配しておったぞ。無事で何よりだ」

信長はにじり寄ると、取手介の両手を取って熱く握り締めた。面をあげた取手介の目から、大粒の涙がぽろぽろとこぼれ落ちる。

「あああっ、ありがとうございます」

信長に手を取られたまま、取手介は泣き崩れてしまった。床に伏せ、全身を激しく震わせながら号泣する。

松平元康（後の徳川家康）が竹千代を名乗っていた六歳から二年間、尾張で織田信秀の人質となっていたことがある。そのときに預けられたのが加藤家で、世話係となったのが取手介の父孫八郎だった。無口で物静かな武人だった。

孫八郎は、鳴海城城主山口教継の遠縁筋にあたり、一族のほとんどは鳴海城下に暮らしていた。鳴海城は三河との国境にあり、織田信秀の代から地域の覇権を競って、今川義元と血で血を洗う抗争を繰り広げてきた。

一族郎党の中でも、あるときは今川につく者、あるときは織田につく者が入り乱れる。知らぬ間にそれが逆になっていたりする。裏切りと謀略の連鎖だ。近しい親族だからこそ、一度敵にまわれば憎しみは何十倍にも膨れあがった。血縁という呪縛が、人を狂わせる。

孫八郎の両親も含めて一族のほとんどが、戦に巻き込まれて無残に命を落としていた。取手介の幼き弟妹たちも、乱取りの犠牲になった。

逃げ惑う女子供たちを、まるで狩りを楽しむがごとく、騎馬武者が次々と背後から槍で突き殺していく。老人は首を刎ねられ、赤子は地に叩きつけられた。孫八郎たち男衆が村に戻ったとき、命あるものは一人も残っていなかった。

今川の先鋒となったのは、三河を治めている松平家だ。竹千代は松平宗家の嫡男で、次期当主である。竹千代に罪がある訳ではない。そのようなことはわかり過ぎるほどにわかってはいたが、それでも孫八郎の胸中は複雑なものとなった。

ある日、竹千代を前にして、あろうことか刀を抜いた。そのとき、孫八郎の目に何が見えていたのか。阿鼻叫喚の地獄と化した故郷の村で、虫けらのように平然と殺されていく親族たちの幻影が現れたのかもしれない。

孫八郎の思いは、誰にもわからない。だが、抜刀したことは事実だ。

我に返った孫八郎は瞬時に刀を納めた。竹千代は気づいてさえいなかった。しかし、誰が注進したのか、その事が信秀の耳に入り、勘気に触れてしまう。孫八郎は死罪となり、家屋没収の上、妻子は追放処分となった。

あれから五年が過ぎた。いや、もう五年だ。信長は目の前の取手介を見つめる。

「母は元気か」

「はい、息災でございます」

血を吐くような声だった。乱れた髪に荒れた肌、痩せこけた頰や手足、身にまとう粗末な着物を見れば、五年の間にどれほどの辛酸を嘗（な）めてきたのか窺い知れる。

罪人の妻子として、身を寄せるところもなかっただろう。女一人子一人の暮らしで、いったいどのように糊口をしのいできたのか。零落(れいらく)の果ての暮らしは、想像を絶する。生きるだけで苦痛という暮らしが存在する。今の信長には、それがわかった。

「逞しくなったな。見違えたぞ」

それ以上は、かける言葉が見つからなかった。

「三郎様、本当に申し訳ございませんでした」

「もう、何も言うな。よくぞ、戻ってきてくれた」

信長が優しく語りかける。

信長が竹千代を遊び相手に連れ出したことがあった。

まだ凍るような冷たさだった春先の川で、竹千代が足を滑らせて溺(おぼ)れかかった。誰よりも早く川に飛び込んで助けたのが取手介だ。泳ぎの得意な信長でさえ躊躇したほどの寒さだった。取手介には一瞬の迷いもなかった。もしもあのときに竹千代が死んでいたら、尾張と三河の関係はもっと複雑で危ういものになっていただろう。

そのことを信秀に伝えることができなかったことを、信長は後になってどれほど悔やんだことか。信長がすべてを知ったのは、孫八郎の処分が済み、妻子が追放になった後のことだった。

「図書助。よくぞ、取手介を見つけてくれたな」

破顔している順盛に、大きく頷いて見せる。

「だいぶ金を使いましたからな。後で那古野にいただきにあがりますぜ」

「ふん、好きなようにしろ。俺の馬を売ってでも払ってやる」

「やはり三郎様は金の使い道をよくご存知だ」

信長が表情を引き締めると、順盛に申しつける。

「山口取手介を小姓として召し抱える。その母、孫八郎の後家にも知行を与える。判物は追って使者に届けさせるが、まずは図書助を以て証人とせよ」

図書助が畏(かしこ)まって頭をさげた。しかし、取手介は再び面を伏せたまま、凍りついたように身じろぎひとつしない。取手介は刀を差していなかった。身なりをみれば、すでに母子の食い扶持に換えたであろうことは察しがつく。

「取手介。五年もの長きにわたり、母を支えた心掛けは誠に天晴れよ。褒美を取らす。遠慮なく受け取れ」

信長は自分の刀を手に取ると、それを取手介に与えた。

「殿、もったいのうございます」

順盛は目を細めて頷いている。戸惑う取手介に、信長は刀を押しつけた。

「親が子を殺し、子が親を殺す。戦乱と貧困の世が人を狂わせるのだ。俺はそんな悲しき民をいやというほど見てきた。もう、たくさんだ」

「御意にござります」

「俺は戦と飢えのない世を造る。手伝ってはくれぬか」

「もったいなきお言葉。この取手介、身命を賭して励みまする」

取手介が何度も礼の言葉を繰り返しながら、うやうやしく刀を拝領する。

「お前の父を救えずにすまなかったな」

取手介の手を取って詫びた。脳裏に、竹千代を助けるべく川に飛び込んだ取手介の姿が蘇る。他人のために、己の命を顧みることなく動くことができる男だ。これほど信じるに足る者はいないだろう。信長は目で頷いてみせる。

「必ずや、殿のお役に立ちます」

取手介もまっすぐに信長を見つめ返した。

それを見た順盛が、

「糞、泣けるぜ」

目を擦りながら洟を啜っている。

「鬼の目にも涙だな」

そう言って笑う信長の目にも光るものがあった。

四

今川義元が動く。

駿河、遠江、三河の三カ国を支配する義元は三河の拠点である岡崎城から、尾張侵略の機を窺っていた。兵の数、およそ三千。

侵攻の第一の目当ては、水野藤四郎信元（みずのとうしろうのぶもと）の主城である緒川（おがわ）城の攻略だ。緒川城は松平元康の母於大（おだい）の生家であり、信元はその兄になる。信元は於大を離縁されてもなお、今川の軍門に降ることを拒み続けていた。

そして第二の目当ては、むしろこちらこそが本旨なのだが、大浜湊（おおはまみなと）への信元の介入を排除することだった。大浜湊は尾張の津島湊や熱田湊のような海運貿易の大拠点だ。三河で最大の貿易湊として賑わいを見せていた。

義元はここに砦を築き、長田重元を代官として手勢を入れて支配下に置いていた。しかし、信元はこれを奪わんとして、再三にわたって強襲をかけてきた。

攻撃は最大の防御なり。大浜湊を守る最も有効な策は、信元の首級を挙げることだ。緒川城を落とすだけでなく、信元を確実に仕留めることが重要だった。

信元は二十一歳のときに水野宗家の棟梁となった。

一族の所領は尾張国緒川に五分、そして国境である衣浦湾の対岸の三河国刈谷に五分があった。信元は緒川城を本城としながらも土着の清水氏を城代として置き、自分は刈谷城に入って三河側所領の支配に力を注いでいた。

大浜湊はこの刈谷城からわずか四里（約一六キロ）しか離れていない。当然ながら義元としては、信元を捨て置くことはできなかった。重臣の松井宗信を三河・尾張方面の遠征軍大将に任じると、第一の狙い所を信元の攻略と命じた。

宗信が激闘の末に刈谷城を奪取し、入城を果たしたとの報が義元に届いた。信元は尾張領の緒川城に逃げ落ちたという。

名将今川義元が、この機を逃すことはなかった。

先遣隊として兵五百および人足五百の合わせて一千を緒川城の半里（約二キロ）

手前の村木村に海路にて送ると、緒川城攻略のための付城を築かせたのだ。

もちろん築城に際して、信元が黙っている訳がない。だが、妨害のための兵を出してきても、すぐに刈谷城から宗信の兵が背後を突き、築城守備兵とで挟み撃ちにした。信元の兵は惨敗し、命からがら逃走することとなった。そんな小競り合いを幾度も繰り返しながら、村木城を完成させることができた。

義元はこれをもって、いよいよ兵三千の本隊を送った。

今川軍は三河領内にあった織田方の重原城を強襲して落城させると、その勢いに乗じて緒川城へ進軍を開始した。

重原城に後備えの五百を残すと、本隊二千五百を村木城へ入れる。先遣隊と合わせて本隊は三千となった。刈谷城にも宗信の兵三百がこもっている。これで緒川城を完全に孤立させた。

この付城から打って出て、信元の首を獲る。村木城は緒川城攻撃の起点となるだけでなく、知多半島の陸路を遮断して尾張から切り離す役目を担っていた。

このときすでに今川方となっていた鳴海城と大高城、ならびにこの村木城によって、知多半島の入り口は封鎖できた。信長が緒川城に援軍を送るためには、これらの城を個別に撃破しなければならない。

袋の鼠をじわじわと攻め滅ぼせばいい。信元の首級を挙げれば知多半島全域支配の足がかりとなるばかりでなく、次は喉から手が出るほどほしかった熱田への本格攻勢も現実のものとなる。

そもそも信長の居城である那古野城は、元をたどれば義元の弟今川氏豊（うじとよ）が城主だった。当時、勝幡城城主だった織田信秀の謀略によって奪われたもので、その直後に、那古野城近くの熱田湊も支配されてしまった。

憎しや信秀。さらには、悠々と居城としている信長は、いくら殺しても殺したりないほどだ。那古野や熱田を取り戻すことは、義元にとっての宿願だった。


信元は、眼前に聳え立つ村木城を睨みつけた。

膨大な篝火はけっして絶えることがなく、城全体が燃えているかのようだ。風に揺らめく灯火は、刻々と不気味な重圧を増していく。

物見によれば、今川軍の兵数は三千を超える。対して、こちらは五百にも足りない。まさに、喉元に刃を突きつけられたようなものだ。

那古野城の織田信長には、援軍を求める使者を送っている。その数はすでに三十を数えたが、誰一人として戻ってきた者はいない。今川の包囲網は、信元が思っている以上に厳しいようだ。

（一人でも三郎殿のもとへたどり着ければ良いのだが……）

村木城からの攻撃があった際は、籠城により時を稼ぐ。その間に信元の弟の布土城城主水野金吾の兵三百が今川軍の背後を突く手筈となっていた。もっとも三百ばかりで三千の兵の背後を攻めたところで、焼け石に水になるだけだろう。

いつ攻めてくるのか。すでに城中のすべての兵が、死を覚悟していた。それでも信元は、義元に降るつもりはなかった。

（三郎殿は約束してくれたのだ）

十年ほど前、信元は父忠正の死去を受け、水野宗家の家督を継いで、尾張国智多郡東部と三河国碧海郡西部を領することになった。領地が尾張と三河に跨がるために、常に一族郎党が両国から調略にあった。父忠正は今川義元の配下についたが、信元が宗家当主になると、駿河とは距離を置くようになった。

水野一族の領地である緒川、刈谷、大高、常滑はいずれも海岸に接しており、湊を有していた。河川を持たぬ知多半島では農業は栄えず、信元の経済力の源泉は海運業にあった。貿易には、相手が必要だ。持てる物を売り、持たぬ物を買う。

尾張の織田信秀は津島と熱田を領し、海運業を押さえることで勢力を拡大していた。伊勢湾の信秀と三河湾の信元は、同じ商圏の中で、海運や交易の良き同盟者となれる。与するなら、武により圧力をかけてくる大国駿河より、商工業で補完し合える新興国尾張だ。

祖父や父の代の古き考えにとらわれず、若き当主信元は新しき道を模索していた。

そんなとき、信秀から嫡子吉法師の元服の儀に招かれた。迷いながらも、信元はこれに応じた。儀式は信秀の居城である古渡城にて執り行われた。

吉法師は元服し、織田三郎信長と名乗ることとなった。このときの祝宴と祝儀は見事なほどに盛大を極めた。まさに、日の出の勢いを感じる。

ただ、信元の心を捉えたのは他でもない。信長の言葉だった。

「窮することがあれば頼られよ。必ず、助けにまいる」

十三歳の少年の言葉に過ぎない。米粒ひとつほどの頼りになるものでもない。本来ならば頼るのは信長のほうであり、信元ではない。元服を迎えたばかりの少年が、小大名とはいえ水野家当主である信元に対するにはあまりに礼を失した言葉だ。

にもかかわらず、自信満々の顔で泰然と構える信長を見ていると、なぜだか少しも腹が立たなかった。今川義元に拝謁したときとは違う、なんとも不思議な思いに駆られる。ただ座しているだけなのに、向き合うとまるで強い風が吹いてくるかのように見えない力を感じた。

(大うつけだと、とんでもない)

信元は覚悟する。父忠正の代から続いてきた義元との同盟をすべて反故にし、織田信秀に協力することを決めた。この二年ほど、今川と織田の両家に対して、曖昧な態度を取り続けてきた。境目の領主にとって、この曖昧さこそが生きる道だった。

しかし、もう迷いはなかった。いや、腹を括ったと言っていい。

(この男に賭ける)

信元が選んだのは、尾張の虎とまで呼ばれた信秀ではない。元服したばかりの嫡子信長だった。この少年の言葉を信じてみようと決めた。

その後、このときの信長の約束は、思いの外、早く現実のものとなった。

駿河に反旗を翻した信元は、義元が支配する大浜湊の利権を奪いに打って出て、幾度となく戦火を交えることになった。初めは小さな戦いが続いたが、ついに本腰を入れて攻勢に出た義元が、駿河から三千の兵を送り込んできた。世に言う吉良大浜の戦いである。

信元は、すぐさま信秀に援助を頼んだ。ところがこのとき、信秀は一族をあげて美濃の斎藤道三と戦の真っ最中で、尾張を留守にしていた。代わりに動いたのが、大うつけと言われていた信長だ。

信長十四歳、これが初陣となる。当然ながら宿老たちは猛反対した。弾正忠家の本隊は、信秀が率いて出払っている。信長に付き従えるのは、平手政秀配下の八百しかいない。対する今川軍は三千だ。

そもそも大名嫡子の初陣は、本気での戦闘などは行わず、勝敗の伴わない戦を形ばかりに行うのが常である。それがいきなり数倍の兵力を持つ今川の最前線部隊に攻め込むというのだから、無茶な話だ。

だが、誰かが引き止めて、聞き入れるような信長ではない。

「藤四郎殿に、必ず助けに行くと約束したのだ」

そう言って、頑として譲らなかったそうだ。挙句、平手政秀が副将としてつき、援軍に出ることになった。

九里（約三六キロ）の道を一夜にして駆ける急行軍にもかかわらず、信長は先頭で兵を率いた。吉良大浜に着くや否や、信長はすぐさま戦闘を開始する。今川軍本隊に正面からぶつかることはせず、小隊を見つけては風上から火矢を放ち、混乱に乗じて戦功をあげるということを繰り返した。分断された今川軍は撤退を決めた。

わずか八百の手勢を指揮して、信長は三千の今川軍を退けたのだ。

信元は城の門の外まで出て、帰還してくる信長を出迎えた。

夕日を背に、信長が悠然と現れた。紅筋が入った頭巾と馬乗り羽織、それに馬鎧という出で立ちは、見る者すべてが息を呑むほどに凛々しかった。

「三郎殿。かたじけない」

下馬した信長の手を取り、信元は声を震わせた。

「助けに行くと約束した。それを守ったまでよ」

胸を張るでもなく、信長は言い切った。生き残るためには、約束など反故にするのは当たり前の戦国の世だ。今でも信元は、あのときのことを鮮明に覚えていた。

（あの男は、必ず来る）

降伏はしない。矢弾尽き、剣折れても、信長が来るまで戦い続けるのだ。

信元は村木城の篝火を見つめながら、己に言い聞かせた。


「無理なものは無理じゃ！」

雷鳴かと疑うような柴田勝家の怒声が、那古野城の大広間に響く。

織田弾正忠家の評定において、一番大きな声をあげるのは、先代信秀から仕える家中一頑固なこの猛者(もさ)だったが、今宵はいつにも増して荒々しい。激しく打ちつけた拳で、床板を穿ち抜きそうなほどだ。

末森城に出仕する武将では下社(しもやしろ)城城主の勝家しか来ておらず、信勝の姿もなかった。ゆえに余計に気合いが入っているのだろう。

尾三国境での紛争勃発であるため、前線基地である末森城城主の信勝は、城を離れる訳にはいかなかった。もっともそれを言い訳として、信長への協力を拒もうとしていることに気づかぬ者はいない。もちろん、信勝の意思というより、そうさせているのは家臣たちであろう。あるいは土田御前の命によるものかもしれない。

緒川城は完全に孤立していた。信長の前に広げられた信元からの援軍要請の書状は、使者の血に塗れていた。ここまでの道のりの厳しさを物語っている。

那古野城と緒川城を結ぶ道は遮断されてしまっていた。援軍を送るためには、手前にある鳴海城、大高城を順番に撃破しなければならない。

しかし、それらの城を攻めれば、村木城や刈谷城からの軍勢が横っ腹を食い破るように突いてくることは間違いない。どの城も容易くは落とせない。かといって時をかければ、その間にも緒川城は力尽きてしまう。

そもそも助けに行くことさえ無謀なのだ。運良く緒川城までたどり着いたとしても、退路はない。全滅の危険さえ孕んでいた。

「俺は助けに行く」

信長には一寸の迷いもない。

「馬鹿な。三郎殿は織田家を潰すおつもりか」

勝家が吠える。絶体絶命かと思われた斎藤道三との会見を、辛うじて無事に切り抜けたばかりだというのに、今度は今川軍との無謀ともいえる戦いに討って出るという。家臣たちからすれば、正気の沙汰とは思えない。

「納得がいかぬのなら、末森は兵を出さずとも良い」

「ならばそうさせていただく」

売り言葉に買い言葉だ。勝家の領地である下社は三河と接している。まさに己に火の粉が降りかかろうというときに、信元の身など案じている場合ではなかった。

「ああ、構わねえ。留守中、熱田の備えを頼むと、勘十郎に伝えてくれ」

「しかと承った。ならば、すぐさま末森に戻り、城の守りを固めるとしよう」

戦から逃げるのではない。戦支度はするのだ。そう言っているが、誰の耳にも言い訳にしか聞こえない。

評定の途中にもかかわらず、勝家は立ちあがると、そのまま辞去してしまった。

非礼極まりないが、信長はたいして気にするでもなく捨て置く。

尾張は混沌の中にある。守護代織田大和守信友の重臣坂井大膳が、今川義元と通じていることは疑うべくもない。

今川軍を討つには、信長の全軍を当てなければ勝ち目はないが、それでは那古野城は裸同然になってしまう。本隊が留守と知れれば、間違いなく清洲城の信友の軍勢が那古野城に襲いかかってくるだろう。援軍を終えて戻って来ても、自分たちの城が焼け落ちているということになりかねない。

当然ながら、末森城の信勝の与力も当てにできない。信勝は兵を出したくとも、勝家たち家臣がそうはさせないだろう。

（糞！　こんなことをしていては、今川に漁夫の利を持っていかれてしまう。国が乗っ取られるかってときに、一族で争ってる場合じゃねえだろう）

それまで目を閉じ、腕組みをして黙していた林秀貞が、初めて口を開いた。

「水野殿には申し訳ないが、兵を出せば織田家が清洲より背後を突かれまする」

「そんなことは言われなくたって百も承知だ」

「ならば、兵を出すことはできぬ」

信長は首を横に振った。

「見捨てろと言うのか」

「そうは申しておらぬ。今はその機に非ずと」

「同じことじゃねえか」

「三郎殿。他人の心配などしておるときではなかろう」

秀貞の言葉はまるで脅しだ。弾正忠家当主に対するものではない。

「それは違う。緒川城が落ちれば、次は熱田が狙われるんだ。その後は清洲と謀り、この那古野を挟み撃ちにしてくるだろう。今までは藤四郎殿が楯となり、今川を抑えてくれていた。藤四郎殿を見捨てるということは、その楯を失うということだ」

信長が声を張りあげる。

（なぜ、大局が見えぬのだ）

信長は、一人ひとりの目を見た。ここで立たなければ、この先の織田家はない。

だが、秀貞も引かない。織田弾正忠家筆頭宿老にして、信長の一番家老でもある。重臣としての矜持（きょうじ）があった。

「村木城の兵は三千余り。途中には鳴海城や大高城もある。すでに刈谷城や重原城も敵の手にあるという」

「知っておる」

「ならば算が立つであろう。弾正忠家のすべての兵を掻き集めても四千がいいところ。そのうちで勘十郎殿の兵は熱田の守りに残られる。三郎殿が動かせる兵はせいぜい一千」

「いや、八百だ」

「なおのことよ。それでどうやって今川と戦うと申されるか」

できるものならやってみろ、とばかりに吐き捨てた。

「それでも、俺は行く」

「行けば死にますぞ」

「そうじゃねえ。生きるために行くんだ」

燃えあがるような熱い言葉だった。一同が言葉を失う。

「だとしても、那古野を空にはできませぬ。さすれば兵が足りない」

「最初っからできねえと思えば、何もできる訳がねえ。どうしたらできるかと考えるところからはじめるんだ」

「いくら考えたとて、いきなり兵の数が増える訳ではない。できぬものはできぬ。そんなこともわからぬから――」

お前は大うつけなのだと言いかけて、秀貞もさすがに言葉を呑み込んだ。

「兵は増やせる」

「戯けたことを。ならばお訊き致す。どうやって兵を増やすのだ」

「蝮に使者を送った」

信長が、ニヤリと口角をあげた。

「なんと申された」

秀貞の表情が強張る。

「義父殿に援軍を頼んだ。兵が足りねえから借りたんだ。俺たちが留守の間、清洲の馬鹿どもから那古野を守ってもらう」

「美濃の兵をこの那古野に入れると申すか。市に虎を放つ如し。まさに食ってくれとばかりに、猛虎の前に我が身を差し出すようなものですぞ！」

秀貞はカッカと顔を真っ赤に火照らせ、唾を飛ばして声を荒らげた。

それも至極当然のこと。時代は生き馬の目を抜く戦国の世だ。親子や兄弟であっても隙を見せれば命の取り合いをする。信長と道三とは娘婿と舅の関係になるとはいえ、あくまでも今川という共通の脅威の前で結ばれた政略的な血縁関係に過ぎない。そんな同盟など力の均衡が崩れれば、いつでも一方的に破棄される。

ましてや道三は、主君である守護代土岐頼芸を追放して国を乗っ取ったような男だ。信じるにたるような人物とは思えない。少なくとも織田家の家臣たちは誰もがそう考えていた。

「明日には美濃の兵が着く」

信長が一同を見わたした。

「糞っ！　どのくらい来るんだ」

秀貞の弟の林美作守通具の怒声が響く。

「その数は一千と聞いている」

「俺の聞き違いか。あり得ぬことが聞こえたぞ」

「ならば今一度言う。美濃の兵は一千だ」

信長が片方の眉をあげた。美作守が目を血走らせる。

「これは笑止千万、愚の骨頂。三郎殿はついに血迷うたか。他ならぬ道三の兵だぞ。それがなんと一千も尾張の地を踏むという」

「わかっている」

「わかっておらぬ。まったく、わかってなどいねえよ。三郎殿は、よもや加納口でのことを忘れた訳ではあるまいな」

「忘れてはおらん」

「今より十年前、亡き備後守様が率いる我が軍は道三に大敗し、五千もの兵を失ったのだぞ。美濃加納口が尾張兵の血で真っ赤に染まったのじゃ」

美作守が目に涙さえ溜め、激しい怒りに躰を震わせている。髪は逆立ち、鬼のような形相になっていた。このときの戦いで美作守は多くの親族や家来を失っていた。美作守だけではない、織田家の家中のことごとくの者が、加納口における大敗で身内を亡くしているのだ。道三への畏怖と憎悪は尋常ではない。

信長は初陣前で参陣していなかったが、傅役の青山与三右衛門が加納口にて討死にしていた。信長としても、遺恨がないわけではない。

「それでも、俺は義父殿を信じる」

「なんと愚かな」

美作守が吐き捨てる。

「どうせ俺は大うつけなんだろう。心配してもはじまらねえ。なるようにしかならぬ。それに、もはや決めたことだ」

「俺は承服できかねる」

美作守が怒りに燃える目で信長を睨みつけながら、派手に躰を揺すり、荒々しく息を吐いた。だが、信長は気にする風でもなく、

「ところでだが、市に放つのは虎ではなく、蝮だ」

これで評定は終わりとばかりに立ちあがった。

美濃兵一千が那古野に到着する。

強兵で知られる大国美濃の兵を、道三の重臣の中でも稲葉良通や氏家直元らと並んで西美濃三人衆の一人とされる知将安藤守就が率いてきた。

猛将信秀でさえ連敗を重ねてきた美濃兵が一千だ。常道で考えれば、那古野城の乗っ取りを疑うのが当然だ。出迎えた信長に対して、

「上総介殿。此度は強兵一千を選び抜いて連れて来ております。留守を預かる我らが、そのまま那古野を乗っ取るやもしれぬ。心配ではござらぬか」

守就がギラギラと鋭い目を輝かせた。

「これはしたり。何を心配する必要があるのだ」

「我が主は戦国の梟雄と恐れられるお方ゆえ」

信長は、何を今さらと顔色ひとつ変えない。

「それではおもしろくなかろう」

「おもしろく、でござるか」

「舅殿が梟雄と言われている漢だからこそ、いらぬ心配は無用なのだ。俺を殺して、たかが尾張一国を奪うのと、生き長らえさせて新しい世をその目で見るのと、あの蝮がどちらをおもしろいと思うかだ」

道三を熟知するだけに、守就もこれには苦笑するしかない。

「主より、すべては某にまかせると言いつかっております」

「まかせるとは、どういうことだ」

「まかせるとは、言葉どおり、すべてをまかせるということ。上総介殿が守る値打ちのない御仁なら、我が兵一千をもってお命を頂戴仕る。守る値打ちのある御仁なら、我が兵一千の命を賭して清洲からの楯となり申そう」

「美濃の精鋭一千が那古野城下にいるとなれば、俺の命を獲るのも訳もないか」

信長が愉快そうに笑う。

「此度の援軍、某にお命じいただけるよう、主に願い出ました」

「安藤殿がみずからですか」

「聖徳寺で上総介殿の天晴れな立ち振る舞いを拝見仕り、今一度、お会いしてみたいと常々思っておりました」

「褒められるようなことをしたかな。まったく記憶にないが」

「我が主の前で銚子の酒を飲み干し、大鼾を掻いて寝入ったでござろう」

守就が大きく肩を揺すりながら眉をあげた。

「ふんっ。それで、会ってみて、どうするよ。この首、落とすか」

信長が笑みを浮かべたまま、手刀で己の首を斬って見せる。守就も破顔すると、大きく首を横に振った。すぐに表情を引き締めると、うやうやしく片膝をつく。

「美濃兵が那古野城内に入れば、お身内にいらぬ疑いを芽生えさせることにもなりかねぬ。我が軍はこのままこの地に陣を敷き、清洲への備えといたしましょう」

美濃兵を志賀と田幡の二郷に布陣させ、那古野城を守ると約束した。

信長が大きく頷く。

「かたじけない。暖を取る薪は充分に運ばせる。握り飯も山ほどだ。安藤殿、後のことはまかせたぞ」

「承知仕りました。この守就の命に代えても」

「だめだ。それは許さぬ」

「なんと」

信長が守就の腕を力強く摑んだ。

「お前、死ぬ気だろう」

「上総介殿……」

いくら強兵と聞こえた美濃兵といえども、わずか一千の兵で籠城もせずに、地の利のある清洲の軍勢と幾日もわたり合えるものではない。

信長が遠征に出ていると知れれば、好機とばかりに坂井大膳は総力をあげて攻めてくるだろう。その数は二千を超えるはずだ。

守就は自分の命と引き換えに、那古野城を守る気でいる。

「七日だ。必ずや七日で帰ってくる。悪いが、その間だけ那古野を守ってくれ。ただし、死ぬことは許さん。それでは蝮に申し訳が立たねえ」

信長が笑顔で語りかけた。守就もつられて微笑む。

「御意！」

翌早朝。出陣の間際になって、秀貞と弟の美作守が自分たちの兵を連れ、那古野城を離れた。

勝手な離脱は軍律違反だ。さすがに居城の沖村城には戻らず、自身の与力である前田利春の荒子城に入った。

本来ならば打ち首になってもおかしくないくらいの重罪だが、あくまでも謀反ではなくて、信長が勝手に美濃兵を城下に入れたことへの抗議ということだ。守就に叛心あれば即これを討つと、使者を送ってきた。これを聞いた前田利家は、

「ふざけるな！　林殿のほうがよっぽど美濃より信じられぬわ」

と、憤慨している。秀貞がこもった荒子城は利家の実家であり、前田利春は父だった。利家の父も嫡男である兄利久も、秀貞に仕えている。四男坊である利家だけが、家を飛び出すようにして信長と行動をともにしていた。それだけに責任を感じているようだ。

「捨てて置け。どうせ思いがひとつになってねえ奴らを連れて行っても、糞の役にも立たねえからな」

「たとえそうだとしても、これは許せることではありませぬ」

「美濃と新五郎殿の兵を合わせれば、清洲と違わぬ兵力になるということだ。これで大膳も簡単には手が出せぬ。考えようによれば、かえって良い軍略じゃねえか」

苦しげに目を伏せる利家を気遣うように、信長は平然と言い放った。しかし、これで林兄弟の率いる兵七百を失ったことになる。

信勝の与力である柴田勝家や佐久間大学助盛重の参戦はなく、中立派の平手一族も日和見を決め込んでいた。唯一武将では、叔父で守山（もりやま）城城主の織田孫三郎信光（まごさぶろうのぶみつ）が兵二百での同心を申し出てくれている。残る兵は、信長の馬廻衆を中心とした八百ほどだ。合わせて一千で三千を超える今川軍と戦わねばならない。

「構わぬ。俺は一人でも行くぞ。水野殿のことは見捨てねえ」

信長は声を荒らげるが、さすがにその顔は少し強張っているように見えた。

「一人じゃねえ。俺たちはいつだって殿と一緒だ」

池田恒興が笑い飛ばす。それに佐々孫介勝重も応える。

「そうです。我らで行けば、今川なんぞ屁でもありませぬ」

「お前たち……」

「ここに残った兵たちは、どこにも行き場のない者ばかりです。殿は我らを拾ってくれた。だから、我らも殿についていくのです」

織田造酒丞信房が真剣な眼差しを向ける。

「造酒よ。それは違うぞ。お前たちは拾ったんじゃねえ。仲間になったんだ」

「ありがたき言葉。胸に染みまする。共に新しき世を造りましょうぞ」

「ああ、家督を継がぬ三男坊四男坊でも楽しく暮らせる世を造る」

信長が高らかに声を放った。それを聞いた利家が立ちあがる。

「俺が命に代えて、林殿の兵七百の分も働きます」

それを聞いた他の家臣たちも、

「おおっ。又左が七百なら、俺は八百働くぞ」

「なら、俺は九百だ」

「勝三郎が九百ならば、俺は一千だ」

口々に思いを吐くと、鼓舞するように互いの肩を叩き合った。

「これで我が軍は万の兵を持つことになる。勝利は間違いなしだ。行くぞ！」

信長は声高らかに下知すると、緒川城へ向けて進軍を開始した。

この戦は刻まれる時との戦いだった。

ひとつには、一刻も早く緒川城の救援に向かわなければならない。こうしている間にも、村木城の今川本隊が緒川城に押し寄せているかもしれない。信元の首級を獲られてから救援に駆けつけても意味がない。

そしてもうひとつは、遠征に時をかけることができないということだ。信長軍が那古野城を留守にしていることが清洲城の城代坂井大膳に知れれば、必ずや攻め入ってくるだろう。美濃からの援軍安藤守就が身命を賭して立ちはだかってはくれても、そう幾日も持ち堪えられるものではない。今川軍に勝ったとしても、那古野城を失っては元も子もなかった。

つまりは、閉鎖された陸路をこじ開けている暇はないということだ。

そこで信長が選んだ策は、海路を取ることだった。

熱田湊から船で知多半島をまわり込み、一気に緒川城までたどり着く。距離にして二十里（約八〇キロ）はあるが、陸路に比べればかなりの時を稼ぐことができる。

信長軍千の入城を知れば、村木城の今川軍も簡単には手が出せなくなるだろう。

信長軍はその日の夕刻には熱田に着き、翌朝の渡航を前に、兵たちは商家に分宿することになった。信長は側近の部下とともに、加藤図書助順盛の屋敷に泊まった。

翌朝、激しい風によって真冬の海は荒れ狂っていた。量はさほどではないが、雨粒もまじっている。

今川義元が侵攻にあたり、この時期を選んできたことには意味があったのだ。付城により陸路は遮断され、伊吹おろしの到来により海路も使えなくなった。これで緒川城は数日の間は完全に孤立してしまう。

龍の唸り声のような風音が響き、信長たちが陣を張る屋敷の雨戸が激しく打たれた。ぶち当たる風で、建物ごと吹き飛んでしまいそうだった。

湊では、順盛が呆然として天を仰いでいた。何があっても動じぬような男が、途方に暮れた様子で目を泳がせている。こんな順盛を見たのは、初めてのことだった。

順盛の背後では、大勢の船頭や漕手がまるで死人のように青ざめた顔で海を見つめている。揺するように躰を震わせているのは、寒さばかりではないだろう。

「三郎様。船頭たちが怖じ気づき、船を出せないと尻込みしております。このひどい嵐では無理もない」

船の手配はすべて順盛にまかせてあった。自分が所有する伊勢船だけでは足りず、熱田のすべての商家に声をかけ、船を掻き集めていた。その数は大小百艘を超える。信長と信光の連合軍兵が千、さらに馬や武器弾薬、兵糧を乗せる準備を整えていた。

「怖じ気づいたのは船頭ではなく、図書助のほうだろう」

百艘の船をすべて失えば、豪商加藤家といえども身代を潰しかねない。

順盛が強張っていた顔を向ける。

「この嵐だ。船頭どころか漁師だって布団に頭を突っ込んで震え出すくれえだ。俺だって、海に出るのは恐ろしいですよ」

「案ずるな。俺もおっかねえさ」

「三郎様でもですか」

「当たり前だ」

「なんだ。三郎様には怖い物なんてないのかと思っておりました」

それには応えず、信長は船頭や漕手たちに向かって声を張りあげる。

「皆よ、聞け！　この嵐こそ、熱田大神の御加護である」

船頭たちは怪訝な顔で信長を見つめる。

「馬鹿を言うな！　こんな時化で海へ出るのは死ぬようなもんだ！」

順盛を押しのけるようにして、巨漢の船頭が声を荒らげた。

相手が信長だとわかった上でも、微塵も気怖じする様子はない。殺したければ殺せとばかりに肝が据わっている。見てくれは船頭というより海賊そのものだが、実際に違わぬような仕事も数多くしてきたのだろう。辺りを埋め尽くすほど大勢の船頭や水夫たちが、大男に同調するように口々に不服の声をあげた。

溢れる慨嘆の声を跳ね返すように、信長が大声を放つ。

「凪で海へ出れば、今川の軍船の攻撃を受けるかもしれねえ。幸いにしてこの嵐だ。海は我らで丸取りよ。まさかこの嵐の中を我らが船で来るとは思わず、奴らは油断しているに違いねえ。この戦、もはや勝ったも同然だ。これを熱田大神の御加護と言わずしてなんと言う」

「しかし、船が沈めば元も子もねえぞ」

「源九郎判官義経公と梶原景時が平家討伐の船を出すにあたり、逆櫓をつけるか否かで揉めたときも、丁度これくらいの風が吹いていたそうだ」

義経軍に属した景時が軍船に逆櫓をつけて進退を自由にすることを進言するも、義経はそんなものをつければ兵が臆病風に吹かれてしまうと退けた。

景時は、「進むのみを知って、退くを知らぬは猪武者である」と激高したという。

しかしその後、義経は暴風の中をわずか五艘百五十騎で抜け駆けて出航し、屋島を急襲して落としてしまった。景時率いる本隊百四十余艘が到着したときには、すでに平氏は逃げた後だった。

「六日の菖蒲」と嘲笑された景時と英雄となった義経の確執は決定的となった。これが源頼朝への「梶原景時の讒言」へとつながり、義経追討のきっかけとなったという『平家物語』にある逸話だ。

「本当に熱田大神の御加護があるんだろうな」

「成せるか否か、己の思いを信じた者のみに神の加護はある！　必ずや成せると己を信じよ！」

嵐を吹き飛ばすほどに、信長はさらに大声を張りあげ、皆を鼓舞し続ける。

「さらにはこの三郎信長の加護もある。船を出した者には、賃銭は三倍払うぞ」

「三倍だと！」

「緒川城が孤立しているんだ。俺たちが行かなければ、あいつらは全滅だ。それでも、この荒波だ。船を出せば沈むかもしれねえ。行きたくない奴はここに残れ。一切咎め立てはしねえ。だが、たとえ俺一人になっても、この海をわたってみせる」

信長は一歩も引く気を見せない。湊には見渡す限り、伊勢船が係留されていた。

波に煽られた船同士がぶつかって、寒気がするほど不気味な軋み音をあげる。

それでも行かねばならなかった。信元が待っているのだ。

「ボヤボヤしてると、殿のほうこそ置いていきますぜ」

気がつけば大男の船頭はすでに船上におり、艫綱(ともづな)を解きはじめていた。他の船頭や漕手たちも続々と船に乗り込んでいく。信長とともに順盛も船に飛び乗った。

「この嵐が熱田大神の御加護だと。まったくもって無茶苦茶な話よ」

そう言いながらも信長が吐き出す熱い言葉を聞いていると、そんな気になってくるから不思議だった。順盛も胸の高鳴りを抑えられない。自然に顔がほころんだ。

「皆の者、行くぞ!」

信長が湊を啜りながら、笑顔で下知を放った。

五

嵐だ。猛烈な風雨が襲いかかってくる。

鈍色(にびいろ)に染まった大波が天に届くかと思われるほど高く盛りあがり、暴風に砕かれて白い飛沫に散った。何度も呑み込まれそうになる。

波しぶきが滝のように頭上から降ってきた。荒々しい大自然の猛威の前に、大型の伊勢船がまるで木の葉のように弄ばれる。海に慣れた船頭さえ、湊に戻りたいと涙を流しながら訴えた。足軽たちは真っ青な顔で甲板に嘔吐を繰り返す。

「進めっ！　進むんだっ！」

信長は喉が嗄れるまで大声を張りあげ、仲間を叱咤激励した。その声に応えようと、漕手たちは腕が千切れるほどに櫓を漕ぐ。

信長軍百艘は一艘の損失もなく、無事に海をわたりきった。

緒川城に入る。

出迎えた水野信元は、信長の手を取りながら男泣きに泣いて喜んだ。

「かたじけない。よくぞ……、よくぞ、ここまで……」

歴戦の猛将も、感極まって言葉に詰まった。

「藤四郎殿、何を泣いておられるのだ」

信長が屈託のない笑みを見せる。

「まさか、あの嵐の中を船で来られるとは。もしものことがあらば、どうされるおつもりだったのだ」

「もしもなど、逃げの口実に過ぎぬ」

大口を開けて、大胆に言い放った。信元が感無量の面持ちで、さらに頬を濡らす。

「とは申せ、できることではない」

「俺は助けに行くと約束した。それを守ったまでよ」

胸を張るでもなく、信長は真顔で言い切った。

（まったく同じだ）

信元は、信長初陣のときのことを思い出した。信長は変わっていない。まっすぐで澄み切った心は、少しも淀むことはなかったのだ。

早速、軍議をはじめる。

「もう安心だ。上総介殿の兵一千が入城したと知れれば、これで村木城の今川軍も迂闊には手が出せまいて」

信元が自信に満ちた笑みを浮かべた。

「いや、籠城はしない」

信長は平然と返す。

「なんと。兵糧の蓄えならば案ずることはないが」

「そうではない。俺たちは事情があって、悠長にはしていられねえんだ。だから、討って出る」

こうしている間にも、清洲城の小守護代坂井大膳が那古野城に攻め入っているかもしれない。一刻も早く戻らねば、援軍に来てくれている美濃兵が危なかった。安藤守就の気性を思えば、最後の一兵になろうとも引かずに戦い続けるだろう。

今川軍の後詰めのことも気にかけなければならない。刈谷城や重原城の城兵は少ないとはいえ、挟撃されればそれなりの損害は覚悟する必要があった。

「いつ、討って出られるおつもりか」

「明朝、辰の刻（午前七時頃）」

「明朝ですと」

「力攻めにて一日で落とす」

これにはさすがの信元も言葉を失う。水野家の家臣たちが騒然となった。一方の信長は、拍子抜けするくらい落ち着いている。信長の叔父織田信光もこんなことには慣れているようで、驚く様子はなかった。

中国春秋時代の軍事思想家孫武が記した兵法書『孫子』にも、城攻めにおいて防御に徹する敵を攻略することは容易ではなく、力攻めは下策中の下策と書かれている。力攻めにおいては、守備兵に対して少なくても三倍の兵力が必要であるといわれる。成功したとしても味方の犠牲が大きく、この時代でも行われることは少ない。総じて調略や兵糧攻めにより時をかけて開城を迫る。十六歳の頃から平田三位(ひらたさんみ)により兵法を叩き込まれてきた信長が、それを知らぬはずはなかった。

信元が顔を歪ませると、縄張り図を指し示しながら説明をはじめる。

「村木城は小高い丘の上に建ち、北が石ヶ瀬川(いしがせがわ)の河口に広く面して、天然の要害で攻め手がない。東が大手門、西が搦手門(からめてもん)、南は向こう側が霞んで見えぬほど幅の広い空堀となっている。めぐらした曲輪(くるわ)の上部は隙間なく板塀を張って備え、周囲は入り江と河口に囲まれて、全体があたかも島のようになっており、急造の付城といえども容易く落とせるものではない」

「落とせぬ城などありえぬ」

「なんと」

「所詮は人が造ったものだ。人に落とせぬ道理がねえってことだ」

信長は涼しい顔で言ってのける。

「それはそうだが、策はあるのか」

そもそも城の力攻めは、少数による籠城を大軍で囲ってするものだ。三千の兵がこもる堅城を半数にも満たぬ寡兵が強襲するなど古今東西で例を見ない。

「兵を三隊に分け、東西南の三方から一斉に攻め込む。一切休むことなくひたすら攻め続け、三隊が同時に城内に突入する」

「同時だと」

「ここが肝だ。どこかの隊が先に入れば、衆寡敵(しゅうかてき)せず、今川の兵数に圧倒されて皆殺しにされちまう」

信光が腕組みしたまま、目を細める。

「なるほど、三隊が同時に城内に入り、敵を混乱させることが必須となるのだな」

「そのとおり。三方から一斉に雪崩(なだ)れ込めば、寡兵でも勝機はある。城内への突入は、申(さる)の刻（午後三時頃）とする。どの隊も早過ぎても遅過ぎてもだめだ。たとえ何があろうと、この刻限に合わせて城内に入ってくれ」

「しかし、そんなにうまくいくものかのう。もしも、一隊のみが先に突入に成功し、他の隊が遅れることになれば……」

「叔父上の言うとおり、その一隊は嬲り殺しにあう」

一同が青ざめた。信長はそれを気にする風でもなく、自信満々に話を進めていく。

「なあに、仲間を信じればいいんだ。そこでまずは南側だが、ここは俺の兵八百で攻める。なんと言っても城壁が一番幅広く、突入路がたくさんあるからな」

信元が目を見開く。

「それはこの城が仕掛けた罠だ。南が最も難所になっている。深く広い空堀を越えねば城壁に近づくことさえできぬ。だが、空堀を進めば、池に浮かぶ鴨のごとく敵の矢弾の的になるぞ」

「わざとおびき寄せて、ことごとく叩こうってことだろう。みみっちい奴らだぜ」

「それがわかっていて、何故、難所を攻めるのだ」

誰が見ても南側が死地であることは疑いようがない。力攻めで進めば、この世の地獄のような激戦となるだろう。

「三千で守る城をたった一日で、それも半数の兵で落とすんだ。敵が一番自信を持っている場所を抜く必要がある」

「深手は避けられぬぞ」

「だから、俺がやるんだよ」

「本当によろしいのか」

硬い表情の信元が、信長の目の中を覗き込むように見つめる。

「俺がやることに意味があるんだ。これしきのことを乗り越えられなくて、天下静謐など成せるわけがねえ」

「天下静謐とは」

信元が縄張り図から顔をあげる。

「戦のない新しき世だ。俺が造る」

信長が自分に言い聞かせるように明言した。

「天下静謐か」

「そうだ。だからこそ、ここは俺がやる」

信長が縄張り図に描かれた村木城の南側城壁を指で叩いた。

「上総介殿、誠にかたじけない」

信元が目を真っ赤にして、唇を震わせた。

「東の大手門は金吾の兵三百、西の搦手門は叔父上殿の兵二百でやる。いいな」

信元の弟の水野金吾が居住まいを正し、

「しかと承りました」

真剣な眼差しで目礼した。信光も、

「おおっ、まかせておけ」

肥えた躰を揺するようにして声を張りあげた。

ところがただ一人、信元だけが驚きの顔を見せる。

「待たれよ。何故、儂の名がないのだ」

「水野殿は水軍を率い、三河からの後詰めに備え、入り江を封鎖していただきたい」

聞こえはいいが、城攻めにおける後備えなど、ほとんど出番なしと言っていい。

「これは儂の戦だ。我が兵が矢面に立たずしてどうするのだ！」

「それはだめだ。村木城を焼いても戦は終わりではない。次には刈谷城を奪い返し、重原城もこちらの手に収めねばならぬが、俺たちはいつまでもここに留まることはできねえ。故に、水野殿の軍は一兵たりとも失う訳にはいかないのだ」

「しかし――」

それでも納得がいかぬ信元の言葉を信長がさえぎる。

「いずれ駿河殿はみずから大軍を率い、熱田を獲りに来る。そのときに刈谷城や重原城は、奴らの横っ腹を食い破る役目を果たすことになる」

「それはわかっておるが……」

「水野殿にはこの地を治めるという大役がある。ここは耐えてくれ」

信長にそこまで言われれば、信元としてもこれ以上は異を唱えることができない。

「兄上の分まで、某が働きまする」

金吾も取りなして、信元は渋々ながら承知した。

その様子を見ていた信光は、甥である信長の才覚に感嘆していた。

この戦で負ければ、命はないかもしれない。にもかかわらず、この一戦にとらわれることなく、大局を見据えて打ち手を決めていた。信長の頭の中に描かれているのはこの戦の勝利ではなく、来る日の義元との全面対決だった。信長は信秀の武勇を受け継いだのみならず、父を遥かに超える英知を持って生まれたようだ。

（末恐ろしき男よ）

味方ながら、躰の芯から凍りつくような恐怖を覚えた。

鈍色の空が重くのしかかる朝だ。

いっそのこと、雪でも降ってしまえばまだいくらかは暖かく感じられるのだが、その気配さえ見えなかった。研ぎ澄まされた寒気が、躰の芯まで届く。

「えいっ！　えいっ！　えいっ！」

凍てついた空気を切り裂くように、信長が力強く握った拳を高々と掲げた。

「おう！」

南側城壁攻撃の兵たちが、応じて鬨をあげる。高まる殺気と死への恐怖が入りまじり、誰の目も赤く血走っていた。吐く息が白い中、熱気を帯びた躰からは湯気があがりはじめる。

「かかれっ！」

総掛かりで村木城に押し寄せる。

「放てっ！」

鉄砲隊組頭橋本一巴の下知と同時に、百挺の鉄砲が一斉に火を噴いた。

喧噪が一瞬で消え去り、爆音と白煙と硝煙の匂いが辺りに飽和する。

城門の上にかけられた廊下橋から弓を射ろうとしていた今川兵が、バタバタと空堀に落ちてきた。地に叩きつけられて動かぬ者、うめき声をあげながら血を吐く者、次々と無残な屍が増えていく。まさに地獄絵図だ。

すぐに鉄砲隊の前列がさがると、後列がこれに替わった。再び、下知が飛ぶ。

「放てっ！」

容赦なく、百挺の鉄砲が鉛弾を城兵に撃ち込んだ。苦痛と恐怖に喚き叫ぶ声が湧きあがってくる。馬の嘶き（いなな）や城兵の足音の乱れが、城内の混乱を伝えてきた。

これほど大量の鉄砲が大規模戦闘の実戦で使用されたのは、この村木城の戦いが日本史上で初めてとなる。

嵐のごとく弾丸が迫り来る戦を、今川兵は初めて体験した。雷鳴のごとく轟く銃声に、城兵の少なからずは槍を投げ出し、両手で耳をふさいで恐れおののいた。

信長は鉄砲隊二百を二隊に分け、交互に撃ちまくらせた。もちろん技術に個人差があるため、隊列が一斉に射撃したのは初めだけで、次第にバラバラと乱れ撃ちになっていく。それでも相当の訓練を積み重ねているので、素早い動きにより常に銃声が止むことはなかった。

信長も堀端に立つと背後に足軽五人を並べ、五挺の鉄砲の弾を詰め替えさせながら、次々と撃ち続けて敵兵を倒した。三カ所あった矢狭間に狙いを集中させる。

半刻（約一時間）ほどで、鉄砲隊の弾薬が残り少なくなってきた。元々、それほど多くを用意できていた訳ではない。鉄砲で勝敗がつくとは、初めから考えていなかった。信長は深く息を吸うと、全身全霊を込めて抜刀した。

「行くぞぉ！」


銃声の間隔が空いてきた。

織田信光は床几に腰かけたまま首だけをひねり、遠くに耳を澄ます。やがて、城の南側からの銃声が止むと、続いて喊声があがった。

「三郎殿もはじめたか」

信長が受け持った南側は、広く深い空堀によって堅固に守られている。最初に鉄砲隊の一斉射撃の繰り返しにより城兵を怯ませ、削っておいてから、力攻めで土塁でできた城壁を駆けあがる作戦だ。軍略とも言えぬような単純なやり方だが、実際にこれが一番効果が見込めそうだ。だが、損害も最も大きくなる。

（だから、大うつけと言われるのだ）

信光が受け持つ搦手は獣すらとおれないような茨の生い茂る狭い道で、守備する城兵は少ないが、こちら側も寄せ手を少しずつしか送り込めない。南側の激戦に比べれば、小競り合いと言っていいような小規模戦闘が続いている。

（約束の刻限まで、まだ時はある。気長にやるかのう）

信光が欠伸を噛み殺しながら、口髭を指で撫でつけた。

そこへ息せき切って若い伝令が駆け込んでくる。片膝をつくと、

「南側城壁を攻撃の上総介様本隊が、一斉に突撃を開始いたしました」

まるで、みずからの手柄であるかのように、胸を張って注進した。

「わかっておる」

「城内からの弓や鉄砲の猛攻を物ともせず、我が軍は間合いを詰めております」

「ふむ」

あの広い空堀を進むとなると、これより味方の損害はかなりにのぼるだろう。

「なお、一番槍は上総介様」

「誰だと」

信光が、クワッと目を見開く。

「上総介様になります」

伝令が繰り返した。

「馬鹿な。三郎殿が一番槍だと！」

「城外に打って出た敵の騎馬や長槍足軽を蹴散らし、城壁に迫る勢いです」

信長自身が命を顧みず、先陣を切って戦っている。

（ふんっ、小童め。儂の血潮を沸き立たせおって）

信光は肩を怒らせ、立ちあがった。勢いで、床几がひっくり返る。

手にした手槍を、ヒュッヒュッと扱き（しご）ながら、

「茨に火矢を放って焼き払え！　ぼやぼやするな！　我らも全軍で突入するぞ！」

信光は搦手門に向かって駆け出した。


水野金吾は信長より三歳年下で、十八になったばかりだった。

息が苦しい。躰中の肌が粟立つ。先ほどから刀を持つ手の震えが止まらなかった。

これが初陣ではない。激戦地の尾三国境に城を持つ身だ。数多の敵と干戈を交えてきていた。が、これほどの激しい戦は生まれて初めてだ。何もかも勝手が違う。

金吾の兵が攻める大手門は、海水を引き込んだ堀と土塁で築いた横矢掛かりにより、強固に守られていた。弓隊に援護をさせながら先陣の寄せ手五十を送り込んだが、一人も城門にたどり着くことなく全員が射殺された。

（一人残らず殺られた）

堀の水が真っ赤な血で染まり、数え切れぬほどの味方の屍体が浮かんでいる。すでに虫の息でうごめいている兵にまで、数本の矢が続けざまに射られた。

「ぶっ殺せ！」「生かして返すな！」「殺せ！　殺せ！　殺せ！」

明らかな見せしめだ。すでに数本の矢を受けた若武者が、何を思ったか血だまりの中で立ちあがった。ゆらりゆらりと躰が揺れている。金吾より若い。

「おっかさん……」

たしかにそう言った。いや、金吾にそう聞こえただけで、本当は違う言葉だったかもしれない。続いて、横矢掛かりから射られた矢が、若武者の右目を貫いた。さらにもう一本。喉笛に突き刺さる。若武者は血を吐いて、そのまま後ろに倒れた。絶命していることはたしかめるまでもないが、それでも数本の矢が射かけられた。

（ああっ、この世の地獄だ）

大手門に近づくどころか、鹿垣から出ることさえもできなかった。

「殿、いかがされますか！」

家臣の叫ぶ声に、思わず耳をふさぎそうになる。

（皆、殺される）

飛び交う矢から身を守るため、泥亀のように首を引っ込めて息を潜めた。視界が狭まり、膝が震え、冷めた汗が額に湧き出る。自分でも気づかぬうちに、嗚咽が漏れていた。

「殿、下知を！」

肩を揺さぶられ、我に返る。

「今、なんと言ったのだ」

母衣を背負った伝令の胸ぐらを摑むと、顔が触れんばかりの近さで怒鳴った。

「南側城壁を攻撃の我が軍の一番槍は、織田上総介様なり！」

「なんだと！」

大将の信長みずからが先陣を切って戦っている。にもかかわらず、自分は鹿垣から顔を出すことさえできずに震えていたのだ。

金吾は歯を食いしばると立ちあがった。兜を敵の矢が掠める。

そのとき、昨夜の軍議での信長の話が脳裏をよぎった。

——戦には勝ちと負けしかない。味方が勝つときは、敵方が負ける。なぜ、勝ったのか。自分たちの勝利の理由は明白だ。一方で、味方が負けるときは、敵方が勝つ。敵方が勝った理由はわからない。わかるくらいなら初めから負けてなどいない。だからこそ、我が身を敵方に置き換えて、その理由を求めなければならない。

(今川はなぜ勝っているのだ。考えろ。考えるのだ)

大手門は堀を隔てて築かれている横矢掛かりと連動する形で、寄せ手に対して十字射撃を仕掛ける備えを持っている。人の目は前を向いている。横からの攻めには反応できない。

(横矢掛かりさえ崩すことができれば……)

——攻撃を一点に集中せよ。

信長の言葉が、今なら意味を成してわかる。

(よし、やってやる!)

——将が立つべきは人の上に非ず。人の前なり。

これも信長の言葉だ。水野宗家の軍議では、ついぞ聞かない言葉だった。信長とともに戦うことで、新たな道を見た気がした。

それは険しい道かもしれない。それでも行くべき道なのだ。将である自分が立ちあがらなければ、兵を犬死にさせるだけだ。金吾は歯を食いしばると、鹿垣を蹴り飛ばし前へと出た。唸りをあげて矢が飛んできたが、刀で叩き落とす。

もはや恐怖など微塵もなかった。将の姿が兵を変える。防戦一方だった水野軍の兵たちが、次々と鹿垣を飛び出し、金吾の後に続いた。

「皆の者、攻め手を横矢掛かりに集中せよ。大手門は後だ。横矢掛かりを潰すぞ！」

金吾も弓を手に、前へ前へと駆け出した。

空堀に降りた信長は、城壁に向かって疾駆する。

大手門や搦手門の方角からも、寄せ手の喊声が聞こえてきた。

(動いたか)

ならばこちらも攻略を急がねばならない。信長が攻める南側城壁が最大の難関だ。

「俺に続け！　走れ！　足を止めるな！」

信長は声を嗄らす。その背を追うように、長柄槍と矢弾よけの竹束を持った馬廻衆や小姓たちが続いた。各隊を率いる組頭は、信長を追い越す勢いで、息さえ継がず懸命に走っている。

池田勝三郎恒興、前田又左衛門利家、織田造酒丞信房、佐々孫介勝重らの顔が見えた。城内から、次々と弓矢で射られ、馬廻衆の何人かが地にもんどり打つ。誰もが信長により取り立てられ、手塩にかけて育てあげられた若者たちだ。

「怯むな。足を止めるんじゃねえ！」

叫ぶ信長の頰を、ビュンッという音とともに矢が掠めた。熱い血が頰を伝う。それでも駆け続けた。けっして振り返らない。

城壁まではまだかなり遠いが、ここらが限界と見て、矢楯を十数枚集めて足掛かりを作った。そこに身を寄せながら弓や鉄砲で反撃させる。信長のまわりに、次々と同じような拠点ができていった。

敵が弓矢で応戦してくる。

攻撃が水平方向のみの鉄砲と違い、矢は前からも上からも飛んできた。

「うぁあああっ！」

若き兵たちの断末魔の叫びが響く。空が真っ黒に染まるほどの矢に射られ、矢楯では防ぎ切れずに兵たちが命を落としていった。

我慢しきれなくなった若武者たちが、我先にと飛び出していくが、風を切って迫り来る無数の矢の前に、ほとんどが城壁に近づくこともなく無念にも力尽きた。

城壁の下部は土塁を削って切岸（きりぎし）が設けてあり、容易に登ることができない。たとえ城壁に近づけたとしても、手間取っているうちに上から石礫を叩きつけられるか、長柄槍で突き殺された。それでも仲間の屍を乗り越え、城壁に立ち向かっていく。

そんなことが延々と続く。時ばかりが徒（いたずら）に過ぎていく。信長が鍛えあげた若武者たちは、けっして諦めようとはしない。休むことなく組ごとに波状攻撃を繰り返した。

約束の刻限が迫っていた。寄せ手の組頭たちの顔に焦燥の色が広がる。

搦手門を攻めていた信光隊の六鹿椎左衛門（むつしかしいざえもん）が、外丸を越えたとの報が入った。続いて金吾隊が大手門を破り、騎馬三十騎が城内に突入したとのことだ。

「糞っ！」

信長は憤怒の形相で顔をあげたが、敵の矢が続けざまに矢楯に突き刺さり、再び躰をかがめた。

（このままじゃまずい）

気持ちばかりが焦る。三隊が同時に突破することに意味がある。とくに最大の兵力の信長隊が後れを取れば、作戦そのものが失敗してしまう。

だが、城内の今川兵の士気も依然高いままで、死に物狂いで応戦してくる。

「殺せっ！　殺せっ！　ぶち殺せっ！」

双方とも損害は数知れず、織田軍の主だった家臣たちも次々と討たれていった。

このままでは死傷者を増やすばかりで埒（らち）が明かない。

「殿。俺たちが行きます」

恒興が合図を送ってきた。

「わかった。援護する」

信長が鉄砲を構えた。鉄砲隊組頭の一巴にも、残りの弾薬を使い尽くすまで撃ち続けるように下知する。

「行くぜ！」

恒興が槍を投げ捨てると、二枚の矢楯をそれぞれ両手に持って飛び出していった。

恒興の配下の足軽たちも揃って後に続く。

「うぉおおおっ！」

先頭を駆ける恒興に向かって、空気を切り裂いて矢が飛んでくる。手にした矢楯に立て続けに矢が突き刺さる。一本が具足の小手を吹き飛ばした。

「怯むな！　突き進め！」

恒興が声を嗄らして下知を飛ばす。その声に力を得て、若武者たちが駆ける。

「ぬぅおおおおっ！」

恒興配下の若者の一人が、投げた鉤縄（かぎなわ）を伝い、ついに城壁の上までよじ登った。

「やったぞ！」

味方に歓喜の叫びが広がった。

城壁に登ったのは、両耳のない男だ。清洲山王社での火起請のことが脳裏に蘇る。

「左介！」

信長が叫んだ。だが、その声は喊声に掻き消され、左介には届かない。

板塀に向かって、左介が斧を大きく振りかぶる。その刹那、続けざまに三本の矢が躰に突き刺さった。口から霧状の血を吐き出す。グラリと少しばかりよろけたが、両足を踏ん張って留まると、斧を力一杯振りおろした。板塀を叩き割る。

さらに矢が躰を貫いた。それでも斧を振るい続ける。二度、三度。ついに板塀が破れた。左介が味方に向かって、高々と斧を掲げる。

「おらおらっ！　いくぞっ！」

最後の力を振り絞るように、左介が大音声を放った。

「うぉおおおおっ！」

左介の声に応じて、味方から鬨があがった。左介は空いた板塀の隙間から城内に入って行く。その後に次々と兵が続く。しばらくすると、閂（かんぬき）を抜く音とともに門が内側から開けられる。信長軍の兵たちが城内に堰（せき）を切ったように雪崩れ込んだ。

「突っ込めぇ！」

信長は駆け出しながら声を嗄らした。造酒丞信房の隊も続く。信長は開いた門から城内に突入した。

「三郎殿、間に合わぬかと肝を冷やしておったぞ」

十人近い敵兵に囲まれながら槍で奮闘していた信光が、振り向いて声をあげた。

「叔父上、老体に負担をかけ申した。後は俺が引き受ける故、ごゆるりと休まれるがいい」

「馬鹿を申すな。まだまだ若い者には負けぬわ」

信光が目の前の敵兵の眉間を槍で穿ち抜いた。

そこへ金吾の騎馬部隊が土煙をあげてくる。当世具足のあちこちに折れた矢が刺さっているが、本人は気に留める様子もなく、槍を振りまわしながら敵兵を蹴散らしていた。

「金吾、待たせたな」

「案じてなどおりませぬ。必ず来られると信じておりましたから」

信長に向かって槍を掲げた。

それから半刻(約一時間)、城内において大激戦が繰り広げられたが、暮れ刻には織田方の勝利となった。

村木城が燃える。倍を超える兵が立てこもっていた城を、力攻めにてわずか一日で落とした。大量の鉄砲の使用や休むことのない怒濤の攻撃など、これまでのやり方にとらわれない信長流の軍略が、多大な戦果をもたらしたのだ。

「おめでとうございまする」

城兵の降伏とともに、信元が兵を連れて乗り込んできた。奇跡的な大勝利に、上機嫌だった。

「なんだと」

振り返った信長が、激しい怒りをぶちまける。

「お味方の見事な大勝利。何はともあれ、めでたきことだと……」

「何がめでたいものか！」

信元の襟首を摑んだ信長が一喝する。その目からは止めどなく、大粒の涙がポロポロと溢れ出ていた。

「これを見てみろ！」

城内外には敵味方合わせて多くの死骸が累々と横たわり、目を覆うばかりの惨状だ。信長軍の戦死者は四百を超え、そのほとんどが信長直下の馬廻衆や小姓たちだった。どの死骸もまだ温かい。子供の頃から一緒だった仲間ばかりだ。

地に跪いた恒興が、天を仰いで涙していた。その脇をとおり抜ける。

早朝から野駆け、水練、戦遊びに興じ、熱田の市で女子をからかったり、敵対する破落戸連中と喧嘩をしたり、こいつらと一緒のときは本当に楽しかった。老臣からは大うつけと蔑まれようとも、この仲間とは本気で生きてきた。

「すまねえ。俺が弱いから、お前たちを死なせちまった」

信長は一人ひとりの屍の手を取り、強く握り締めながら、その名前を呼び、思いを込めて言葉をかけた。返事はない。それでもやめることなく語りかけ続けた。

恥も外聞も無く、大将が部下の死に涙している。その姿を見た信元が、

「三郎殿は弱くなどござらぬ」

目頭を手で覆った。

屍は延々と横たわっている。

信長は一人の骸の前で跪くと、その男の頬にゆっくりと手を伸ばした。

「たくさんの仲間が、お前に救われた。お前の生き様、輝いていたぞ」

男の手に見覚えのある斧が握られていた。かつて、信長自身も握った斧だ。

「今度は、離さなかったのだな。見事だったぞ」

信長の熱い涙が、両耳のない男の頬に落ちた。

後に、この戦のあらましを安藤守就から聞いた斎藤道三は、

「婿殿はなんと恐るべき男よ。隣国にはいてほしくないものだ」

と、目に熱いものを滲ませながらつぶやいたという。

第三章　天道照覧

一

村木城の戦いから半年が過ぎた。

残暑はなお厳しく、茹だるような日々に嫌気がさす。それでも那古野城の草木のそよぎには、少しずつだが金風の匂いがまじりはじめていた。

「殿、何を怖い顔をされているのですか」

心地よい衣擦れの音に優しく包まれた。ハッとして、信長は傍らに視線を落とす。

気がつけば、帰蝶がそこに侍っていた。心許なげな面持ちで、上目遣いに見つめてくる。

「怖い顔などしていないさ」

信長は慌てて表情を緩めた。

「いいえ、しておられました。これから鬼ヶ島に鬼退治にでも行かれるのかと心配いたしました」

信長の顔に笑みが広がったのを見て、帰蝶も安心したのか、フフッと吹き出しながら戯れ言を口にする。

「だとすれば、帰蝶に怒られたときのことでも思い出していたかな」

「まあ、ひどい。妾は殿のことを、そのように怖い顔をなされるほど怒ったことはありませぬ」

今度は、プクッと頬を膨らませて拗ねてみせる。その仕草を見ていると、胸の奥が締めつけられるようで息苦しくなってしまう。信長は思わず帰蝶を抱き寄せると、華奢な躰を腕の中に包み込んだ。甘い香の匂いが鼻腔をくすぐる。

「帰蝶は良い匂いがする」

薄い躰の線の動きに合わせるように、艶(つや)やかな黒髪がサラサラと肩の上を流れる。たまらなくなって、そっと鼻を寄せた。

「な、何をなされます」

まだ、陽は高い。侍女たちの目を気にしてか、帰蝶は小さな躰を暴れさせて抗ってみせるが、本当にいやがっている訳ではないことは、誰の目にも明らかだ。

政略結婚にもかかわらず、輿入れの当初より帰蝶に優しかった信長だが、二年前の津島天王祭において朝顔の鉢を買い求めた夜より、夫婦仲はさらに甘いものになっていた。

「ずっといつまでもこうしていたい」

「お戯れを」

信長の躰が微かに震える。

「本当は、戦などしたくないんだ」

帰蝶の耳元で、ポツリとつぶやいた。他の誰にも聞こえぬほど小さな声だ。こぼれた言葉は、帰蝶だけに届く。

「ならば、戦などやめてしまえばいいのです」

帰蝶は躰にまわされた信長の腕に手を添えると、ゆっくりと目を閉じ、その身を預けた。

「そうもいかぬのだ」

「なぜですか」

「駿河殿が放っておいてくれぬ」

「今川様ですか」

「もともと那古野は、今川家の領地だったのだ。それを親父殿が奪ったのだ」

那古野の地は、鎌倉時代末期から今川氏の庶流である今川那古野氏が治めていた。今川那古野氏は代々室町幕府の奉公衆の一番衆に属し、強力な軍事力を有して足利将軍家の近侍(きんじ)の御家人として身辺警固を務めてきた。が、室町幕府の衰退とともに奉公衆の仕組みは崩れ、京を離れて那古野の地で勢力維持をはかるようになった。

しかし、有力守護の政争と地方各地の地頭の台頭の荒波に呑まれ、尾張でも徐々に影響力を失っていった。そこで駿河および遠江の守護であった今川氏親(うじちか)の末子の氏豊(うじとよ)を養子にもらい受け、体制強化を狙った。とくに熱田湊の支配に力を注いだ。

「親父殿が謀にて氏豊を追放して奪い獲ったのが、この那古野の城だ。親父殿は俺をここの城主に据えると、自分は古渡城に移り、さらには末森に城を築いて熱田湊も今川に代わって領するようになった。だから、必ずや駿河殿は、織田に奪われた熱田を、そしてこの那古野を奪い返しに来る。望む訳ではないが、戦は避けてとおることはできぬ」

「今川様が攻めて来るのですね」

「このままって訳にはいかねえだろうなぁ」

信長が深いため息をついた。

「いっそのこと、武士もやめてしまえばいいのです」

「えっ」

「そうすればもう戦などせず、こうして妾と一緒に静かに暮らしていけまする」

ゆっくりと息を吸い込む。帰蝶の匂いが、躰の中に染み入ってくる。

「そうだな。それもいいな。槍や刀より、鍬を握って土を耕すか」

「ならば、妾も手伝います」

「帰蝶の細い腕で鍬など振るえるか」

信長が帰蝶の腕に自分のそれを重ねる。ゆっくりと体温がまじり合う。

「妾は蝮の娘ぞよ。元は油売りだった男の血を引いておる。きっと武士の妻より、百姓のほうが向いておりまする」

「それもそうだな」

二人は顔を見合わせて笑った。

「なあ、帰蝶。義父殿はどうして大名になろうとしたんだろうな」

「さあ、蝮の考えることなど、妾にはわかりませぬ」

「なるほど、それもそうか」

帰蝶の躰にまわした腕に、信長はさらに力を込めた。

おそらく道三にも、新たに造りたい世があったのだろう。それが権謀術数の限りを尽くさねばならなかったのは、戦国の世の哀しさだ。世が世なら、名君として違った治政を行ったのかもしれない。そして、それは信長にも同じことがいえる。

（帰蝶。俺はそれでも戦う。この世を変えるんだ）

道三には道三の、信長には信長の戦う理由がある。逃げるわけにはいかなかった。

信長は顔をあげる。蟬の声だけが、いつまでも城内に響き続けた。


「殿！　大事でござる！」

時が止まったような柔らかな静寂は、けたたましい足音によって打ち破られた。

「何事だ」

飛び込んできた小姓が、帰蝶の姿に気づき、慌ててその場に直る。

「構わぬ。申せ」

小姓が顔をあげ、報告する。

「大和守様の謀反により、武衛様がご生害なされました」

「なんだと！　武衛様が……」

武衛とは守護斯波義統のことだ。あろうことか義統が、守護代織田大和守信友の謀反により自害させられてしまった。

(糞っ！　やられた)

義統はわずか三歳のときに尾張の国主となっていた。

義統の父斯波義達は、駿河守護今川氏親によって奪われた守護国遠江の奪回に執念を燃やし、再三にわたって出軍していた。軍事費負担に不満を募らせた当時の守護代であり信友の先々代である織田達定が、主家に対して叛旗を翻して挙兵した。

義達は合戦により達定を討ち、守護代勢力を抑え込むと、さらに遠江出兵を続けた。しかしその後、引馬城の合戦にて今川軍に大敗し、義達自身が捕虜になったことがきっかけとなり、尾張に帰国はできたものの失脚し、家督を義統に譲った。

これを機に守護代となった大和守家の織田達勝、その養子の信友は、代々にわたり守護義統を庇護下に置いた。が、義統の成長とともに関係は次第に悪化していく。

義統が傀儡となった守護職の復権を狙い、弾正忠家の力を求めるようになったのだ。信長としても、義統を尾張の正統な国主として立てていくつもりで動きはじめていた矢先、信友に先手を打たれた形となってしまった。

信友は家臣の坂井大膳と謀り、義統の嫡男岩竜丸（後の斯波義銀（よしかね））が近臣を連れて川に魚釣りに行っている間に、清洲城内の守護邸を包囲した。

多くの屈強な若侍たちが岩竜丸に帯同しており、守護邸の警備が手薄になっている隙をついての暴挙だった。それでも数人の家臣は守護代側の攻め手を斬りまくって最後まで抵抗を試みたが、衆寡敵せず最後には首級を討たれた。

守護邸を囲む屋根から膨大な量の矢が打ち込まれた。観念した義統は守護邸に火をかけさせると、弟統雅（むねまさ）や従叔父義虎（よしとら）など一門・家臣の歴々数十人とともに切腹した。侍女たちは火を逃れて堀に飛び込んだが、多くが溺れて死んだという。

「それで岩竜丸様はどうなったのだ」

「武衛様ご自害の一報を受けた若武衛様は、清洲には戻られず、当家に庇護を求められて、只今こちらに向かっておられるとのこと。すでに警固の者たちを迎えに走らせております」

若武衛とは岩竜丸のことだ。無事だったことに安堵する。

まさか信友が傀儡とはいえ正統な守護職にある義統に手をかけるとは、こちらも迂闊だった。小守護代と呼ばれている家臣の坂井大膳が主導したものと思われたが、そこまで強気に出るには、事の成り行きに大きな変化があったとしか考えられない。

（義元か！）

今川義元が裏で糸を引いているとしか思えなかった。

村木城の戦いにおいて惨敗を喫した義元が、次の大規模侵攻の事前準備として、尾張内部への調略の手を強めてきたに違いない。負ける訳にはいかない戦いだった。


信長は熱田神宮で参拝を済ませると、馬首をそのまま末森城に向けた。

供をするのは、馬廻衆でもいずれも剛の者と知られる若武者ばかり十名ほど。恒興、利家、佐々孫介の顔もあった。末森城に飛び込むなり、

「勘十郎はいるか！」

大声で信勝の名を呼びながら、ずかずかと城内にあがり込んだ。

出迎えたのは津々木蔵人だ。

「三郎様、何事でございますか。そのような大声を出されては、女どもが怯えます」

平然と板の間に座し、まるで子供に処するように信長を諫めた。それでも信長の

背後に控える屈強な家来たちの姿を見て、声には緊張がまじっている。

「この大事に、大声を出さずにいられるか！」

「そのように声を荒らげずとも、聞こえておりまする」

「だったら、さっさと勘十郎を呼べ」

「勘十郎様に何用でございますか」

「それをなんでお前に言う必要があるんだ」

「勘十郎様のお側に仕え、常にこれをお支え致すのが某の役目でございます」

「なんだと！　誰に向かって言ってるんだ！」

蔵人が全身全霊を傾けて信勝に尽くしていることはわかっている。武官である柴田勝家と並び、文官として信勝の覚えはめでたい。

信勝の家臣はもとより、弾正忠家に先代信秀から仕える重臣たちの多くが、信長のことを快く思っていないことも百も承知だった。

だが、信長だとて我が弟信勝のことを大切に考えていることに変わりはない。むしろその思いは誰にも負けるものではなかった。それだけに蔵人の態度に、怒りを心中に収めておくことができなくなる。ちょうどそこへ信勝が顔を見せた。

もう少し遅ければ、蔵人の胸ぐらを摑んでいたかもしれない。いや、蹴り飛ばしていただろう。なぜかこの男にだけは、胸の内に妙なわだかまりが湧いた。

初めは信用のおける男だと思っていたのだが、近頃ではどうにも釈然としないことが多い。蔵人の眩しいばかりの誠実さが、かえって信長を苛立たせるのだ。

(虫の知らせとかいうやつじゃねえよな)

信長は心を落ち着ける様に首を左右に振ると、信勝に向き直る。信勝が柔らかな笑みを湛えて挨拶してきた。

「兄上、久方ぶりでございます」

たしかに信勝には、しばらく会っていなかった。

「そのような呑気なことを言っている場合ではない。武衛様が大和守様に討たれた。手を下したのは坂井大膳の糞だ」

どうだ驚いたかとばかりに言い放ったが、信勝も蔵人も顔色ひとつ変えない。

「そのことなら、すでに聞き及んでおります」

「早いな」

信長は蔵人に向けて言葉を投げた。ますます不快な気分になる。

（やはり清洲と通じているのか）

だとすれば黒幕は土田御前で、動いているのは蔵人だろう。

「兄上と相談するべきだと、蔵人とも話をしていたところです」

「そうか……」

視線を合わせようとしない蔵人から、再び信勝に向き直った。

「清洲を討つぞ」

信長はいささかの迷いもなく言い切った。

「お待ちくだされ。主家に弓引くは大罪にございます」

すでに実力では上まわっているものの、元々は織田弾正忠家は守護代織田大和守家の奉行衆に過ぎなかった。今ではほぼ敵対関係にあるとはいえ、信友は信長にとって主君となる。

「馬鹿を言ってんじゃねえ。武衛様を殺したのは大膳なんだぞ。先に主家に弓引いたのは大和守様のほうじゃねえか」

尾張は岩倉織田氏（伊勢守）と清洲織田氏（大和守）の両守護代家が、長年にわたり二分して支配してきた。そして独立勢力の犬山織田氏の台頭。今や最大の勢力である織田弾正忠家も、那古野派と末森派が家中の覇を競い合っていた。

信秀亡き後、泥沼の混迷を深めていく尾張を、悔しいことだが若き信長の力だけではまとめきれないのだ。このままでは駿河の今川氏はもとより、戦国大名が群雄割拠する他国の蹂躙を待つばかりだった。

起死回生の策は、権威を利用することだった。信長が斯波氏を支え、守護の権威を復活させることで、尾張をひとつに統べるのだ。そのためには、斯波義統という絶対権威者の名前が必要だったのだ。信友の謀反により、その策は潰えた。

「若武衛様は俺がお預かりしている。折を見て元服の儀を執り行い、守護職についていただく。これは単なる意趣返しに非ず。大義を以て筋目なき謀略を誅するのだ。天道に背くことの恐ろしさを教えてやる」

「兄上——」

反論しかけた信勝の言葉を制し、信長は身を乗り出すようにして続ける。

「元服の儀は、どうしても清洲城にて行わなければならぬ。清洲城を獲りに行くぞ」

清洲は尾張の政治経済の中心地だ。そして、岩竜丸は信長のもとにいる。信長がこれを奉じて清洲城に入り、後見するということは、尾張守護代格として内外に立場を鮮明にすることになる。

「申されることはもっともなれど、そこまでする必要がありますでしょうか」

信勝は、信長の顔色を窺うように言葉を選ぶ。

「前にも言ったよな。俺は新しい世を造る。手始めはこの尾張からだ。そのためには私利私欲で争い事を繰り返すような守護代は必要ない」

「本当に大和守様を討つのですか」

信勝が生唾を呑み込んだ。

「黒幕は大膳だ。駿河殿と通じているのは彼奴だろうからな。大和守様には武衛様を討つほどの度胸も覚悟もない」

「では、大和守様には弓引かぬのですね」

胸を撫でおろした信勝だったが、次の信長の言葉に、再び顔を曇らせた。

「そうはいかぬ。家臣を抑えきれぬのであれば、その責は主にある。大和守様には守護代の職を退いていただく。大膳だけは、薄汚え(うすぎたね)首を五条川の河原にさらしてくれるがな」

信長が拳を突きあげる。信勝が嘆息とともに、首を左右に振った。

「清洲との戦など、賛同する家臣はほとんどおりませぬ」

そうであろう、とばかりに信勝が蔵人に視線をやる。弾かれたように、蔵人は何度も大きく頷いた。

「天下静謐を成すためには、やらねばならぬ戦なのだ」

信長がさらに語気を強めた。

またその話かと、信勝は目を伏せる。道三との会見から戻ってからというもの、信長の新しい世造りの話は、前にも増して熱を帯びるようになった。

「戦のない世とやらができれば、たしかにそれは素晴らしいことでしょう。だがその前に、兄上は弾正忠家の棟梁にございます」

「そんなことは言われなくてもわかっている」

「まったく、わかっておりませぬ。いつも言っておるではありませぬか。戦のない世など、そんな大層なものは兄上が造らずとも他の誰かにまかせればいい。兄上がやるべきことは一門を守ることです。少しは老臣たちの声に耳を傾けてください！」

いつもは冷静沈着な信勝がここまで語勢を荒らげたのを、信長は初めてみた。目は熱く潤み、握り締めた拳はワナワナと震えていた。

「それは違う。お前は何もわかってねえ」

「違いませぬ。わかっておらぬのは兄上のほうだ！」

関所や駒口を廃し、家臣たちにも私段銭を禁じて、商人や百姓の税負担を大幅に軽減させる政策を、信長は拡大し続けていた。

どんなに勇猛な武将といえども、水を啜っては生きていけない。既得権益を奪われていく家中の重臣たちの不満は、すでに爆発寸前だった。

(家中を乱れさせているのは、むしろ兄上のほうなのだ。なぜ、それがわからぬ)

やり切れぬとばかりに、信勝は大きく肩で息をした。

頭に血がのぼった信勝をよそに、信長はかえって落ち着きを取り戻していく。深く息を吐くと、表情を緩め、信勝に語りかけた。

「勘十郎。こんな話がある。暴走する駻馬(かんば)の上で、年は七つか八つというところのお前が手綱を握っているとする。想像してみろ」

「いきなり何の話ですか」

信勝がいぶかしげに眉をひそめる。蔵人も表情を強張らせ、身構えていた。

「まあ、聞け。これはあくまでもたとえ話だ。その暴れ馬はお前を乗せたまま、細い一本道を狂ったように疾駆している。幼き勘十郎は振り落とされないように、必死に馬の背にしがみついているのが精一杯で、手綱を引いて馬を止めることはできない。お前が顔をあげると、先のほうに童が五人遊んでいるのが見える。このままでは暴れ馬の蹄に踏み潰され、どの子も命を落とすことになる。ふと、道の先に右への枝道が見えた。馬の暴走を止めることはできないが、手綱を操り、枝道へ行かせることぐらいならできそうだ。うまくいけば、五人の童を救うことができる。ところが枝道の先にも、一人の童がいた。右へ行けば、間違いなくその子が命を落とす。お前の選ぶ道はどちらだ」

信勝は少しも思案することなく答える。

「右の道へ進みます」

「なぜだ」

「それはそのまま進めば五人の命を奪うことになるからです」

「右へ行っても一人の命を失うぞ」

「失うならば、五人より一人を選びます。将たる者の決断とはそうあるべきかと」

信勝がまっすぐに信長を見据える。その答えに、蔵人も満足そうに頷いていた。

「ならば、もうひとつ訊く。あらましは先ほどとだいたい同じだ。馬が細い一本道を暴走している。その先には五人の童が遊んでいる。ただし今度は、お前は馬上ではなく、道の脇に迫る土手の上から様子を眺めているだけだ。暴れ馬には誰も乗っていない。もうひとつ違うのは、枝道がないということだ。このままでは五人の童は命を落とす。そのとき、お前の隣に七尺（約二メートル）に迫るほどの大男がいた。土手から身を乗り出し、お前と一緒に暴れ馬を眺めている。お前が指先ひとつでそいつの巨体を軽く押してやるだけで、ゴロゴロともんどり打って転がり落ちて道をふさぎ、暴れ馬は止まるだろう。五人の童は助かるが、その大男は間違いなく死ぬ。さて、お前はどうするか」

「そ、それは……」

信勝が言いよどむ。

「なぜ悩むんだ。先ほどは迷わず一人より五人の命だと言っていたではないか」

「先ほどとは違います」

信長が目を細めると、信勝に顔を寄せる。熱く吐く息が届くほどだ。

「何も違っちゃいねえよ」

「その大男は、馬の暴走とはかかわりがない」

「だが、大男を殺さねば、童五人が死ぬことは同じだ。変わったことといえば、ただ、お前が覚悟を失っただけだ」

「覚悟……」

「馬上にいて手綱を握っていれば、望むと望まざると、二つの道のどちらかを選ばなければならない。だから、選ぶことができた。だがそれが、土手の上から眺めているだけのとおりすがりの者となった途端、己の手を血で汚すことが怖くなった」

「そのようなことは……」

「あるんだよ。日和ったのだ。もう己には関係のないことだと、お前は逃げたんだ」

信勝が一歩後退った。その顔が蒼白になっている。

「ならば、兄上には覚悟があると申されるのですか」

「俺なら一瞬たりとも迷わずに、大男を馬に向かって蹴り落とす。そして、五人の童を助ける」

男にしては整いすぎるほどの鼻の稜線（りょうせん）を、信長は指先で二度三度と擦った。澄み切った瞳が、自信に満ちた輝きを放つ。

「大男にも、親もあれば子もあるやもしれませぬ」

なおも信勝は食いさがった。

「そうかもしれねえ。それでも俺は、そう生きると決めたんだ」

「己の手を血で汚してもですか」

「地獄のような戦乱の世が続いているのだ。終わらせるために血を流す必要があるならば、俺は躊躇ったりしねえ」

信長が淀みなく言い放った。

「兄上は、戦のない世を己の手で造るおつもりですか」

「そのとおりだ。勘十郎、兵を出せ。清洲を獲りに行く。誰かがやってくれるのを待つんじゃねえ。俺たちの手でやるんだ」

信勝も蔵人も、もはや異を唱えることはできなかった。

清洲城の守護代織田信友を討つべく、信勝は柴田勝家に出兵を命じた。

みずから出陣しようとはしなかったが、鬼柴田と言われた家中一の豪将を選んだことに、充分な誠意を感じる。信長の話が効いたのだろう。少なくとも信長はそう思うことにした。

　一方の信長自身も出陣はしない。あくまでも信勝の軍によって清洲を攻めることに意味があった。守護代家と信勝一派の関係を断ち切る必要があった。見え隠れする信勝への調略の手を排除しておきたい。

　その日も暑かった。信長軍は勝家率いる兵一千が清洲城を目指し、信友軍は小守護代坂井大膳を主将にやはり兵一千でこれを迎え撃った。両軍は安食(あじき)村で激突した。

　これが世に言う安食の戦いである。両軍とも数の上では互角にもかかわらず、戦闘開始後まもなく信長軍が一気に攻めまくり、信友軍を一蹴した。信長が考案した長柄槍が功を奏したのだ。聖徳寺で斎藤道三と面会したときに備えたあの三間半槍だ。信友軍の槍は短く、力の差は歴然だった。

　安食村から後退した信友軍は、誓願寺まで防衛線をさげて立てこもった。

　義統の家臣だった由宇喜一(ゆうきいち)は、まだ齢十八の若さだったが、主の敵を討ちたい一念で、具足もつけずに参戦していた。

　窮鼠(きゅうそ)猫を嚙むがごとく、追い詰められた信友軍も捨て身の反撃に出る。激戦が続く中、喜一の眼前に敵武将の織田三位が現れた。喜一は猛然と三位に戦いを挑む。

斬り合い、組み伏せ、ついに首を討ち取った。見事、義統の敵討ちを果たしたのだ。

織田三位のみならず、名だたる武将三十余名を次々と討たれた信友軍は、惨憺を極めて清洲城へ逃げ帰った。勝家はこれを追撃し、庄内川をわたり、五条川を越え、さらには清洲城を取り囲んだ。

しかし信長は、力攻めにはしないようにと、勝家に命じた。いくら次期守護職となる岩竜丸を奉じての弔い合戦であっても、信長自身が主殺しの汚名を受ける訳にはいかない。それに敵といえども尾張の兵だ。戦が終われば、敵も仲間となる。できるだけ兵の命は助けたかった。信友さえ降伏してくれれば、命は奪わず国外に追放するつもりだった。信長はたっぷりと手間をかけて清洲城を攻めることにした。

ところが、先に動いたのは大膳のほうだった。多くの武将を戦死させたことで、家中で孤立してしまった。そもそも籠城を続けていても、これだけ手薄になった戦力ではいずれは降伏するしかない。今川義元に密書を送って助けを請うが、返ってきたのは援軍派兵ではなく、謀略の企てについて書かれたものだった。

信長と共同戦線を張る叔父で守山城城主織田信光に接触せよというものだった。

だがこの奸計はすぐに信長の知るところとなった。

騙すほうが騙される。戦国の世の恐ろしさだ。

ある日、信光が那古野城に信長を訪ねてきた。

「内々に話したいことがある。人払いを頼む」

神妙な顔つきの信光は、信長の顔を見るなり膝と膝が触れ合うほどに身を寄せた。

「何事ですか」

「昨夜のことだ。坂井大膳が闇夜に乗じて、守山城まで忍んできた」

「叔父上のところへですか」

「ああ、そうだ。供を二人連れただけ。いっそその場で首を刎ねようかとも思ったが、よくよく話を聞けばこれもおもしろきこと故、まずは乗ったと見せかけて生きて帰すことにした」

信光が太り肉の躰を揺らしながら、分厚い唇を舐めた。

「何やらわかりませぬが、叔父上の顔を見れば、おもしろき謀であることは疑いないようだ」

「この儂に守護代になれと申してきた。尾張下四郡を二つに割り、大膳と儂とで山分けにするそうじゃ」

「なるほど。叔父上を巻き込むとは、大膳の奴もよく考えたものだ。して、彼奴の筋書きはいかに」

「俺が清洲に寝返ったことにして、城内に入った後、大和守様の首を獲る」

「大膳め、やはり大和守様に背くつもりだったか」

「そればかりではないぞ。その後は大膳と協力して、三郎殿の首も頂戴致す。俺を清洲の城主にしてくれるそうだ。どうだ、おもしろいだろう」

「たしかに、おもしろい」

信長は手を打って破顔した。

「で、三郎殿と相談じゃ。彼奴の策略に乗ってみようかと思う。兵を率いて城内に入り、大和守様を討つ。だが、そこからは儂が用意した別の筋書きだ。あわせて大膳の首も刎ねる。そしてすぐさま城門を開き、三郎殿を迎え入れる。どうじゃ」

信長の父信秀が病の床についたとき、枕元に呼ばれたことがある。傍らには信光もいた。

――これからは、この孫三郎を父と思え。

死期を悟った父が、信長と信光のそれぞれの手をとって残した最期の言葉だ。

　信光は信秀がもっとも信頼していた弟だった。今の信長にとって、家中において唯一とも言える味方の武将だ。村木城での戦いのときも、宿老の林秀貞が兵を引きあげたにもかかわらず、信光は最後まで同心してくれた。

　依然として清洲城の籠城は続いていた。信光が示した策ならば、兵の損失を最小限に抑えた上で城を奪うことができる。

「よし、乗った。ただし、首を獲るのは大膳だけだ。大和守様は生きたまま捕らえてほしい」

「生かしておいても、どうせろくなことにはならんぞ」

「敵方にも味方にもそれぞれ役割がある。それが天道だ」

「甘いな。だが、そこがお主の強みであり、弱みでもあるやもしれぬな」

「それでも、これが俺だ」

　信光は目を細めると、顎を引いた。

「うむ、相分かった。清洲城には若武衛様を奉じて三郎殿が入り、そのまま守護代を務められよ。その代わりに、儂には下四郡のうち庄内川を境に東半分をくれ」

　庄内川を境にして川西と川東を分けるのは、下四郡を二郡ずつ領有しようという分国案だ。国をひとつにするべく戦っている信長からすれば、尾張をさらに細分化する提案は受け入れがたいものだが、大膳にこれ以上抵抗されて、その間に今川の援軍が到着してしまえば、下四郡の半分どころか、尾張すべてを奪われかねない。

守護代家と最大の実力者である弾正忠家が戦うことほど、尾張にとって無益なことはない。清洲城攻めが長引けば、今川に漁夫の利を持って行かれてしまう。背に腹はかえられない。ここはひとまず、信光の提案を受けることにした。

信光は大膳の望むとおり、二心はない旨の起請文を七枚も書くと、兵を引き連れ、まんまと清洲城に入ることに成功した。

南櫓（みなみやぐら）に居を置いた翌日、大膳が挨拶に来るという。手練れの家臣に戦仕立てをさせ、大膳が来たら討ち取ってやろうと待ち構えていた。

しかし、待てど暮らせど姿を現さない。大膳は城内の不穏な空気から身の危険を察して、そのまま城を出奔し、義元を頼って駿河へ向かってしまった。

討ち取るべき大膳の首を逃した信光は、功を焦ったのか、代わりに守護代信友を追い詰めて切腹させてしまった。

これは信長の意思ではなく、信光の暴走だが、もはやどうしようもない。

信長は開城された清洲城に堂々と移った。岩竜丸を伴ったが、実質的には信長が、長年にわたり尾張の守護職が居城としてきた清洲城の城主となった訳だ。

代わりに那古野城を信光に引きわたす。信光は早々に守山城を引き払って移居し、信長と約束を交わした新領地の経営に着手しようとしたが、実際にはそれが実行されることはなかった。年明けを待たずして、命を落としたからだ。

大和守家に代々仕えてきた家臣に、坂井孫八郎という男がいた。その名が示すとおり、坂井大膳とは同族になる。駿河に亡命した大膳とは、その後も連絡を密にしていたようで、この男が那古野城中において信光を暗殺したのだ。

大膳の復讐だ。知らせを聞いた信長は激怒した。手練れの家臣である佐々孫介をすぐに遣わし、坂井孫八郎を討ち取らせた。しかし、仇を討とうとも、死んだ信光はもう帰らない。信長はまた一人、有力な後ろ盾を失ってしまった。

二

不慮の死を遂げた信光に代わって、那古野城の城主を誰にするのか、早急に決めなければならなかった。

　那古野城は津島湊の押さえであると同時に、清洲と並んで尾張下四郡の要である。だからこそ、信秀はこの城の城主に信長を選んだのだ。弾正忠家の棟梁として、信長のことを高く見立てていた証である。

　信光の次の城主を誰にするかは、今後の尾張統一への道筋を大きく左右する。

　信長は、林新五郎秀貞を城主として入れることにした。

　秀貞は柴田勝家とともに信長廃嫡を狙う旗頭のようなものだったが、弾正忠家の宿老にして、信長の一番家老でもあり、家格からしても申し分ない。文官としての能力には長けており、鼻息の荒い弟の美作守通具を静めるためにも重用することにした。信勝を担ぎあげようとしている一派への、信長なりの気配りだ。

　しかし、これには当然ながら、家中に驚かぬ者はいなかった。秀貞本人などは驚きをとおり越して、気味悪がってさえいた。それでも最後には喜んで受けた。

　これで少しは平穏さを取り戻すだろう。

　信長には、他にやるべきことが山ほどあった。

翌年のこと。清洲城の草木にも秋の色が濃さを増していく。

信長のもとに、美濃に放った間者より急を知らせる一報が入った。

美濃守護代にして実質の国主である斎藤新九郎義龍（よしたつ）が、父道三に対して叛旗を翻した。追放をはかったのではない。道三の息の根を止めるべく、合戦の準備に余念がないという。

「許せぬ。烏（からす）に反哺（はんぽ）の孝ありだ」

鳥や獣でさえも育ててもらった恩に報いるもの。信長は怒りにまかせて、手にしていた扇を床に叩きつけた。砕けた破片が周囲に飛び散る。

すぐにでも道三の救援に駆けつけたかった。今、道三を死なせる訳にはいかないのだ。傍らで、報告を一緒に聞いていた帰蝶を見やる。

「美濃と戦をするのですね」

落ち着いた様子で信長を見あげる。激情を露わにしている信長を尻目に、帰蝶は泰然と座していた。

「蝮を死なせるわけにはいかん」

「殿なら、そうおっしゃると思っておりました」

帰蝶にとっては兄が謀反を起こし、父を討とうとしている戦だ。そこへ夫が介入すれば、誰が勝者となっても哀しみしか残らない。

もっとも義龍と帰蝶には血縁がなかった。少なくとも帰蝶はそう思っているし、信長もその話は聞いていた。帰蝶は道三の正室である小見の方の娘であり、兄の義龍は側室である深芳野（みよしの）から生まれた庶子である。

深芳野は道三の旧主であり守護だった土岐頼芸の側室だった。道三がもらい受けたときにはすでに懐妊していたとの噂があった。とすれば義龍は道三とは血のつながりがなく、帰蝶とも兄妹ではないことになる。

これが今回の謀反の原因となった。道三は頼芸を追放して美濃を奪い獲った後、国内の土岐家の勢力や土岐家に恩のあった家臣たちを牽制するために、頼芸の胤（たね）であるとされた長男義龍を利用したのだ。

それが嘘か誠かは問題ではない。信じる者がいれば、それで意味がある。

旧主家に守護代家を返納する体で義龍に形ばかり家督を譲った。が、隠居することはなく事実上は道三が国主となる。それでも、国内の不満は静まりをみせた。多くの家臣たちが義龍を土岐氏の正統な血筋と信じたのだ。

義龍自身も、いずれは本当に権力の継承があるものと思っていたのだが、それが次第に怪しくなっていく。道三が、後に生まれた実子である次男孫四郎や三男喜平次を溺愛し、ついには義龍の廃嫡を考えるようになったのだ。

六尺三寸（約一九一センチ）の体軀を誇る十人力の猛将義龍としては、槍さえも満足に振るえぬ弟たちへ家督を譲るなど、断じて認められることではなかった。

そもそも義龍にとって道三は、実父と信じる頼芸から国を奪った敵である。これは下克上ではなく、敵討ちだった。

ならば狙いは道三の首級ひとつ。義龍にとっては、噂はもはや誠となっていた。

「義父殿を助けるには、新九郎と戦うことになる」

信長が帰蝶の顔色を読もうとするかのように、その目をじっと見る。

「我が父上も美濃の蝮とまで呼ばれた男。己の死すべき時は心得ておりまする。それよりも殿が今城を出れば、それこそ命が危のうございまする。父上もそんなことは望んでいないはずです」

「だとしても、俺は行かねばならん」

死ねばすべてが無になる。血肉は土となり、精神は消滅する。極楽浄土も地獄もありはせぬ。だからこそ成し遂げたい思いがあるのなら、人は生きねばならない。

（義父殿には、まだ生きていてもらわねばならないのだ）

信長は早世した父信秀のことを思う。信秀が生きていれば、一緒に二人でどれほどのことが成し得ただろうか。これからは道三と共に道を歩まねばならない。

たしかに帰蝶に言われるまでもなく、尾張の情勢は不安定さを増している。とても他国に援軍するどころではなかった。

犬山城城主織田信清は、度重なり不穏な動きを見せている。上四郡守護代にして岩倉城城主織田伊勢守信安の沈黙も不気味だ。さらに信勝の家臣たちとは、関係が悪くなるばかりだった。

義龍が、信安や信勝と密に書を取り交わしていることも、放った間者から報告が入っていた。信長包囲網が形成されようとしている。道三に弓を引くのだ。義龍とて用意に怠りはないだろう。悔しいが、義龍の将としての才を認めざるを得ない。

義龍の仕掛けにより、尾張国内の獅子身中の虫が暴れだそうとしている。

それだけではない。信長が義龍軍に大敗するようなことがあれば、尾張中の敵対勢力が四方八方からここ清洲城に攻め込んでくるに違いない。義龍と通じている勢力にとって、道三の娘である帰蝶の首は、一番の手土産となるのだ。美濃との戦いには主力の大半を割かねばならず、そうなれば清洲城は三日と保たぬだろう。

「わかりました。存分に戦ってください」

笑みさえ湛えた穏やかな表情で言った。このか弱き女のどこにこれほどの気丈さが隠れていたかと、夫である信長でさえ面食らった。

「いいのか」

あまりにあっけない帰蝶の言葉に、信長のほうが危惧したほどだ。

「留守のことはご心配なく。城は妾が守ります」

帰蝶の長い睫毛(まつげ)が震えていた。

これが今生の別れとなるやもしれない。不安でないわけがなかった。

「大丈夫か」

「殿の夢には父の力が必要なのですよね。ならば、迷っている暇はないはずです。殿の後陣を守るのが妾の務め。どうぞ、おまかせください」

己に言い聞かせるかのように、帰蝶が言の葉に思いを込める。

「帰蝶……」

「妾は戦国一の梟雄と恐れられた美濃の蝮の娘です。この命に代えても、城は守ってみせます。さあ、ご出陣を！」

曇りなき声で、言い放った。

「うむ。わかった」

帰蝶に向かって大きく頷いた後、

「皆の者、出陣だ！」

信長は控える家臣たちに大音声で下知する。

その声は誰にでもわかるほどに震えていた。

三

大国美濃を二分する戦がはじまった。

幕開けは、義龍が重い病と偽って、鷺山（さぎやま）城から弟二人——孫四郎と喜平次を稲葉山城に呼び寄せ、これを斬殺したことによる。

義龍は父道三と袂（たもと）を分かち、相克はここに決定的なものになった。

孫四郎と喜平次の非業の死を知った道三は、血の涙を流して激怒する。義龍の詐（さ）

病に疑いの目を向けなかった己の老いを悔やみ、恥じた。義龍が重病で命を落とせば、面倒な争いをせずとも、家督を次男孫四郎に譲れるとさえ思っていたのだ。

（おのれ、新九郎め）

己への怒りが、何倍にもなって義龍に向けられる。

土岐頼芸からもらい受けた深芳野が、月足らずで産んだのが義龍だった。

道三自身、我が子として育てながら、自分の胤である自信が持てなかった。

義龍が頼芸の子なら、所詮は耄れ者に過ぎない。家臣に国を奪われたような男の胤だ。群雄割拠の乱世で大国美濃を率いるなど、できる訳がない。ましてや、道三を陥れるような謀ができるような男ではないと思っていた。

ところが廃嫡しようとした義龍の見事な采配によって、自分は討ち取られようとしていた。それが悔しくてならないが、かといってどうなるものでもない。

義龍軍一万七千五百に対して、道三に付き従うはわずか二千七百余り。

西美濃三人衆をはじめとした旧守護土岐家の旧臣のほとんどを、義龍は密かに束ねあげていた。権謀術数を得意としてきたはずの道三さえ見抜けぬほどとは、まさに見事の一言に尽きる。

　稲葉山城には桔梗紋の旗が風になびいているという。道三の紋は波頭二つの立浪だ。義龍が斎藤を捨て、土岐に帰ったことを国中にふれるものだ。

「ははははっ。蝮の子は母胎を食い破り、親を殺して生まれてくるという。新九郎は今まさに本物の国主になろうとしている。彼奴は紛れもなく、この道三入道の子だったわ」

　気がおかしくなるほど腹立たしいのに、口から吐き出されるのは、高らかな笑い声だ。口惜しいが、義龍に殺されるのもそれほど悪い気はしない。

　今こそ道三は、義龍を我が子として認めた。

　義龍は美濃守護職土岐家の正統な血筋として、父頼芸の敵を討つという。だが、皮肉にも義龍は紛れもなく道三の子だ。それが確信できる。

「此度ばかりは新九郎に一杯食わされたわ」

　道三が豪快に笑い続ける。

（今少し早くそのことに気づいておればな……）

　運命の皮肉さを痛感する。もはや義龍に、我が子であると伝える術はなかった。

「殿、参りますか」

堀田道空、明智光安など最後まで道三のもとにとどまってくれた腹心の武将たちが見守る中で、道三は床几から立ちあがった。光安など土岐家の庶流一族でありながら、道三とともに覇道の夢を見てくれた与力だ。

「どれ、急がねばならぬな。うかうかしておると、婿殿の援軍が間に合ってしまう」

信長の援軍が届いても、もはや大局が変わるものではない。今の信長に万を超える軍勢を相手にできるほどの戦をする力はない。だからこそ、信長軍が深手を負うような巻き込み方は避けねばならなかった。息子と娘婿の戦いは、いずれ避けてはとおれない。しかし、それは今ではなかった。

「殿のお心は、上総介殿にも通じておられまする。まあ、それでもわかっていてやって来るのが、あのお方の生き方やもしれませぬが」

道空が愉快そうに言った。

「うむ。そうじゃな。無茶ばかりしおって。まったく、困った大うつけよの」

道三も老体を揺する。信長のことを口にした途端、先ほどまでの激しい怒りの感情は不思議なくらい躰から抜け落ちていた。

「聖徳寺でのことを覚えておられますか」

「忘れるものか。あれほど楽しかったことは、生涯において他にない」

道三が遠い目をした。黒目がちの瞳に、爽やかな陽春の青空が映る。その胸の内には、死にゆく者の哀れさは微塵もない。

「上総介殿は本当にやり遂げられますかな」

「天下静謐などという世迷い言か。あの男ならやるかもしれぬのう。まあ、人を信じ過ぎる性分ゆえ、いつかそれが災いとなって大きな裏切りにあうかもしれぬがな」

「人を信じ過ぎることが、上総介殿の短所となりますか」

「うむ。だが、それが彼奴のおもしろきところよ。故に、人が集まってくる」

道三の言うとおり、信長は生涯、人を許し、人を信じる性分を変えることができなかった。これほど多くの身内や家臣から裏切られ続けた武将も歴史に例を見ない。浅井(あざい)長政(ながまさ)、松永久秀(まつながひさひで)、荒木(あらき)村重(むらしげ)、そして最後は明智光秀(みつひで)。

しかしだからこそ、多くの英傑が信長の魅力に惹かれ、参じたことも紛れもない事実だ。後に天下を覇した豊臣秀吉も徳川家康も、生涯において一度も信長を裏切ったことはなかった。

すでに道三は、信長宛に譲り状を書き送っていた。遺言状のようなもので、そこには美濃一国を信長に譲りわたすと書いてある。

もちろん、なんの効力もない。それでも一国の国主が書状一枚で国を譲ってしまうなど、最後の最後までいかにも道三らしい。

一介の油売りからわずか二代で大国の国主にまで成りあがった男が最後に残したのが、たった一枚の譲り状というのも、下克上の乱世らしい生き様だった。

「心残りは、大うつけが描く新しき世を、この目で見ることができなかったことよ」

道三は手にした槍を二度、三度と扱きあげると、大挙して迫り来る敵兵に向かってゆっくりと歩き出した。

北へ。今一度、美濃の舅の声を聞くべく、信長は馬を走らせた。

(生きていろよ、蝮！)

馬に笞を振るう。馬が風を越える。それでもさらに声を張りあげ、先へ先へと駆けていく。

木曾川の渡しに到着した。信長を待ち構えるように、山賊のような出で立ちの兵が続々と姿を現した。熊や狼の毛皮を身に着け、大太刀や手斧で武装している。

「三郎様。我らに声をかけずに美濃へ戦を仕掛けるとは、水臭いではありませぬか」

「山犬が駆けつけたか。さすがに鼻が利くな」

生駒家長が兵二百を引き連れての着陣だった。清洲から美濃へ抜けるには、家長の生駒屋敷がある小折を抜ける。

「生駒の兵を侮っては困ります」

「新九郎は美濃の兵をまとめあげている。その数は一万五千から二万。厳しい戦いになるんだ」

「だからこそ、我らが出番というもの」

家長が口角をあげる。

「此度は俺の兵だけでいく」

「ほほう。それは異な事を申される。我らは三郎様の兵ではないとでも」

「しかし……」

「だめと言われようとも、勝手についていきますぞ」

家長が笑みを湛えたまま大きく頷いた。さらに家長を押しのけるように、

「仲間だって言ったのは嘘だったのか」

森三左衛門可成が顔を出す。

「おお、三左。お前もいたのか」

「いつぞやの借りを返しにきた」

「お前まで……」

信長が言葉に詰まる。

「らしくねえ顔をしてんじゃねえよ。俺にまかせておけ。生駒の兵は二百だが、俺一人で千人力だから、兵千二百との算が立つぞ」

延べた鉄板を柄に巻きつけた十文字槍を手に、仁王立ちで勝手なことを吠えていた。もうすっかり家長の郎党として大きな顔をしている。相変わらず、猛獣のような迫力だ。たしかにこの男なら、本当に千の兵に値する働きをしてしまいそうだ。

「巻き込んでしまって、すまねえな」

大国美濃へ攻め入るのに、準備らしい準備もせずにここまで突っ走ってしまった。

「何を言ってんだ。俺たちは斬り合って命のやり取りをした仲じゃねえか」

可成が信長の肩を、幾度も力強く叩いた。

「此度こそは、生きて帰れるかはわからねえぞ」

「それでも行くんだろう」

「ああ、行く」

信長は一度も目をそらすことなく、可成に答えた。

「ならば、余計な心配はするな。俺たちは仲間だ」

豪快に笑う可成に、信長も硬い表情を解く。

渡し場の渡船が、本来の数の三倍を超えていた。家長が津島湊からまわしたのだ。国境の河川には、当然ながら橋はない。これは他国からの侵入を容易にさせないためだ。家長の機転により、信長の兵は次々と美濃領にわたっていった。

清洲を出たときには、信長に付き従うのはわずか十騎にも満たなかった。それが今や、騎馬二百を含む一千の兵が追いついていた。

美濃に入ってからも、足を止めなかった。両軍が長良川の南北両岸で対峙している戦場まで、およそ一里（約四キロ）と迫った大良に着陣する。

気持ちばかりが焦る。叶うものなら単騎駆けで道三のもとへ馳せ参じたいくらいだ。が、義龍の軍勢が行く手を阻む。その数、三千。支隊が信長を待ち受けていた。

やがて喊声とともに銃声が耳に届くようになる。陣太鼓や陣貝、陣鉦が風に乗って伝う。馬の嘶きや蹄の音さえ溢れ出した。

（間に合ったか！）

戦闘はまだ続いている。道三が生きている証だ。道三の軍と合流するには、目の前の支隊を撃破しなければならない。ありったけの旗指物を前に押し出す。織田木瓜が風を受けて、勇ましげになびいた。援軍の到着を、道三にも伝えたい。

「蝮、見えるか！」

雷鳴のごとき銃声が響く。何十発もの一斉射撃を受けた。

河岸に並べられた逆茂木の狭間から、白煙があがったと思った刹那、わずかに遅れて信長のまわりに弾着があった。騎馬の兵たちが地に叩きつけられる。ある者は額を鉛弾に打ち抜かれ、ある者は銃声に驚いた馬に振り落とされた。

だが、それっきり発砲はなかった。鉄砲はあっても、弾薬に限りがあるようだ。信長軍の兵たちが突撃を開始する。

ヒュー。背筋が凍るようないやな音だ。空を覆うほどのたくさんの矢が、一斉に目の前に広がった。

（しまった！）

矢楯を構える暇もなかった。次々に足軽たちが射貫かれて倒れていく。

「弓隊、前へ！　鉄砲隊、弾込め！」

信長も鞍の上から声を嗄らして下知を飛ばす。すぐに応射がはじまった。

「怯むな！　前へ出ろ！」

白煙を突き破り、馬を駆る。槍隊がその後に続いた。

泥沼の白兵戦（はくへいせん）が続く。右腕を斬り落とされた兵が、左手で刀を振りあげて突撃していった。敵兵に馬乗りになって首を斬り落とそうとしている兵が、背中から槍で突き殺される。腹を撫で斬りされ、地面に臓腑をぶちまけている兵もいた。目の前の敵を殺さなければ、次には己が命を奪われる。やがて、味方と敵方の区別もつかなくなった。

地獄だ。信長も馬を射殺され、徒（かち）にて戦っていた。がむしゃらに槍を振るう。何人殺したかも、すでにわからない。突いても突いても次々と敵兵が湧いて出てきた。キリがない。浴びた返り血で視界が狭くなった。

それでも槍を突く。河原の石に躓いてよろけたところへ、

「うぉおおおっ、信長、死ねえっ！」

雑兵が刀で斬り込んできた。慌てて体勢を立て直すが、ギリギリ間に合わない。

「殿！」

前田利家が槍で雑兵の首を穿ち抜く。

「又左、余計な世話だ。己の心配をしていろ」

利家の具足にも、折れた矢が刺さっていた。

「殿の夢は俺たちの夢だ。こんなところで死なれちゃ困るんですよ」

利家が叫びながら、徒武者の兜を槍で叩き飛ばす。さらに二の槍で眉間を突き刺した。その隙を狙って、雑兵が斬りかかってくる。利家は槍を振るって受けようとするが、穂先が徒武者の頭蓋骨を貫いていたため、わずかに後れをとった。

「死ねぇ！」

利家に刃が迫ったところで、信長の槍がそれを横から払いあげると、続け様に雑兵の左目を抉り抜く。

「これで貸し借りなしだ」

信長が得意げに槍を掲げた。利家が血塗れの顔で、笑い返した。

「それより、敵方本隊およそ六千。こちらに向かってますぜ」

言われなくとも信長にも見えている。藍色に染められた桔梗紋の旗指物が、雲霞のごとく広がっていた。

「引くな！　この包囲を突破するぞ！」

駆け出そうとする信長の腕を、池田恒興が摑んで止める。

「殿、お待ちください」

「離せ、勝三郎！　蝮はすぐそこだ！」

「もはやここまで。山城守道三入道殿が討ち死にされました」

「馬鹿なっ！」

「山城守殿の兵は散り散りに敗走をはじめております」

「新九郎め、許さぬ！　その首、斬り落として八つ裂きにしてやる」

「なりませぬ。伊勢守様の軍勢一千が岩倉城を発し、清洲に向かっているとの知らせも入っております」

やはり、上四郡守護代織田伊勢守信安と義龍の間には密約があったのだ。信長が美濃に出兵したところで、留守中の清洲城を狙ってきた。

「ぬぅおおおおっ！」

信長が狂ったように叫び声をあげる。

「殿、我らも引かねば」

このまま戦い続ければ、全滅の恐れさえあった。

義龍軍は道三を討ったことで勢いを増しているはずだ。これより怒濤のように攻めてくるだろう。早く帰城しなければ、清洲城の帰蝶の命が危なかった。

悔しいが、ここが引き時だ。怒りにまかせて、それを見誤る信長ではない。信長は血を吐くような思いで退却を下知した。

「勝三郎、引くぞ。お前と造酒で兵たちに川をわたらせろ」

織田造酒丞信房が、

「殿はどうされるのですか」

腰にぶらさげていた敵将の首を外して捨てた。逃げるには邪魔なだけだ。

「渡船を一艘だけ残しておけ。俺が殿軍（しんがり）となってここで敵兵を食い止める」

「ならば、俺も残ります」

「だめだ。俺がお前たちをここへ連れてきた。だから、俺がお前たちを尾張へ帰す」

「でも、それでは殿が……」

信長が笑みを見せる。

「大丈夫だ。心配せずにお前たちは先にわたり、伊勢守を蹴散らしに行け」

「しかし――殿を残しては行けません」

信房が雑兵三人をまるで団子のように胴丸ごと槍で刺し貫きながら、泣きそうな声をあげた。いや、すでに泣いている。この男、相変わらず涙もろい。これでも佐々孫介勝重らと並んで、小豆坂の七本槍と賞された豪傑だ。

「迷っている暇はねえ。清洲が焼かれるぞ。帰蝶のことを頼む」

「御意！」

恒興が命を受け、信房の腕を摑んで引っ張っていく。信房は手の甲で涙を拭いながら、引きずられるように応じた。

全軍で撤退がはじまった。背を見せれば、敵の戦意に火をつけることになる。逃げる相手を殺すことほど、軍を勢いづけるものはない。戦場は凄惨な狩り場と化す。ここで狩られる側は、信長軍だった。

撤退でもっとも危険なのは軍の最後尾である殿軍である。

信長軍は木曾川を背に陣を敷いていたので、退却は困難を極めた。渡船を弓矢で狙われないように、一隊が留まり、敵兵を河岸に近づけないようにする必要がある。その殿軍を信長が引き受けるというのだ。

「引けぇえええええっ！」

退却の下知を叫んだ信長に、敵の騎兵四騎が突っ込んできた。信長は一騎目を槍で突き落としたが、残りの三騎に囲まれた。

「信長がいたぞ！」「首を獲れ！」「ぶち殺せ！」

殺気立って寄せてくる。

そこへ熊のような咆哮とともに割って入った騎馬武者がいた。森可成だ。

「てめえらが三郎様の相手なんぞ、百年早いんだよ。相手は俺だ！」

鉄柄の十文字槍を片手で振りまわすと、騎兵の首が二ついっぺんに吹き飛んだ。頭を失った馬上の屍から、間欠泉のように血潮が噴きあがる。四騎目の頭上目がけて、可成が十文字槍を叩きおろした。が、これは太刀で受け流されてしまう。

「ちっ。小賢しい真似を」

四騎目の武者は可成に勝るとも劣らぬ巨軀を張り、四尺（約一二〇センチ）の大太刀を馬上で構えていた。

「尾張の熊が調子に乗るな」

義龍の家臣の中でも武辺者として知られる千石又一が馬を巧みに操って可成の間合いに入り込むと、豪腕で力一杯太刀を薙ぎ払ってくる。

速い。速い。そして、激しい。風圧で可成の目が眩むほどだ。

可成は鉄柄で大太刀を受け止めたが、勢いで右手の小指を斬られてしまう。ブラブラと小指が皮一枚でぶらさがっていた。

「ちっ。ざけるな！　美濃の豚めが」

取れかかった小指を歯で咥えると、ブチッと嚙み千切ってしまう。そのままペッと又一に向かって吐き出した。痛みなど感じない。少しも怯むことなく、九本の指で十文字槍を握り直すと、大きく頭上に振りあげた。

「指の一本ぐらいくれてやるわ。その代償はでかいぞ。覚悟しやがれ」

「指一本くらいで済むと思うなよ。次はその薄汚え首を斬り落としてやる」

それを聞いた可成の顔が憤怒に燃える。

「死ねぇえええええっ！」

　渾身の力を込めて、又一の脳天を砕きにいった。しかし、ここでも又一の剣のほうが速い。閃光を放つ剣先が、可成の脛を具足ごと斬り裂いた。

「ぐふぉっ！　畜生め！」

　斬られた足の出血がひどい。騎馬戦においては、足の負傷は命取りになる。足に力が入らなければ、馬を操ることができなくなるのだ。

「とどめだ」

　又一が打ち込んでくる。その刹那。ダーンッ。鉄砲の弾が又一の馬に当たり、悲痛な嘶きとともにひっくり返った。又一が投げ出される。

「三左、引け！」

　すでに河岸まで引いていた信長が、鉄砲を構えたまま大声で叫んだ。

「まだまだやれる」

　可成は引く素振りを見せない。

　信長が鉄砲を替え、さらに発砲した。又一が倒れた馬の陰に身を屈める。

「そこまでだ。いいからこの場は引け！」

信長の怒声に、可成は渋々ながら退却した。

小姓の山口取手介が、火縄に点火された鉄砲を信長にわたす。信長が敵騎兵に向けて発砲した。白煙とともに発射された弾丸が心の臓を打ち抜く。

「次！」

続けて、取手介が鉄砲をわたした。信長が持っているものと交換する。取手介の足下には五挺の鉄砲が並んでいた。信長が狙いを定めている間に、弾と火薬を詰め直していく。

信長が鉄砲の引き金を引く。

銃声と同時に、敵騎兵がもんどり打って落馬した。橋本一巴の教えにより鍛錬に鍛錬を重ねた銃術の腕前は正確無比で、瞬く間に屍の山を築いていった。

最後の一艘を残し、渡船が木曾川をわたり切った。信長軍の退却が完了した。それを見届けた信長も、渡船目がけて駆け出した。

二騎の敵騎兵がその後を追いかけてくる。馬の脚が速い。このままでは追いつかれる。共に逃げていた取手介が踵を返して立ちはだかった。

「さあ、来い！」

丹田に力を込めて大声を放つと、腰に差した刀を抜いた。敵騎兵を引きつける。その間に信長が渡船にたどりついた。

「取手介、よせ！　一緒に来い！」

気づいた信長がその背に叫んだが、取手介は笑顔で一度振り返ったあと、敵騎兵に向かって突っ込んでいった。

「うおぉおおおおっ！」

一騎目の槍を掻い潜り、その腹を斬り裂いた。すぐに二騎目が迫る。

「てぇいやぁあああっ！」

突かれた槍を払った刹那、刀が折れた。槍が取手介の胸を刺し貫く。

「なんのこれしき！」

槍に貫かれたまま、それでも足を前へと進めた。騎兵の躰に手を伸ばす。ずぶずぶと槍が刺さっていった。取手介は止まらない。さらに前へ。穂先が背中を突き破った。ついに騎兵に手が届く。鎧を摑み、

「ぬぅおおおおっ！　落ちろっ！」

死力を尽くして馬から引きずり降ろすと、折れた刀で騎兵の首を掻き斬った。

「取手介、こっちだ！」

船上から信長が鉄砲を放ち、立ちあがってふらふらと歩く取手介を援護する。

「殿……やりましたよ……」

取手介が崩れ落ちかかり、片膝をついた。

「だめだっ！　立てっ！　諦めるな！」

信長の声に気を持ち直した取手介は、再び立ちあがると歩きはじめる。

「もう少しだ！」

ようやくと渡船にたどり着いた取手介が、そのまま倒れ込んだ。返り血と己の血で、表情もわからぬほど血みどろになっている。

「殿、ご無事ですか」

「俺は大丈夫だ。お前のおかげだ」

信長が取手介を抱き起こした。もはや視界が狭まっている。出血が止まらない。

「ああ、良かった」

渡船が川をわたりはじめる。漕手が必死に櫓を搔いた。

「これしきの傷など屁でもねえ。気をたしかに持て。俺が尾張に連れて帰ってやる」

「申し訳ございません。殿からいただいた刀を折ってしまいました」

「そんなもの、尾張に帰ったら何振りでもくれてやる」

取手介が大量の血を吐いた。躰が小刻みに痙攣をはじめる。

「尾張には帰れそうもありません」

「弱音を吐くんじゃねえ。これしきの擦り傷、なんてことはねえぞ」

「ううう、痛てぇ。痛てぇなあ」

「しっかりしろ！」

取手介の震える手を信長がしっかりと握り締める。その手は熱い血に塗れていた。

「私は殿のお役に立ちましたか」

「天晴れな働きだったぞ」

「これで父上も安堵してくれるでしょう。会ったとき、胸を張って自慢できます」

取手介の瞳から光が消えた。力を失った手が、信長の手の中から滑り落ちていく。

「糞ったれが！」

美濃の騎兵十数騎が川に入り、後を追ってくる。馬上で弓を構えている者もいた。

鉄砲隊の一斉射撃。耳をつんざく咆哮が響きわたり、腑を震わせた。まるで狼の群れの遠吠えだ。獣の荒々しい息遣いが川面を揺るがす。

「三郎様、こっちです！」

家長が指揮をしている。対岸に並んだ生駒家の兵たちが一斉に鉄砲を放ったのだ。

「山犬が戻ってきたか。相変わらず余計なことを」

信長は腰の刀を抜くと、すでに冷たくなりはじめている取手介の胸に抱えさせ、それから力強く立ちあがった。銃弾により足止めされた美濃兵たちを睨みつける。

「これしきのこと、俺は負けねえぞ！　俺は必ず戻ってくる！」

信長が吠える。義龍軍は、それ以上の追撃を諦めた。

四

信長は帰城した。

具足がおびただしい返り血で汚れていて、戦の激しさが窺える。

美濃から清洲まで、ひたすら駆けどおしだった。具足をとおしても、躰から湯気があがっている。

「帰蝶、許せ。だめだった」

詫びの言葉を繰り返した。道三のことを助けることができなかった。たくさんの若い兵たちを死なせてしまった。己の無力さが死ぬほど悔しかった。

帰蝶が懐剣を抜くと、みずからの喉元に剣先を向ける。侍女たちが悲鳴をあげた。

「何をするんだ！」

信長は駆け寄ると、力尽くで懐剣を奪い取ろうとする。が、帰蝶はその華奢な躰のどこにそんな力があるのかというほどに、必死になって抗ってみせた。

「後生ですから、死なせてください。この先、妾が生きておれば、殿にご迷惑をおかけいたします」

激しく髪を振り乱し、着物の裾を乱して泣き喚いた。

「馬鹿なことを言うな！　迷惑など、ひとつもない！」

やっとのことで懐剣を取りあげた。

「殿は民の世を造られるのですよね。妾がいては殿の夢にとって枷（かせ）となりましょう。どうぞ、死なせてください」

「だめだ。許さぬ」

「なぜです。大義を成すためには、妾の命など取るに足らぬもの」

「お前を守ると約束しただろう。我妻の命さえ救えぬ者に、万民を幸せにする新しい世など造れるものか！」

帰蝶が首を左右に振る。その目からは大粒の涙が、ハラハラとこぼれ落ちていた。それでも懸命に笑みだけは絶やさない。

「本当にご無事で何よりでございます。妾は殿が生きて戻られただけで、充分でございます。それ以外にいったい何を望むべきや」

「義父殿は俺の援軍を待たずに、新九郎に決戦を挑んだ」

「殿のことを巻き込みたくなかったのですね。最期まで、父らしい」

「だが、俺は義父殿を助けたかった」

帰蝶が穏やかな面差しで、再び首を横に振った。

「父は殿が申される新しき世のために、喜んで死んでいったのです」

「そう思うか」

「それが斎藤道三という男です」

そこまで言葉にして、帰蝶は我慢できなくなり、ついに泣き崩れる。帰蝶も道三と同様に、信長のために殉ずる覚悟なのだ。

帰蝶の思いが切なく哀しい。激しく震える小さな躰を、信長は優しく抱きしめた。

道三の死は、美濃との同盟関係の終焉を意味する。

強大な隣国の脅威を取り除くための政略結婚が意味を成さなくなった。

帰蝶は道三の娘だが、義龍が土岐氏の血統を打ち出しているということは、血縁関係はないということになる。義龍は、道三のみならず次男孫四郎と三男喜平次も殺している。もはや帰蝶に人質として値打ちがないどころか、かえって義龍の憤怒の的になりかねない。

戦国の世では、同盟していた相手と戦を交える際は、政略結婚していた妻は実家に送り返すか、殺すのが習わしとなっていた。水野信元が今川家に敵対して織田家に与したとき、家康の母の於大は離縁されている。信長の父信秀も、主家の織田大和守達勝から娘を正妻として頂いていたが、争いになったとき、これを離縁していた。そして、継室（事実上の正室）に繰りあがった土田御前が、嫡男信長、次男信勝を産んだ。

帰蝶にとって悪いことに、道三の側室となって重縁を担っていた信秀の娘（信長の義妹）が、すでに義龍によって捕らえられ、処刑されたとの話が伝わってきていた。義龍の織田家に対する憎悪の深さが窺い知れる。

道三亡き今となっては、帰蝶には人質としての価値はなかった。狭い城内で、そんな声が帰蝶の耳に届かぬ訳がない。それでも帰蝶には、帰る場所がないのだ。

しかし、信長はいまだ家中さえも抑え切れていない。道三の死は、美濃という同盟国を失うことにとどまらない。大国美濃の後ろ盾があればこそ、信長のような若き領主が尾張国内の不穏分子を抑えることができていたのだ。

これから次々と反信長の旗があがるだろう。そして少しでも弱みを見せれば、その機に乗じて、斎藤、今川、武田といった隣国の大名が大軍とともに尾張に雪崩れ込んでくる。こんなときこそ兄弟で力を合わせて国内を治めていかなければならないのだが、近ごろでは信長の前に信勝が姿を見せることはなくなってしまった。

「ならば、せめて離縁してください」

顔をあげた帰蝶が、上目遣いで見つめてくる。熱い潤みがこぼれ出る瞳の中に、信長の姿が揺れ動いた。必死の訴えには、信長への思いが溢れている。

「離縁などするものか。帰蝶は俺の妻だ。それは死ぬまで変わることはない」

「嬉しゅうございます。もう、その言葉だけで充分です。どうぞ、離縁してください。妾が殿の傍にいないほうが良いのです」

優しい女ではあるが、その躰には美濃の蝮の血が濃く流れている。芯は熱く、強く、そして激しい女だ。蝮の子は、やはり蝮なのだ。

「わかった。ならば俺も一緒に尾張を捨てる」

帰蝶が驚きに目を見開く。

「な、何をおっしゃっておるのです」

「尾張だけじゃない。織田家も捨てる。一緒にどこか遠くへ逃げよう。そして二人だけで鍬を振るって田畑を耕し、ひっそりと生きていくのだ」

「ふざけないでください。妾は真剣に話しているのです」

「俺だって真剣だ。前に言っていたじゃないか。元は行商人だった男の娘だから、武士の妻より百姓のほうが向いているって。俺とだったら百姓をしてもいいって」

「あれは戯れとしてお話ししたのです」

「俺は帰蝶のためだったら、すべてを捨てる。一緒に逃げよう」

泣き崩れていた帰蝶が居住まいを正すと、まっすぐに信長を見据えた。小さな手が両膝の上に、しっかりと置かれている。

「落ち着いてください」

「俺は落ち着いている」

帰蝶が静かに首を横に振った。

「妾が愚かな振る舞いをしたため、殿を混乱させてしまいました。申し訳ございませんでした」

「俺は混乱などしておらん」

「殿だけではございませぬ。妾も混乱しております。今夜一晩ゆっくりと休んで心を落ち着け、その上で明日の朝、今一度お話をさせていただきとうございます」

帰蝶から冷静にそう言われれば、信長としてもこれ以上は返す言葉がなかった。

「わかった。明日、もう一度、これからのことについて話そう」

「ありがとうございます」

「もう、大丈夫だな」

帰蝶がコクリと小さく頷く。

「はい。もう、殿のお許しもなく、勝手に死のうなどとはいたしません」

ようやく帰蝶の表情が緩んだ。いつもの優しい笑顔が戻る。それを見て、信長も胸を撫でおろした。一人で静かに考えながら寝たいという帰蝶を奥に残し、信長は本丸の寝所に戻った。


翌朝、いつもより早く目が覚めた信長は、帰蝶を訪ねた。

奥の間の廊下に、佐々孫介が控えている。

相撲取りのような大きな躰を、まるで何かに怯えているかのように小さく丸め、信長が現れてもけっして顔をあげようとしなかった。

「孫介。なぜ、お前がここにいるのだ」

いやな予感がした。

「殿。申し訳ございません」

「そんなことはどうだっていい。なぜ、お前がここにいるのかって訊いてるんだ」

孫介が面をあげた。童のようなあどけない顔が、涙でぐちゃぐちゃになっている。

「帰蝶様が……」

「帰蝶がどうしたんだ！」

「それが……」

「ええい、だからどうしたというのだ！」

鬼のような形相で孫介に詰め寄る。

「城を出られました」

「どこへ行った」

「美濃でございます」

「美濃のどこだ」

「新九郎殿の稲葉山城には帰られぬとのことで、従兄弟の明智十兵衛殿を頼られ、明智長山城へと向かわれました。道中は某の配下の者を備えにつけておりますゆえ、ご心配には及びませせぬ」

父を殺した兄のもとへは帰れないので、母である小見の方の実家であり、伯父明智光安が城代を務める明智長山城に向かったのだ。そこには明智十兵衛光秀がいる。

「馬鹿！　なぜ、止めねえんだ！」

信長が孫介の直垂の襟を摑むと、その場に引き摺り倒した。大男の孫介が、童のように床に転がる。

「家中には帰蝶様に疑いの目を向ける者もおります」

「それがどうした！　帰蝶は蝮の娘だぞ。新九郎から見れば、憎き敵の忘れ形見だ。美濃と通じている訳がねえだろうが」

信長が孫介の躰を思いっきり蹴りあげる。孫介が両手で頭を庇うように抱えると、大きな躰を縮こませた。

「それでも大国美濃が敵になったのです。家中は疑心暗鬼となり、帰蝶様のお立場は危ういものとなります」

「ふざけるな。だから、帰蝶を見捨てろと言うのか！」

信長はさらに激しく孫介を蹴り飛ばす。五回、十回とひたすらに蹴り続けた。孫介の頰や耳が切れ、血が噴き出す。それでも怒り狂った信長は蹴ることをやめない。

「それが殿のためなのです。どうか、帰蝶様のお心を汲んで差しあげてください」

孫介が額を床に押し当て、泣きながら懇願する。

「うるさい！　黙れ！　黙れ！　黙れ！」

「某たち仲間が頼りないばかりに、申し訳ありませぬ」

顔をあげた孫介の顔が、心底から口惜しそうに歪む。

（孫介のせいじゃねえ。俺が弱いからだ。俺は帰蝶を守ってやることができなかっ

た。むしろ、俺が帰蝶に守ってもらったんだ)

信長は脱力して、その場に座り込んだ。

「帰蝶は何か言っておったか」

腑抜けたように、力なく孫介を見あげた。

「書状をお預かりしております」

孫介が懐から書状を取り出した。あれほどの乱暴を受けて揉みくちゃにされたというのに、書状は皺ひとつなかった。孫介が躰を丸めていたのは、己を庇うためではなかったのだ。信長は書状を開いた。

殿の命に背き、城を出たること、どうかお許しください。

重ねて勝手ではございますが、妾のことは離縁してください。

殿のもとへ嫁してから、早いもので七年が過ぎました。

一緒に過ごした年月は、妾にとってかけがえのない幸せなものとなりました。

二人で逃げようとおっしゃっていただいたこと、本当に嬉しゅうございました。

あの言葉だけで、妾は充分でございます。

それを胸に留め、支えとして、これからを生きてまいります。

美濃にて、殿が造られる新しき世を楽しみにしております。


文字が涙で滲んで、途中から読めなくなった。

「孫介。先ほどは乱暴を働いてすまなかったな。許してくれ」

「相撲で鍛えた躰です。あれくらい、へっちゃらです」

孫介が、涙でぐちゃぐちゃだった顔をほころばせた。

「俺はやるぞ」

「はい。某も帰蝶様と約束致しました。この命に代えても、殿をお守りすると」

「俺は決めたぞ。最初に国境をなくすのは、美濃だ。帰蝶を迎えにいく」

「御意！」

信長は立ちあがった。手の甲で涙を拭う。泣いている暇などない。

「殿。もうひとつ、帰蝶様よりお言付けがございます」

そう言うと、孫介が廊下の障子を開けた。眼前に朝日を受けた庭が広がる。

「こ、これは……」

朝顔だ。何百株というたくさんの朝顔が、庭一面に花を咲かせていた。鮮やかな青色で、庭が埋め尽くされている。

三年前の津島祭で、信長が買い与えた一株から、帰蝶が種を取って増やしたのだ。

「いつの間にこんなに……」

戦のたびに村が焼かれ、田畑は踏み躙(にじ)られて、民は殺されていく。

「……世に朝顔を溢れさせよというのか。そういう世を造れと」

帰蝶の熱い思いが、信長の胸に激流となって流れ込んでくる。

思えばこの数年、戦に明け暮れ、ゆっくりと庭を愛でることさえできなかった。帰蝶には寂しい思いをさせてしまった。どんな思いでこの朝顔を増やしていったのか、それを思うと胸が苦しくなった。

「帰蝶様が城を出られるときに申されておりました。毒消しとなって、殿をお守りするのだと」

「そうか。帰蝶がそう言っていたか」

朝顔の青さが目に染みる。

「うぉおおおおおっ！」

信長は裸足のままで庭に降り立つと、両手の拳を強く握り締め、天に向かって突きあげた。

五

道三の死から一月が過ぎようとしていた。

小姓が慌てふためいて、信長のもとへ駆け込んでくる。

「どうした、せわしない」

「はっ。申し訳ありません」

無礼に気づき、すぐに控えた。

「構わぬ。申せ」

小姓が顔をあげた。

「明智十兵衛殿がお見えになっております」

「なんだと！　すぐにここへ」

「ははっ」

小姓が派手な足音を立てて、飛ぶように駆けていく。普段は信長の前でそのようなことはありえない。小姓の動揺ぶりが、信長にも伝わった。

明智十兵衛光秀の居城である明智長山城には、帰蝶がいるはずだった。

信長の胸に不安が広がる。

光秀が信長のもとへとおされた。

髪は乱れ、羽織袴も黒く煤けて、所々に焦げ痕まであった。

光秀は両手をついたまま、面をあげない。その肩が小刻みに震えていた。

「十兵衛。何があった」

「長山城が落ちました」

明智長山城の城代明智光安は、美濃を二分した道三と義龍の戦いで、道三方に与した。明智家は、美濃守護職を代々担ってきた土岐家の一族ではあるが、遠い先祖で枝分かれした庶流となる。それでも土岐家の一門だ。それがなぜ義龍ではなく道三に味方したのか。

土岐家嫡流を免罪符に父道三を討ち滅ぼさんとする義龍に与して勝ったとしても、庶流一族にとっては出世の限りが見えている。ならば、下克上で成り上がった道三に味方して、万にひとつでも勝つことができれば、宗家を越える栄達が望める。

つまり、賭けに出たのだ。が、それは負けに終わった。

それでも明智家は土岐家の同族だ。信長も帰蝶の身を案じながらも、心のどこかではさすがにひどい仕打ちはあるまいと思っていた。所領の安堵は望むべくもないが、せいぜい光安が腹を切れば一族に手が及ぶことはないだろうと。

だが、信長の見込みは大きく裏切られた。義龍は道三の残党に対して、一切の情け容赦をしなかった。明智長山城に兵四千の大軍で攻め寄せる。光安は弟光久（みつひさ）ら一族八百七十人を集めて籠城した。が、義龍軍は二日間にわたり猛攻を仕掛ける。光安は、当主であり甥の光秀に明智家再興を託して隠し道からこっそり逃がすと、弟光久と共に自刃して果てた。

「帰蝶はどうなったんだ！」

光秀に駆け寄るとその肩を鷲摑みにし、躰を激しく揺さぶる。

「それは……」

光秀が言葉を飲み込む。

信長の脳裏に、帰蝶の姿がよぎった。城を出る前夜の涙に濡れる顔だった。

「ええい。はっきりと申せ！」

信長が光秀の襟首を摑み、抑えきれぬ激情をぶつけた。

「叔父上の妻妾や侍女を含め、女子供はことごとく自刃しております。帰蝶様はお預かりの身ゆえ、なんとかお救い致そうとお姿を探したのですが、城内の火のまわりがあまりに早く、恐らくは城とともに……」

光秀が泣き崩れた。信長も人目も気にせず、大声をあげて泣き出す。

「帰蝶、許せ。許してくれ……」

信長は光秀の肩に手を置いたまま、全身を激しく震わせた。

「三郎様。申し訳ありませんでした」

「十兵衛。帰蝶を守れなかった俺のことを蹴ってくれ！」

顔を涙と洟でぐちゃぐちゃに濡らした信長が、光秀の躰にすがりついた。全身を狂ったように震わせ、大声をあげて泣きじゃくる。

「何を申されます。蹴られたいのは、この光秀のほうです」

年上の光秀のほうも幼い子供のように、人目も気にせず号泣した。

信長と光秀のあまりに激しく啼泣（ていきゅう）する姿に、小姓や侍女たちも戸惑うばかりで声をかけることさえできない。清洲の城内に、いつまでも男二人の嗚咽が響き続けた。

第四章　時刻到来

一

清々しい新緑の青さが、目に染みる。

木々の間を抜ける早朝の薫風が、爽やかに鼻腔をくすぐった。

「これは三郎様。今朝はずいぶんと早いお立ち寄りで」

迎えに出た家長に対して、いつになく上機嫌そうな信長が、

「これから田植えを手伝いに行くんだが、近くまで来たので、三左がまた悪さでもしていないかとたしかめに寄ったんだ」

軽口を飛ばした。家長の背後より、諸肌脱いで斧を手にした可成も顔を出す。

「誰が悪さをしてるですって」

薪割りでもしていたのだろう。剝き出しの肩や胸は、汗に濡れていた。

「もう躰のほうはいいのか」

可成の姿を見た信長が、目を見開き、驚きを隠せずにいる。見舞いに寄ったはずなのに、可成は何事もなかったかのように動きまわっていた。

道三を救援に行った大良河原の戦いから、まだ三月ほどしか経っていない。脛を切られて歩くことさえままならなかったことを思えば、化け物のような回復力だ。

「ああ、いつでも戦に行けるぜ。露払いは俺にまかせてくれ」

勇ましい言葉に、みんなが笑顔を浮かべた。

信長の声に、縁側でぼんやりと日向ぼっこをしていた吉乃が顔をあげた。信長が、吉乃がそこにいることに気づく。

「なぜ、お前がここに……」

信長は、まさか吉乃がいるとは思っていなかったようで、切れ長の目を泳がせた。

暗く沈んだ吉乃の表情に、ほのかに色味が増す。息を呑むほどの秀麗さが、輝きを取り戻した。吉乃は縁側から、信長のもとへとおりて行った。

「相変わらずのうつけよの。まるで幽霊でも見たような間抜け顔をしているぞ」

「明智長山城で弥平次殿と暮らしていたのではないのか」

斎藤義龍の猛攻により、明智長山城は焼け落ちていた。その後、吉乃の消息は掴めぬままだと家長から聞いていた。

「ほれ、ちゃんと足はあるぞ」

吉乃は小袖の裾をめくると、透けるほど白い脚を見せた。妹の無作法な物言いに、

「これ、三郎様に失礼であろう」

と家長がたしなめた。が、その兄の顔は、少しも怒気を含んでいない。むしろ、優しげに見守っているように見えた。

「無事だったのか」

信長の問いに、家長が代わりに答える。

「土田弥平次殿が明智長山城の落城とともに討ち死にされ、吉乃も行方知れずとなっておりましたが、手の者に方々を探させて、やっと見つけることができました」

「どこにいたんだ」

「残党狩りの追っ手から逃げながら、明智領内の百姓の家にかくまわれるなど転々として、なんとか甚助(じんすけ)の土田城までたどり着いたそうです」

甚助とは土田城城主生駒甚助親正(ちかまさ)のことで、弥平次の兄になる。

親正は家長や吉乃にとって従兄弟でもあった。親正の父親重と家長や吉乃の父家宗が兄弟なのだ。さらに親正は、信長の母土田御前と腹違いの兄妹でもあった。

親正は犬山城城主織田信清に与力していた。信清は、信秀が死してから信長に対

して反抗的な態度を取っており、美濃の斎藤義龍とも密に接近をはかっていた。

そのため、道三と義龍の戦いの後も、信清や親正は中立的な立場を残していて、尾三国境にあるにもかかわらず犬山城や土田城は戦火に巻き込まれていない。

落城した明智長山城と土田城が二里（約八キロ）ほどしか離れていなかったことで、吉乃は九死に一生を得ることができたのだ。

信長は、明智光秀から落城の様子を詳しく聞いていた。

城兵が千にも満たぬ小さな城を、四千の兵が囲んだのだ。二日間にわたる籠城戦は熾烈を極め、最後には兵卒のみならず女子供までことごとく自害した。

その地獄から、吉乃は奇跡的に生還したのだ。

「無事で良かった」

信長に声をかけられる。その声の温かさが心地よくて、吉乃は思わず目を潤ませてしまった。脱出のときの恐怖が蘇る。自分でも躰が強張っているのがわかった。

「弥平次は最後まで城にとどまって戦ったんだ。オレも一緒に戦って死ぬつもりだったのに、逃げる道がある者は、その運命に従えって」

「そうか。良い夫を持ったな」

「オレもそう思う」

「お前だけでも助かって、本当に良かった」

同じく明智長山城に暮らしていた帰蝶は行方知れずのままだった。それを思うと、吉乃は返す言葉が見つからなかった。

「そうだ。一緒に田植えに行かねえか。水を張った田に足を踏み入れるのは気持ちいいぞ。なあ、又左」

話を振られた前田利家は、可成と楽しげに瓢簞入りの酒を酌み交わしていた。

「そうそう。吉乃殿。田植えはいいですぞ」

「又左。朝から酒か」

「三左にとっちゃ、これが薬だそうです」

可成のせいにしている。信長は苦笑いして、

「お前らはここで飲んでいろ。吉乃、行くぞ」

吉乃の手を摑むと、グイグイと引っ張って行った。

「お、おい。うつけ、待て。待てってば」

吉乃は慌てているが、信長の力が強く、そのまま連れて行かれてしまう。家長は

といえば、笑顔で見送るだけだ。信長は馬立てまで行くと、自分の馬に飛び乗り、さらに吉乃の手を引いて後ろに座らせた。

「しっかりと摑まっていろ」

こうなっては致し方ない。吉乃は信長の躰に手をまわした。

馬が走り出す。後に池田恒興や佐々孫介が続く。

信長が馬を飛ばした。振り落とされないように、吉乃は慌てて腕に力を込める。

馬が揺れる度、信長の広い背中が頰に当たった。


吉乃は信長や馬廻りの者たちと一緒に、領民の田植えを手伝った。

男たちは苗を運び、女たちが田植え歌を口ずさみながら横に列を成して田植えをしていく。信長は毎年手伝っているようで、百姓たちと親しげに話をしながら、器用な手つきで女たちとともに苗を植えていった。

「吉乃。お前も手伝え」

信長に促され、吉乃も小袖の裾をめくって腰の細帯に挟むと、恐る恐る田に足を入れた。ひんやりとした水が気持ち良い。柔らかな泥がねっとりと絡みつくように素足を優しく包み込んだ。

露わになった脚に、信長の視線を感じる。

「どこ、見てるんだよ」

「ば、馬鹿。誰がお前なんぞの脚に見惚（みと）れるものか」

「やっぱり、見てるじゃねえか」

恒興や孫介が笑っていた。

田植えなど、生まれてはじめてだ。見よう見まねで苗を水田に挿していく。ひとつひとつ丁寧に苗を植えた。最初はうまくできなかったが、次第に整然と並ぶようになる。若々しい緑の葉が、まっすぐな線となってどんどん水田に伸びていった。

「どうだ。気持ちいいだろう」

信長が泥のついた手で額の汗を拭う。

「うつけ。顔が泥だらけだぞ」

「えっ。そうか」

泥を取ろうとして手の甲で拭うと、さらに顔に汚れが広がった。

「本当にお前はうつけだな」

吉乃は声をあげて笑った。こんなに笑ったのは久しぶりだ。笑い過ぎて涙が出そうなほどだ。

「俺は戦より、こうやって田畑で土に塗れているほうが好きだ」

「うつけは、もののふだろう。本当におかしな奴だな」

「乱取りで他国の作物を奪うより、野山を開墾して、自分たちの手で収穫を増やしたほうがよっぽど楽しいじゃないか」

信長に限らず、この時代に頭角を現してくる大名は、開墾を奨励し、治水工事を進めて田畑を守った。他国の領地を奪うことばかりでなく、領国の行政にも力を注いだ。甲斐の武田信玄が造った「信玄堤」は、現代でも残っている有名な堤防だ。

「そうかもしれぬな」

「帰蝶と話したことがある。どこかに二人で逃げて、田畑を耕して生きようと。だが、俺は帰蝶を守ってやることができなかった……」

その声が微かに震えている。

「……俺は壊して奪うより、みんなで生み出して分け合う。そういう世を造りたい。田んぼで穫れた米で、みんなが腹一杯握り飯を食える世だ」

吉乃が信長を見つめる。

「うつけ。お前なら造れるよ」

「そう思うか」

信長が満面の笑みを浮かべながら目を輝かせ、吉乃の両手を握ってくる。

「ああ。そう思う」

「そんな世などできるものかって、みんなが言うんだ。できるってはっきり言ってくれたのは、吉乃がはじめてだ。信じてもらえて、なんだか力が湧いてきたぞ」

信長の手に力が入る。顔がすぐ近くにあった。降りかかる息が熱い。

「っていうか、顔が近いって……」

目の下を赤く染め、思わず目をそらしてしまった。

ピーヒョロロロロ。真っ青に抜けた空を、鳶が輪を描きながら飛んでいる。頬を撫でる風が心地よかった。

「うつけ。鳶は優雅だな」

信長もつられるように、空を見あげた。

「そうだな」

「鳶は鴨のようにあくせく羽ばたかずとも、気流に乗って天高く舞いあがる。人の暮らしも、あのように穏やかに過ごせるといいな」

吉乃の言葉を噛み締めるように、信長がゆっくりと頷いた。

「俺がこの世に風を起こしてやる」

「みんなが飛べる風か」

「ああ。飛びたいと思う者が、誰でも高く飛べる風だ」

大それたことを平気で口にする。余程の戯けか、大嘘つきか。誰もがそう思うだろう。だが、吉乃には不思議とそのすべてが信じられた。乾いた砂に落とした水が吸い込まれていくように、信長の言葉が胸の中に瞬時に染み広がっていく。

「前に言ってたことだけど……」

吉乃が目を伏せる。

「なんのことだ」

「なってやってもいいぞ」

「んっ」

「だから、その……妾になってやってもいいぞ」

「ど、どうした。いきなり」

動揺を隠せぬ信長が、瞳を揺らす。

「オレが信じると、うつけは力が湧くんだろう」

「そうだが」

「だったら、オレが傍にいて、ずっとうつけのことを信じてやるよ」

「吉乃……」

「まあ、なんだ……。オレだって、うつけが造ろうとしている新しい世ができてほしいからな。これも世のため人のため。人助けみたいなもんだ」

高鳴る胸の鼓動が信長に聞こえてしまいそうで、吉乃は首筋まで赤く染めた。自分でも、途中から何を言っているのかわからなくなる。比喩ではなく、本当に顔から火が出そうだった。

「だめだ。妾にはしない」

「なんだと。オレがなってやるって言ってるんだぞ」

眉根を寄せて、食ってかかる。せっかく勇気を出したのに、侮辱された気分だ。

「誰がお前を妾なんぞにするものか」

「何を！」

「側室にはできねえ。正室がいないからな」

信長が頬を緩める。

「えっ。それって……」

腕を摑まれ、躰を力強く引き寄せられる。いきなり抱き締められた。

「お、おい。みんなが見ているぞ」

「大丈夫だ。案山子（かかし）だと思え」

「鳶が見てる」

「構わぬ。見せてやれ」

躰にまわされた信長の腕に、力がこもった。息が止まるほど苦しいが、悪くない。

「もう、うつけは本当に無茶ばかりする」

吉乃も信長の背に、そっと手をまわす。二人の顔が泥だらけになった。

二

信長と吉乃の祝言は、生駒屋敷において行われた。

と言っても、婚儀と呼べるような華やかなものではなかった。

重臣たちは一人もいない。日頃から信長と行動を共にしている馬廻衆や小姓などの若い家来と生駒家の食客らの気の置けない連中だけで、賑やかに宴を楽しんだ。

白装束も式三献もない。作法も仕来りもあったものではなかった。

信長はみずから銚子を手に、全員に酒を注いでまわった。

「いやぁ、殿に注いでもらった酒は本当に美味いのぉ」

恒興が赤ら顔ではしゃいでいる。

「どうせ、お前は誰に注いでもらった酒でも美味いんだろう」

「これは一本取られました」

みんなが声をあげて大笑いした。信房は相変わらずの涙脆さで、

「いやぁ、本当に良かった。殿、本当に良かった」

と同じ言葉を何度も繰り返しながら盃を呷っている。

帰蝶が清洲城を出てからというもの、信長がずっと元気がなかったことが心配で仕方なかったのだ。

可成は吉乃の兄の家長と酒を酌み交わしている。

「八右衛門殿は、誠に良き妹を持たれたな。美しさは尾張一番。剣の腕はこの可成に次いで尾張二番だ」

そこへ酔っ払った利家が、膝でにじり寄ってきた。

「何を言ってんだ。三左は山賊をやっていたときに、危うく吉乃殿に討たれるところだったじゃねえか」

「あれは三郎様に負けたのであって、吉乃殿ではないわ」

「そうだったか。まあどうせ吉乃殿とやっていても、お前では敵う訳がないがな」

「なんだと」

ぐでんぐでんに酔っ払って、今にも取っ組み合いをはじめそうな二人の間に、恒興が銚子を片手に割って入る。

「お前ら、殿のめでたき席で、何をやってるんだ。喧嘩するくらい力が余っているなら、祝いの踊りでもやれ」

恒興の言葉に、

「おうっ、まかせとけ。いくぞ、三左」

利家が可成の腕を摑んで立ちあがる。二人で小袖も褌(ふんどし)も脱ぎ捨て、裸踊りをはじめた。男たちは大喜びとなり、居合わせた女たちは悲鳴をあげる。

花嫁の吉乃などは膳を蹴り飛ばして立ちあがると、

「その不細工な物を切り落としてくれるわ！」

懐剣を手に二人を追いかけまわした。誰もが日頃の乱世を忘れ、心から楽しみ、腹の底から声をあげて笑った。最後に、信長が幸若舞（こうわかまい）の演目「敦盛（あつもり）」を舞った。

人間五十年、化天（けてん）のうちを比ぶれば、夢幻の如くなり
ひとたび生を享け、滅せぬもののあるべきか
これを菩提の種と思ひ定めざらんは、口惜しかりき次第ぞ

鼓の音に合わせて、力強く床板を踏みしめ、声高々に独特の節まわしで朗々と謡（うた）う。みんなも笑顔で手拍子を打った。

この幸若舞の「敦盛」だが、節は民謡に近く、能に比べて明るく楽しげだ。

治承・寿永の乱（源平合戦）の一戦である一ノ谷の戦いにおける熊谷直実と平敦盛の一騎討ちの逸話を謡っている。

　敗走する平家を追った源氏の直実は、名のある敵武将を探して馬を走らせていた。波際を退却船に向かって逃げていた平家の若き公達を見つけ、「卑怯にも敵に後ろを見せるか」と呼び止めて一騎討ちを挑む。

　引き返してきた敵武将を馬から引きずり降ろし、組み伏せて首を獲ろうとすると、十六、七歳ほどの我が子と同じくらいの少年だった。

　ちょうど同じ戦で直実の子直家が大怪我を負っており、二人の姿が脳裏で重なる。助けてやろうとするが、背後から源氏の武者が五十騎ほど来るのが見え、どうせ逃げることが叶わぬのなら、せめて自分の手で討ち取ってやろうと、涙ながらにその首を斬り落とした。後に、少年が平清盛の甥の敦盛だと知る。帯びていた笛は、名手と言われた祖父が鳥羽上皇から賜ったものだった。

　世の無常を知った直実は出家し、敦盛を手厚く供養したという。

　信長が舞い踊り、謡いながら、まっすぐに吉乃を見つめる。

　――今この時を、全身全霊を込めて本気で生きよう。

　信長の熱い思いが伝わってくる。

　吉乃は目頭を押さえながら、しっかりと頷き返した。

祝言が終わっても、吉乃は清洲城への入城を頑なに拒んだ。けっして口には出さないが、帰蝶に気を遣ってのことだ。

明智長山城は焼け落ちていた。その惨状は吉乃自身が自分の目で見てよく知っている。万にひとつも帰蝶が生きていることは考えられなかったが、それでも生死がはっきりとしない以上は、清洲城の奥に足を踏み入れるべきではないと考えていた。

おのずから信長の通い婚となる。清洲城と生駒屋敷は、四里（約一六キロ）に欠けるほどしか離れていなかったから、馬を飛ばせば半刻（約一時間）もかからない。

もともと日を置かず、生駒屋敷を訪れていた。馬借業を営んでいる生駒家には浪人や旅芸人、商人などが多く集まるので、信長は諸国の仔細な動静を仕入れるために頻繁に出入りしていたからだ。故に、吉乃は織田弾正忠家にとって、側室のような立場だった。だが、二人ともそうは思っていない。

この一年後には嫡男奇妙丸（後の信忠・本能寺の変で自刃）、さらに翌年に次男茶筅丸（後の信雄）、そしてその二年後に長女五徳（後の徳姫・徳川家康嫡男信康の正室）を産んでおり、信長の事実上の正室として深い愛情を注がれることになった。

「綺麗に咲いたな」

信長が吉乃の肩に手を置く。生駒屋敷の庭に、朝顔が花を咲かせていた。清洲城にあったものから、吉乃が信長に頼んで種を分けたものだ。帰蝶がどのような思いを込めてこの花を咲かせたのか、吉乃は信長から幾度となく聞かされていた。

「いつか帰蝶様にも、また見てもらいたいな」

吉乃が振り返って、信長を見あげた。

「生きているだろうか」

「きっと生きているさ」

「吉乃がそう言うなら、間違いないな」

「それまでは、オレが大切に育てておくよ」

吉乃の揺れる瞳を見つめながら、信長は静かに頷いた。

三

信長は前(さきの)守護職斯波義統の遺児、岩竜丸を元服させ、斯波氏（武衛家）十五代当主斯波義銀を名乗らせることにした。

尾張一国の国主として遇するため、清洲城を進呈して城主に据える。義銀には本丸に入ってもらい、自分は北の櫓に退くことにした。

元は室町幕府の管領家に任ぜられる有力大名だった斯波氏は、応仁の乱の契機ともなる、義敏（よしとし）、義廉（よしかね）の家督争いによって権威を失墜させ、守護国を越前守護代朝倉氏、尾張守護代織田氏、遠江守護代甲斐氏に実質的に三分割されることになった。

さらに遠江は今川氏に奪われるものの、それでも尾張だけは守護として統治がはかれていたのだが、これも義統の時代になると拮抗する織田伊勢守家と織田大和守家の守護代二家に上下四郡ずつを分割され、傀儡として完全に実権を失うことになった。それが今ここに信長の庇護を受け、正統な守護家として、義銀は尾張の国主に返り咲いたのだ。

信長としては、国主の名などにまったく興味はなかった。安寧な世が造れればそれでいい。守護職など単なる役割に過ぎないと思っていた。そのために義銀が働いてくれるのならば、いくらでも助力を惜しまぬつもりだ。

信長は動きはじめた。

「兄上、相談に来ました」

守山城城主であり、異母兄である織田安房守秀俊（あわのかみひでとし）を訪ねた。いつも行動を共にしている馬廻衆も連れず、たった一人での登城である。

「これは三郎様、いかがなされました」

広間では信長が上座にとおされる。秀俊は信長の兄ではあるが、妾腹の子ということもあり、弾正忠家棟梁である信長に対しては、いつも臣下の礼をもって接してくれていた。

「勘十郎が末森に兵を集めていると噂になっている」

「それは誠ですか」

秀俊の顔色が変わった。

「無論、噂に過ぎぬ。詳しく調べさせてみたが、そのような事実はなかった」

「うん。そうでしょう」

秀俊は胸を撫でおろしたようだ。満面の笑みで頷いてみせた。

この人のよい異腹の兄を、信長は以前から慕っていた。秀俊のように生きたいと思ったこともあった。このように純朴に生きられたら、どれほど幸せだろうと思う。

もちろん戦国の世で城主として領地を治めていくには、そうできないことが多い。

それでもせめて秀俊だけは、無垢な心をいつまでも大切に守ってほしかった。

つられるように緩んだ表情を、信長は再び強く引き締めた。

「とはいえ、そう安堵もしておられぬ。火のないところに煙は立たぬ。家中においてそのような噂が広がることこそが問題なのだ」

「しかし、勘十郎殿が三郎様に叛意を持つとは、どうしても思えないのです。昔はあれほど仲の良い兄弟だったではありませぬか」

秀俊、信長、信勝の三人は、兄弟の中でも年齢が近く、子供の頃は一緒に野山を駆けまわって遊んだこともあった。長じてからは、鷹狩りに行ったり、信長が人を集めて催した相撲の試合を観たりと、共に過ごした時間は少なくない。

本当は秀俊が一番年上なのだが、控えめな性分もあって、まるで一番下の弟のように扱われていた。家臣の中には、秀俊が信長の弟だと思い込んでいる者もいたほどだ。奔放極まりない兄、謹厳実直な次兄、心優しき弟。三人でいるときは自然にそのような形ができて、それがなんとも心地よい関係となった。大人たちの思惑に振りまわされてきただけで、兄弟の仲は他人が思うようなものではなかったのだ。

「勘十郎をそそのかしている者がいる」

「そう思います。勘十郎殿が三郎様を裏切る訳がない。その不届き者は誰ですか」

「黒幕はわからない。とはいえ、新五郎殿と美作守殿の兄弟が怪しい動きをしていることは間違いないだろう」

眉間に皺を寄せ、林兄弟の名前をあげた。織田弾正忠家筆頭宿老と家中一の武辺者の兄弟だ。この二人の叛意について、秀俊もまったく知らなかったわけではないが、改めて名を聞けばその重みにため息がこぼれた。

「で、いかがなされるおつもりですか」

「謀はしない。本気で俺の思いをぶつける。兄弟が助け合うことの大切さを訴える」

相手が林兄弟だからこそ、兄弟の絆が生み出す力の大きさについてわかってもらえるはずだった。織田家にとって、それがいかに必要であるかを説くつもりだ。

道三の死後、美濃の斎藤義龍は尾張へ武力と調略の両面から、再三にわたって攻略の手を伸ばしてきている。今こそ、信長と信勝の兄弟二人が、力を合わせて立ち向かうことが必要だった。

「俺の言葉は届くと信じている」

「承知致しました。一緒に那古野へ参りましょう」

その言葉を期待して、守山城まで足を運んだのだ。

「兄上。かたじけない」

兄弟で力強く手を握り合った。しかし、事はそれほど容易いことではない。

林兄弟が本気で信長廃嫡による信勝擁立を謀っているのであれば、居城である那古野城に行くことは危険極まりない。まさに、飛んで火に入る夏の虫で、生きて帰れる当てはなかった。が、信長は供の者も連れずに秀俊と二人だけで行くと言う。

「三郎様には又左衛門殿や造酒丞殿など、腕の立つ家来がおるではありませぬか。武勇に優れた者を選んで連れて行くべきではございませんか」

しかし、信長はゆっくりと首を横に振った。

「我らが相手を信じなくて、どうしてこちらを信じてくれと言えようか」

秀俊は、ハッと気づいたように、目を見開いた。

「なるほど。父上が、どうして家中の反対を押し切ってまで三郎様に家督を譲ったのか、わかる気がいたします。父上の目利きに間違いはなかったようだ」

秀俊は頼もしき異腹の弟に対して、心から恭順の意を示して深く頭をさげた。

日も暮れる頃。信長と秀俊は、那古野城に林秀貞と林美作守の兄弟を訪ねた。

突然の信長の来訪に、林兄弟は驚く。いよいよ信長を廃嫡させ、信勝を織田弾正忠家の棟梁に担ぎあげたいと、その手立てを画策していたところだった。謀が漏れたのではないかと慌てたのだが、信長は兵を率いておらず、それどころか供も連れずに秀俊と二人だけで来たと聞いて、かえって疑心暗鬼に陥った。

「あの大うつけは何を考えておるのだ」

美作守が苛立ちを隠さず、兄に怒りをぶつける。

「儂にもわからぬ。ただ、わざわざ向こうからこちらの城に来て、四人だけで話がしたいなどというのは尋常ではない」

「我らが動き出そうとしていることに感づいておるということか」

「あるいはな」

秀貞の言葉に、美作守の顔色が変わった。

「兄者。ならば我らも腹を括るぞ」

「お、お前……」

「今宵、三郎殿のお命を頂戴する。鴨が葱を背負って来たのだ」

「しかし――」

「兄者だって言うておったではないか。織田弾正忠家の行く末を託せるのは、勘十郎殿をおいて他にはおらぬと」

「うむ。儂は一番傅役として、幼少の頃より三郎殿を見てきた。あの方の考えには、正直ついていけぬ。それに比べ、勘十郎殿なら心根も相通じるものがある」

苦渋に満ちた兄の言葉に、

「兄者の言うとおりよ。勘十郎殿のほうが御しやすい」

美作守は口角を緩めて頷いた。秀貞は神妙な顔で立ちあがると、

「実はそれだけではない。お主に見せたいものがあるのだ」

部屋の襖(ふすま)を開け放った。行灯(あんどん)の柔らかな灯りが、隣室に流れ込む。

「こ、これは！」

立ち上がり、兄の後を追った美作守が躰を仰け反らせる。

「三郎殿が書院として使っていた部屋だ」

元々、那古野城は信長が幼少より城主を務めていた。今は秀貞が貰い受けたが、あちらこちらに信長が暮らしていた頃の痕跡が残ったままだ。

「これは三郎殿が書いたのか」

「こんなことをする大うつけは、他におらんだろう」

壁といい、柱といい、襖といい、ところ構わずに墨で落書きがしてあった。部屋中が真っ黒になるほどたくさんの文字で埋め尽くされている。まるで悪童の悪戯だ。

「何が書いてあるのだ」

「読んでみろ」

兄に言われて、美作守が隣室に足を踏み入れる。

「関役所、同駒口、取るべからざるの事。なんだと！」

美作守の太い眉がたちまち吊りあがる。それもそのはず、関所や駒口において税を徴収してはならない、と書かれていたのだ。

「隣の壁のも読んでみろ」

秀貞に顎で促される。

「百姓前、本年貢外、非分の儀、申し懸(か)くべからざる事」

農民から多重に年貢を取ってはならない、とあった。これでは領主は生きてゆけない。信長が一部ですでにはじめていることだが、税の徴収を領主ではなく織田弾正忠家がまとめて行い、家臣たちは信長から禄をもらうという新たな知行の仕組みだ。徴税を一本にすることにより、中間搾取をなくし、民の減税を進めている。同時に国人たちの連合統治は崩れ、国主の支配力は高まることになる。

「これが三郎殿が造ろうとしている新しき世というやつよ」

秀貞の言葉に、美作守が憎々しげに舌打ちをした。落書きを読み進める。

「忠節人立て置く外、廉がましき侍生害させ、或ひは追矢すべき事」

敵味方を問わず仲間となる者は取り立て、思いを共有できない侍は自害させるか追放せよ、とある。さらにその脇には、

「第一慾を構ふにつきて、諸人不足たるの条、内籍続にをひては、皆々に支配せしめ、人数を抱ふべき事」

支配者一人が欲張ると民が不満に思うので、所領を引き継いだら富はみんなで分かち合い、そのために家来を多く召し抱えること。たしかに信長は、食い詰め者の若き三男坊四男坊を、士分百姓の区別なく家来に取り立てていた。

他にも、城造りは強固にすること、であるとか、領地においては責任を持って道路を整備すること、とも書かれている。どれもが、民の暮らしや争いを律するもの

ではなく、国の政を示したものだった。言ってみれば、国主を見張るための法だ。

「堺目入組、少々領中を論ずるの間、悪の儀、これあるべからざるの事」

所領の境目のことで争いになっても憎しみあってはならない、ということだ。美作守が手にした扇子を壁の文字に向かって叩きつける。

「ふざけるな！　領主を餓鬼扱いするな！」

「領主はおろか国主にさえ、手枷足枷をはめるつもりのようだ」

「正気の沙汰とは思えぬ。彼奴は、天下静謐などと戯けたことを本気で成すつもりでいるぞ。この尾張を無茶苦茶にするつもりか」

「儂も承服できん」

秀貞も弟と視線を合わせ、深く頷いた。

「そうであろう。あの大うつけは悪魔だ。口車に乗ってついていこうものなら、我ら一族郎党、死に絶えるのは火を見るより明らか」

「それには異存はないが……」

秀貞が視線を泳がせる。激高する美作守の言葉に頷きながらも、秀貞はさすがに信長を暗殺することには躊躇いを見せた。

「臆したか、兄者」

「そうではないが」

「ならば、殺そう。俺は彼奴が大嫌いなのだ」

「何故、そこまで三郎殿を目の敵にするのだ」

「兄者はなんとも思わぬのか。我ら林一門が何百と殺された美濃加納口の戦いを、よもや忘れたわけではあるまい。道三入道め、千回八つ裂きにしても足らぬ。にもかかわらず、あの大うつけは憎き蝮の娘と仲睦まじく夫婦であったのだぞ。思い出すだけでも腸が煮えくり返るわ」

尾張の織田信秀と美濃の斎藤道三は、長年にわたって死闘を繰り返してきた。その中でも加納口の戦いは、信秀の人生における最大の敗戦となった。尾張兵の討ち死には、その数五千を超えた。

中でも林一門、とりわけ殿軍をつとめた美作守の郎党の被害は激しかった。美作守が幼少より苦楽を共にしてきた小姓たちの多くが、木曾川の河原に屍をさらした。

この敗北により信秀は美濃との和睦を模索し、信長と帰蝶の政略結婚へと繋がっていったのだ。

「儂だとて、あの痛みを忘れたことなど一日たりともない」

秀貞が着物の胸元を両手で広げると、そこには痛々しい刀傷があった。あとわずかに深ければ、命はなかっただろう。美作守が兄の腕を鷲摑みにした。

「であるならば、大うつけがみずからこちらの手の内に飛び込んでくるこの好機を、みすみす逃す手はなかろうが」

「だが、我らは備後守様に取り立てていただき大恩ある身なれば、嫡男である三郎殿を討つのは、その恩義に背くことになるのではないか」

「馬鹿を申すな。大うつけが棟梁のままでは織田弾正忠家が滅ぶは必定よ。お家を守るのが家臣の役目なれば、大うつけを屠る(ほふ)は備後守様への忠義に他ならぬ」

美作守が兄に迫った。秀貞の額に脂汗が滲み出る。苦渋に満ちた目で、憤怒に燃える弟を見据えた。秀貞は腕組みをして、しばらく壁や柱の文字を見ていたが、

「よし、わかった。ここで殺そう」

美作守に向き直ると、ついに腹を括った。

「おおっ。ならば、手筈は俺に考えがある」

美作守が声を落とすと、秀貞に顔を寄せた。

「腕に覚えのある者を二十ほど、庭先に潜ませておく。俺と兄者で話を伺い、頃合いを見て合図を送り、三郎殿と安房守殿を囲ませる。二人には腹を切ってもらおう」

「手筈は承知したが、二十では足りぬ。三十にせよ」

「それほど必要か」

「侮るな。安房守殿は数の内にも入らぬが、三郎殿は剣も槍もかなりのものだ。万が一にも取り逃がすことがあれば、かえって勘十郎殿に迷惑をかけることになる」

「慎重を期すに越したことはねえか」

「覚悟を決めたからには、三郎殿には、確実にここで死んでいただく」

「大うつけが腸をまき散らす様が目に見えるようだわ」

「尾張のため、織田家のために、我らが手を血で汚さねばならぬ」

「大うつけの介錯は俺がやってやる」

美作守が不遜に笑いながら目を輝かせた。

四人が膝を突き合わせる。

弾正忠家当主の信長。その兄、守山城城主の織田安房守秀俊。

織田弾正忠家宿老にして信長の一番家老、那古野城城主の林新五郎秀貞。その弟で那古野城城代林美作守通具。

口火を切ったのは信長だ。

「勘十郎が末森で兵を集めていると噂になっている」

「噂はあくまでも噂に過ぎぬ。三郎殿はよもやそのような話を信じますまいな」

秀貞が口髭を指で弄りながら、眼光鋭く信長を睨みつける。

「もちろん、勘十郎が俺に弓引くなどとは思っておらぬ。あくまでも、勘十郎はな」

「勘十郎殿は、三郎殿の味方であるとでも申されるのか」

「あいつの目は節穴ではない。ものを見ることができる。無論、誰かが目隠しをすれば話は別だがな」

信長は秀貞の視線を撥ねつけるように、まっすぐに見返した。

美作守が顔を真っ赤に上気させ、唾を飛ばす。

「まるで我ら兄弟が謀反を焚きつけているかのごとき言いようじゃねえか！」

「違うというなら、そのように腹を立てることもなかろう。それとも疑われて困ることでもあるのか。火のないところに煙は立たぬと申すからな」

「三郎！　俺を愚弄するか！」

美作守が激高し、立ちあがった。この大男が憤怒の形相で前に立つと、さながら仁王像と見紛うばかりの迫力がある。秀俊など後ろにひっくり返りそうなほど怯えている。が、信長は平然とした顔で胡座を掻いていた。

「美作、控えなさい。三郎殿に失礼であろう」

秀貞は言葉では美作守をたしなめているが、顔には不遜な笑みを浮かべ、本気で弟を止める様子はなかった。信長を静かに見つめて、言葉を続ける。

「しかしながら、家中には三郎殿のやり方が強引過ぎると、不満の声が日増しに大きくなっていることも事実。そのことにはお気づきか」

「無論、聞こえている。だが、俺の思いをわかってくれるものと信じている」

「いったいなんの思いですかな。天下静謐などという夢幻を追いかけ、一族郎党を戦に駆り立て業火の責め苦を味わわせるおつもりか」

「そんなつもりは――」

「ない、と仰せか。それは詭弁だ。三郎殿がやろうとしていることは、国の破壊だ」

「それは違う」

「いいや、違わぬ。百姓からの年貢を大幅に削減し、関所や駒口は次々と廃し、湊の津料にも手心を加えている。それでは国は成り立たぬ」

「それは民の暮らしを豊かにするためだ。商いが増え、民による物の売り買いが増えれば、国が強くなる」

「今や弾正忠家は尾張の守護代を担ってもおかしくない力を持っている。寄子や同心する領主らが求めるのは本領の安堵のみ。民のことは領主にまかせれば良いのだ」

要するに、出しゃばるなということだ。秀貞には筆頭家老として弾正忠家を支えてきた矜持がある。義は我にある。わかってもらえなければ、信長を殺すしかない。

「まかせることはできねえ。俺がこの世を変えるんだ」

「やはり、おわかりいただけぬか」

秀貞と美作守が視線を合わせた。説得ももはやここまで。秀貞が合図を送ろうと左手をあげかけた。そのとき信長が、目に熱いものを湛えながら声を震わせた。

「満開に咲き誇る朝顔を見たことがあるか」

「なんだと」

唐突な言葉に、秀貞の動きが止まる。信長はしばらく目を閉じると、何かを思い出しているかのように深く呼吸を繰り返した。ゆっくりと目を開ける。

「新五郎殿は、ひとつの握り飯さえ食えぬ暮らしをしたことがあるか。飢え死にしようとする我が子の首に手をかける母の無念がわかるか」

「何が言いたいのだ」

「百姓も商人も、働いても働いても食うや食わずの暮らしから抜け出せねえ」

「食えぬのならば、もっと働けば良い」

「すでに民は死ぬほど働いている。いくら働いても、高い年貢で何もかもを領主に持っていかれてしまうんだ。それで民は本気になって働くと思うか」

「それは……」

「領主が豊かになりたければ、百姓の年貢を減らせばいいんだ。そうすれば百姓は鍬を振るうことが楽しくなって、収穫高も増えていく。まわりまわって、領主が得る年貢も増えるのだ。民は楽しくなければ、働かねえ。それが人というものだ」

「三郎殿のやり方で、領主が豊かになると申されるか」

「違う。みんなが幸せになるんだ。武士も商人も百姓も、大名も戦で捕らえられた奴隷もみんなだ。そうでなければならねえ」

大名と奴隷を同列で語るなど、そもそも理解できない。秀貞とは根本から考え方が違うのだ。文官として、先代信秀の頃から弾正忠家の政を担ってきた。一族郎党を支えてきたという自負もある。しかし、信長のような考えを持ったことはなかった。発想に至ることさえない。

（儂らの考えは、もはや古いのだろうか）

一瞬、そんな思いが脳裏をよぎった。得心した訳ではない。こんな博打のようなやり方は、断じて認める訳にはいかなかった。

それでも信長が発した言葉が、心の奥底に小さな棘のように刺さって抜けなくなった。小さな棘ほど、気になって仕方がないものだ。

――満開に咲き誇る朝顔を見たことがあるか。

「さぞや、美しい朝顔なのでしょうな」

「新五郎殿も清洲へ見に来るといい。もっとも、元はこの那古野の庭に咲いていたものを分けたものだ。こちらの花が大勢の足で踏み荒らされておらねば良いがな」

信長が庭先につながる襖のほうに、ほんの一瞬だけ、視線を投げた。

ハッとしたように、秀貞が信長を見つめ返す。ゆっくりと首を横に振った。

「わかりました。この城の朝顔を踏み荒らすようなことはいたしませぬ」

秀貞は、合図であげかかった手を、ゆっくりとおろす。

「新五郎殿。どうか俺に力を貸してくれ」

「儂にどうせよと」

信長が前のめりになった。

「勘十郎と争うのは本意ではない。同じ腹から生まれ、血を分けた兄弟だ。一緒に力を合わせて、領主も民もみんなが幸せになれる世を造りたい。朝顔が花を咲かせ、握り飯を腹一杯食える世だ。勘十郎に、そう伝えてくれないか」

信長の隣では、秀俊も真剣な眼差しを向けている。弾正忠家の兄弟が手を取り合うことを訴えていた。

秀貞は信長の目をまっすぐに見つめる。深く息を吐きながら思いをめぐらせた。

「わかりました。三郎殿の申されること、勘十郎殿と話をしてみます」

驚いて声をあげたのは美作守だ。

「兄者！　何を言うておるのだ！」

話が違うとばかりに、秀貞を睨んでいる。握った拳が、ワナワナと震えていた。

しかし、秀貞は弟のことなど気にも留めず、頭をさげた。

「三代にわたって弾正忠家にご恩を受けたこと、この新五郎秀貞、忘れてはおりませぬ。三郎殿の言葉、今一度考えさせていただきます」

「それで充分だ。では、今夜のところは帰るとしよう。見送りはいらんぞ。兄上と二人で、月を愛でながら轡を並べることにする」

そう言って、信長は白い歯を見せた。

四

「私に兄を討てと申すのか！」

信勝が激しく首を振りながら気色ばんだ。

日頃の朴直さが嘘のように、苛立ちを破裂させる。末森城の信勝のもとに、家老の柴田勝家が訪れていた。並ぶように津々木蔵人も座している。

「このままでは織田家が滅ぶは必定。すべては三郎殿の悪政のためなれば、これを断つは勘十郎殿に課せられた責務であろう」

鬼のような形相の勝家が、荒々しい声音で顎髭を震わせた。

「弟が兄を殺すのが責務と申すか！　そのような非道が許されるわけがない」

興奮に頬から首まで紅潮させ、吐き捨てるように反論する。

「では、領主と民の縁を断ち切り、己の欲望のままに国を牛耳ろうとすることが非道ではないと申されるか」

「兄上の政が私利私欲だと申すのか」

「天下静謐などと言えば聞こえは良いが、要は三郎殿に従わぬ者は切り捨てるという専横に他ならぬ。領主の自治を認めず、己に富と力を集めようとするは、まさに悪魔の所業と言わざるを得ない」

「徴税を束ねるのは、民の暮らしを豊かにするためだと聞いておる。私は兄上の言葉を信じている」

勝家が握り拳で床を打った。激したときの癖だ。

「民のことなら、我ら領主だとて日夜考えておりまする。今まで我らのやり方で何も差し支えなかったのだ。何故、天地をひっくり返す必要がある」

勝家と目を合わせた蔵人が、身を乗り出した。

「我らとて、民の平安を思う気持ちは同じなのです。いや、むしろ三郎様に勝るとも劣るものではありませぬ。だからこそ、心を鬼にして申しあげるのです。このまま三郎様の好き勝手を許せば、尾張は地獄の業火に包まれ、やがてすべてが灰燼に帰すことになるでしょう」

「地獄だと……」

しばしの沈黙の後、唸るように信勝が言葉を嚙み締めた。

「尾張の民をお助けください」

蔵人は居住まいを正すと、そのまま両手をついて深々と頭をさげる。勝家は固く腕を組んで、鋭く睨んだままだ。

「それでも、兄上のことは裏切れぬ」

信勝は左の手の甲の傷跡に目を落とした。右手の人差し指で、そっと傷跡をなぞってみる。梅の木から落ちたときの痛みが蘇った。胸の奥底に微かな疼きを感じる。

「勘十郎殿は我らを見捨てるのか」

勝家が声を震わせた。

「だめだ、だめだ。だめだ。なんと言われようと、絶対に兄上とは戦わぬ!」

信勝は両手で頭を抱える。勝家に促されて、蔵人がひとつ、咳払いをした。

「では、勘十郎様に見ていただきたいものがあります。まずは我らと同道ください。三郎様のなされていることにより、民に何が起きているのか、ご自身の目でおたしかめください」

蔵人の言葉に、信勝は頷くしかなかった。


不気味に立ちのぼる黒煙を目指した。

末森城から東進し、勝家の居城である下社城の城下を抜けて、さらに馬を走らせる。もともと下社城は三河との国境から二里半（約一〇キロ）ほどしか離れておらず、ここまで来ると境川までいくらもないだろう。蔵人と勝家に遅れぬように、信勝は馬腹を蹴って馬足をさらに速める。背後には精鋭百騎が続いていた。

雑木林を抜け、田園地帯に出る。吐き気を催すような強烈な悪臭がまとわりついてきた。黒い灰が顔を叩き、視界をさえぎる。喊声が響き、続け様に銃声が轟いた。

「これは何事だ！」

信勝が蔵人に案内されたのは、岩崎（いわさき）城だった。

生前の信秀が三河攻めの拠点とすべく、勝幡城の枝城として築いたもので、空堀と高く盛られた土塁により、最前線の砦らしい様相を誇っていた。勝幡城廃城後は、守山城の枝城となっていた。

それが今まさに、三百ほどの敵兵の猛火を浴びている真っ最中だった。大手門や櫓は焼け落ち、板塀は打ち壊され、今にも城内へ侵入されてしまいそうだ。

「助けに参るぞ！」

考えている間はなかった。信勝は抜刀するや馬腹を蹴り、敵兵の背後に襲いかかった。勝家や蔵人ら百騎が続く。瞬く間に、敵味方入り乱れての混戦になった。

なんの戦仕立てもしておらず、具足もつけていなければ弓も手槍も用意していない。それでも敵の雑兵に対して、精鋭の騎馬武者が背後をついて奇襲をかけたのだ。敵兵は狼狽し、右往左往しているのが見てとれる。鬼柴田との異名を持つ勝家など、すでに馬を捨て、敵から奪った手槍を構えて、城門の前で仁王立ちになっていた。

その様子に、岩崎城の守備兵も勢いを取り戻し、再び討って出てくる。

「なんということだ！」

馬上で刀を振るっていた信勝が、岩崎城の守備兵を見て愕然とする。

満足に具足もつけず、竹槍を手に敵兵に立ち向かっているのは、粗末な身なりの老人や女子供ばかりだ。信勝の目の前で、元服前の子供が敵の雑兵に槍で突き殺される。馬から飛び降りた信勝は刀を薙いで、雑兵の首を払い落とした。

「ああ、おっかあ……」

子供は口から大量の血を吐き、手を伸ばしながら事切れる。

そのすぐ横でも若い女が、竹槍を手に敵兵に突進していった。

「何が、どうなっているのだ」

袈裟懸けに斬りおろした雑兵を足蹴にした信勝に、背後を守るように蔵人が背を合わせる。

「とにかく、今は戦のことだけをお考えください」

たしかに蔵人の言うとおりだ。信勝は群がる敵兵を屠ることに意識を集中する。

「散るな！　城門を死守せよ！」

声を嗄らして叫び、刀を振るいつづけた。

斬りかかってくる敵武将の太刀を払いのけ、喉輪の隙間から首に剣先を突き入れる。手ごたえとともに刀を返し、喉奥を抉り抜いた。

引き抜いた刀を振って血を払うと、横から突き込んできた雑兵の槍の柄を斬り落とし、頭頂から一刀両断に打ち殺す。さらに同時に斬り込んできた二人の雑兵を、逆にこちらから懐に踏み込んで、つづけ様に撫で斬りにした。

無我夢中で戦った。真っ赤な血飛沫が視界を覆い、血脂の匂いに胸がむせる。鬼神のように戦った。気がつけば、敵兵が引きはじめている。

「やりましたぞ。敵を蹴散らしました！」

蔵人の言葉を聞いてもなお、信勝は振りあげた刀をおろすことはなかった。

「これは勘十郎殿。このような辺境の城まで、わざわざご足労いただき、恐悦至極に存じます」

城内から鎧武者が姿を現した。岩崎城城主の丹羽源六郎氏勝（げんろくろううじかつ）だ。

弾正忠家の与力で、三河への備えとして、重要な役目を果たしてくれていた。

「丹羽殿、これはどういうことだ」

齢三十三の荒武者は、手にした槍を杖代わりに、片足を引き摺っていた。槍の穂先についた血は、まだ乾いてさえいない。

「なあに、三河の田舎侍どもとの小競り合いなど、毎日のことですわ」

騒ぐほどのことでもないとばかりに肩を揺すって笑い声を放ったが、額に巻かれた止血帯は、真っ赤な血に染まっていた。

落城寸前まで追い詰められながらも、信勝たちの救援により、今日のところは辛うじて生き延びたというのが本当のところだろう。

城門のまわりでは、年寄りや女子供の屍が目につく。

「何故、女子供が戦っているのだ。丹羽の強兵はどうなったのだ」

岩崎城は国境にある。城兵は鍛えあげられた強者ばかりと聞いていた。それが見たところ、半数以上が老人や女子供だった。

「満足な禄を与えることができねば、志のある若者は立身出世を求めて出ていってしまいます」

氏勝が悔しげに唇を噛んだ。

「男どもは他家に被官を求めたというのか」

いくら辺境の枝城とはいえ、兵を雇えぬほど窮するとは尋常ではなかった。

蔵人が氏勝の言葉を補う。

「三郎様が関所を廃され、私段銭を禁じられたために、領主たちは家来を召し抱える金にも事欠く始末。弓があっても矢が買えず、鉄砲があっても弾が手に入れられないのです。それでも国境の城は、日夜敵の襲撃を受けます。田畑を守るために、年寄りや女子供が竹槍を手に城にこもっているという有様なのです」

信勝が青ざめる。唇が小刻みに震えていた。

「それは誠なのか」

「勘十郎様がその目でご覧になったとおりです」

蔵人が嘆息する。

「兄上はこのことをわかっているのか！」

信勝が蔵人の胸ぐらを摑み、目を真っ赤にして叫んだ。蔵人が首を横に振る。

「たとえご存知だとしても、清洲だとて金があまっているわけではありませぬ。金がなければ、強い国は造れません。兵仗(ひょうじょう)が買えねば、攻めてくる敵から民は守れませぬ。民への税を軽くするばかりでは、民を幸せにはできないのです」

血塗れの小袖を肩脱ぎにした勝家が、

「三郎殿は、何もわかっておらんのだ！」

手にした槍を地面に叩きつけた。派手な音を立てて槍が折れた。

「それでも我らは戦うだけです。この地を守ることが、我らの生きる道なのです」

そうつぶやいた氏勝が、力尽きたようにその場に座り込んだ。

信勝は手勢を引き連れ、岩崎城に入った。

百騎を数えた強者たちも、三河勢を退けるための死闘により、八十騎ほどに数を減らしている。手傷を負った者も多く、城中において手当てを受けた。

大広間にとおされる。信勝が上段の間に座し、一段さがった広間では、向かって右側に勝家と蔵人が、左側に城主である丹羽氏勝とその家臣らが一列に並んだ。

「此度は勘十郎様のお陰で、命拾いを致し申した。誠にかたじけない」

氏勝が神妙な面持ちで胡座を掻いた両膝に手を置き、深々と頭を垂れた。

「顔をあげてください。源六郎殿は我が父上の与力として長年にわたり三河との戦で楯となってくだされました。窮地と知れば、お助け致すのは当然のこと」

信勝は返り血も乾かぬまま、頬を緩ませると労(ねぎら)いの言葉をかける。それを氏勝の隣で聞いていた岩崎城の家老職の一人、市岡右近盛定(いちおかうこんもりさだ)が眉間の皺を深くして、

「何を今更ノコノコと出てきやがって」

怒気を露わに唾棄(だき)するように言い放った。

眼光鋭い面立ちは、まさに猛禽のそれを思わせる。黒目勝ちの目で睨みつけられれば、どんな剛の者でも背筋に寒気が走った。そんな盛定が筋骨隆々の体軀を激しい怒りに打ち振るわせる様は、猛将柴田勝家に勝るとも劣らぬ迫力だった。

「兄者、失礼であろう。もしも勘十郎様が駆けつけてくださらなかったら、我ら兄弟とて焼け落ちる城とともに屍をさらしていたやもしれぬのだぞ」

そう言って盛定を諫めたのは、弟の市岡四郎信篤だった。

痩軀で顔も締まっている。無骨な兄とは相反して、色白で清々しい顔立ちをした好青年だったが、鋭い輝きを放つ大きな眼は兄と瓜二つだった。

市岡兄弟は寄親である氏勝に寄子として仕える半農半士の土豪だったが、いずれも勇猛果敢な荒武者として、尾張ではその名を知らぬものはいなかった。

「ふんっ。四郎、お前はどこまでお人好しなのだ。我らの城がこのような有様に成り果てたのも、元をたどれば弾正忠家の政のせいよ。すべてはあの大うつけの戯けた悪政によって家中が乱れたためであろうが」

「言葉を慎まれよ」

「本当のことを言って何が悪いのだ」

盛定が太い声を張りあげた。

「だとしても、それは棟梁である三郎様のしたことであって、弟の勘十郎様には関係のないこと」

「兄の暴走を止めるのが弟の役目よ。それができぬとあらば、同罪との誹りは免れぬであろう」

弟が諌めるほどに、兄はかえって激していく。

「兄の暴走を止めるのが弟の役目というならば、その言葉、そっくりそのまま兄者にお返しいたす」

兄は数え二十三歳、弟は二十一歳である。どちらも若く血気盛んだ。兄弟の関係は、まさに信長と信勝と重なった。信勝は、市岡兄弟に複雑な思いで視線を送る。

「いくら兄者でも言葉が過ぎる。弾正忠家は我らの殿の主筋ぞ」

「何を臆することがあろうか。よいか、四郎よ。領民へ年貢を課すことを奪われ、我ら尾張の領主は弾正忠家の飼い犬にされたのだ。犬とて餌をもらえねば、飢えて主の手を嚙むものだ」

「兄者！」

ついに信篤が怒鳴り声をあげた。日頃は温厚なこの男には珍しい。腕にきつく巻かれた止血帯に滲んだ血は、いまだ生々しく濡れていた。頰に深く刻まれた刀傷も受けて日が浅い。

兄の盛定も収まらない。目を血走らせ、激情にまかせてさらに咆哮する。

「この城の惨状を見てみよ！　腕に覚えのある若き国人は、雪崩を打つように城を捨て、三河や美濃に仕官しているではないか。然もありなん。年貢を取れぬ領地なぞに、命をかける馬鹿はおらんわ」

城主である氏勝は、兄弟の言い争いに割って入る素振りも見せない。両目を固く閉じ、じっと腕組みをしたまま黙っていた。おそらくは、このような評定が幾度となく繰り返されてきたのだろう。そうなると、信勝も口を挟みにくい。

蔵人と勝家は思うところがあるのか、時折視線を合わせるだけで、これも言葉を発しなかった。蔵人はともかく、気性の激しい勝家にしては珍しいことだ。

信篤がさらに言い返す。

「そこに守るべき領地があり、頼ってくる領民がいるのなら、俺は命をかけて守る」

「それで、あの大うつけはいったい何をしてくれるというのだ」

「弾正忠家が何をしてくれるかではない。俺が民たちに何ができるかということだ」

信篤の瞳は揺るぎなくまっすぐに兄を捉える。盛定は舌打ちをすると、

「もう我慢がならぬ。俺は出ていく」

城中に響きわたるほどの大音声でそう言って立ちあがった。

「どうするつもりだ」

「知れたことよ」

「鳴海城へ行くのか」

鳴海城は織田信秀存命中には弾正忠家の支配下にあった。信秀が死去すると、城主山口教継は信長に叛旗を翻して今川義元に寝返っていた。

「四郎、お前も一緒に連れて行ってやるぞ」

「ふざけるなっ！　この城を見捨てられるか！」

それでも城主の氏勝は、薄目を開けただけで、やはり口を開こうとはしない。が、その表情には苦悩が滲み出ていた。

「待て、兄者っ！」

信篤も素早く立ちあがる。盛定の前に両手を広げて立ちはだかった。

「なんのまねだ」

盛定が弟を射殺すほどに睨みつける。だが、信篤も一歩も引く構えは見せない。

「ここをとおす訳にはいかぬ」

兄に良く似た目が、盛定を睨み返した。

「どけっ。どかぬと言うのなら、いくら弟といえども容赦はせぬぞ」

「容赦はせぬとはどういうことだ」

「力尽くでも、そこをとおるということだ」

盛定が腰の脇差を抜き放った。城中において、しかも城主氏勝の御前である。もはや正気の沙汰とは思えなかった。勝家や蔵人も脇差の柄に手をかける。

が、いち早く動いたのは信篤だった。兄の躰に飛びかかると、両手で胸ぐらを摑み、激しく揺さぶった。兄弟が揉み合いになる。

「兄者は馬鹿だっ！　大馬鹿だっ！」

「うるさいっ！　黙れっ！　お前に何がわかるっ！」

盛定が摑まれた手を、無理矢理に振りほどこうとした。信篤が離されまいと、兄の胸に躰をぶつける。その刹那、

「くはっ！」

激しく争っていた兄弟の動きが止まった。そのまま信篤がゆっくりと崩れ落ちる。

「四郎！」

慌てて盛定が、倒れた信篤を抱きかかえた。信篤の胸に、みるみると真っ赤な鮮血が広がっていく。盛定の手にある脇差は、信篤の心の臓を深々と抉り抜き、たっぷりと血を吸っていた。

「兄者は、本当に大馬鹿よのう……」

信篤が口から大量の血を吐いた。血塗れの手を伸ばす。盛定がその手を摑もうとしたが、信篤の手はそれを待たずに、力尽きて落ちた。

「ああっ、四郎！　なんということだ……」

盛定が絶望の声をあげる。信勝は、事切れた信篤の亡骸を抱えて肩を震わせている盛定に駆け寄った。盛定が見あげる。その目は、憤怒の業火に燃えていた。

「わかったか。これが大うつけの政の始末よ」

「私は……」

「弾正忠家が地獄に落ちるのを、兄弟で先に行って待っておるぞ」

言うが早いか肌脱ぎになると、両手で脇差を逆手に持ち、一気に腹に突き立てた。

「右近殿！」

止める間もなかった。信勝の目の前で、盛定は突き刺した脇差で、左から右へ見事に腹を切り裂いた。

「介錯を……」

盛定が血を吐きながら、信勝を睨みつける。それまでけっして動くことのなかった氏勝が、刀掛台にあった刀を摑むと、信勝に歩み寄った。鞘に収まったまま刀を渡す。信勝は、押しつけられるままに、氏勝から刀を受け取った。

勝家と蔵人を見やる。二人とも目が合うと小さく頷いた。

「できぬ。私にはできない」

信勝の口から言葉が漏れ出る。盛定の躰が小刻みに痙攣をはじめた。

「さっさと殺れっ！」

盛定が叫ぶ。やるしかなかった。信勝は刀を鞘から抜くと、大きく振りかぶる。

「でぇやぁあああっ！」

渾身の力で刀を振りおろすと、盛定の首級が床の上に転がった。

第五章　天下布武

一

道三の死からわずか四月で、尾張に大きな炎が燃えあがった。

末森城の信勝のもとに、庄内川の東側に所領を持ち、熱田湊の利権にも絡む国人たちが一堂に会したのだ。

織田弾正忠家宿老にして那古野城城主林秀貞と城代林美作守通具、下社城城主柴田勝家、御器所（ごきそ）城城主佐久間大学助盛重、岩崎城城主丹羽源六郎氏勝など、いずれも信秀の代から弾正忠家で重職を担ってきた武将ばかりだ。荒子城城主で前田利家の父の前田利春、大秋（おおあき）城城主大秋十郎左衛門（じゅうろうざえもん）、米野（こめの）城城主中川弥兵衛（なかがわやへえ）ら秀貞の与力たちも顔を揃えている。まさにこの評定をもって、尾張が東西に二分された。信長にとってみれば、清洲と熱田の間が遮断されたことになる。

「各々方、此度は勘十郎様のもとへ参じていただき、誠にかたじけのうございます」

口火を切ったのは、津々木蔵人だった。末席に座っているにもかかわらず、まるで信勝に成り代わったような言葉に、たちまち勝家が色をなした。

「何故、お主から礼を言われねばならんのだ。我らは勘十郎殿を織田家の棟梁とするべく集っておるのだ」

蔵人は、今や勝家と並ぶほどに信勝が寵臣としている家来だが、もとはといえば出処もよくわからない流人だった。その出自を詳しく知る者はいない。

わずかな供回りしか連れていなかった信勝が、熱田の市場で破落戸たちに絡まれていたところ、たまたまとおりかかった蔵人が助力したのが縁で、小姓として末森城に仕えるようになったと言われている。端整な顔立ちと誠実な人柄で信勝に重用され、文官でありながら戦に出れば、類い希なる兵法でたちまち武勲を重ねた。

「私は軍師として、勘十郎様のお心をお伝えしたまで」

「だから、なんでそれをお主がやるんだよ」

勝家が吠える。勝家に、思ったことを腹に留めておけるような器量はない。だが、言うことはもっともであった。評定の場には、信勝の家老である勝家や盛重がいた。序列でいえば、蔵人より上となる。さらには、今や織田弾正忠家で唯一の宿老である秀貞もいた。連枝衆である信勝とは、上下の差はないに等しい。

「そのような小さなことにとらわれているから、これだけの大人が揃っていながら、三郎様の傍若無人な振る舞いを許すことになるのです」

「なんだと！」

勝家が唾を飛ばす。痛いところを突かれた。だからこそ、余計に腹が立つ。

以前の蔵人は、このような増長を見せるような男ではなかった。主君信勝を思うあまりの焦りだろうか。下四郡守護代織田信友が死んで信長が清洲城に入った頃から、時折、苛立ちを隠せずに激しい言葉を吐くようになっていった。それでも仕事はできる。信勝の寵愛は高まるばかりで、それを諫める者はいなかった。

「権六殿、ここは抑えてくれぬか。蔵人に悪気はない。ただ、私の意を汲んでくれているだけなのだ」

信勝が蔵人を庇うのが余計に腹立たしい。

「勘十郎殿が甘やかすから、此奴が図に乗るのだ」

勝家が蔵人を睨みつけた。信勝が小さく溜息をつく。

信勝の配下は、バラバラだった。一枚岩どころか、思いも通じてはいない。

「権六。いい加減にせぬか」

場の雰囲気がこれ以上悪くなるのを抑えようと、秀貞が口を挟む。この場で勝家

を叱れるのは、秀貞をおいて他にはいない。その機を逃さず、佐久間大学助盛重が、

「本気で家中を二分するおつもりか」

一同に問いかけた。これに蔵人が答える。

「勘十郎様のところに、一色（いっしき）殿より盟約の申し入れが届いております」

この頃、美濃の斎藤義龍は、父殺しの汚名を避けるために、母方の血筋である足利一門の名家一色氏を名乗っていた。

「それは好都合だ。今度は我らが美濃を後備えとする」

美作守が大きく膝を打った。信長が道三の力を借りて勢力を伸ばしたように、信勝が義龍と盟約を結び、大国美濃の後ろ盾を利用するということだ。

美作守は美濃加納口の戦いで惨敗してからというもの、道三のことを死ぬほど憎んでいた。その道三を討った義龍には、少なからず好意を持っているようだ。敵の敵は味方ということだ。

「美作守様の申されるとおり、潮目は変わりました」

蔵人が、信勝に視線を送りながら首肯した。

美作守が、一同に覚悟を求めるように、

「今こそ勘十郎殿に、下之郡四郡の守護代になっていただく。我らが結束して兵を挙げれば、三郎殿を討つなど容易きことよ。もう大うつけに好きなようにはさせん」

一人ひとりの顔を見ながら言い放った。すでに義龍は、岩倉城の上四郡守護代織田信安とも盟約を結んでいる。信勝が義龍と同盟すれば、信長包囲網が完成する。

「やはり、兄上と戦わねばならぬのか」

信勝が苦渋に満ちた表情で目を伏せた。これにはすぐに美作守が声を荒らげる。

「我らが棟梁と仰ぐ勘十郎殿が、そのような弱腰でいかが致すのじゃ」

「しかし、戦となれば多くの兵が命を落とす。叔父上が亡くなる前に割譲を約束されていた愛智と智多の二郡をもらい受けるのではだめなのか」

叔父の織田信光は清洲城奪取の見返りとして、信長から尾張下四郡の内の半分の領有を約束されていた。この領地には熱田湊がある。この場に集う領主の多くが、熱田湊の利権に強く心を引かれている。信勝は、信光暗殺により反故になったままの割譲を改めて主張してはどうかと言っているのだ。信長が清洲城から津島湊を、信勝が末森城から熱田湊を、それぞれ統治すればいい。

美作守がカッと目を見開き、

「それでは生温い。三郎殿の思いあがりには、これ以上ついてゆけませぬ。正直申して、もはや我慢の限度を超えた。のう、兄者」

隣に座っている秀貞に同調を促す。信長が水野藤四郎信元を援軍するにあたり、斎藤道三より美濃兵一千を借り受けたときより、美作守の不信は限界を超えていた。もはや領地の安堵や熱田湊の利権など、どうでも良くなっている。

「たしかに三郎殿が申される政は、危うき事が多くて到底承服しかねる」

秀貞は宿老として、政道を睨んでの物言いをする。

「そのとおりじゃ」

兄の言葉に、美作守が我が意を得たりと声を高める。

「だが……」

ここで秀貞は言葉を句切ると、

「……もしかしたら、我らの誰にも見えておらぬものが、三郎殿にだけは見えておるのかもしれん」

一同の顔を見ながら思いを吐き出した。頷いている者も散見される。

「兄者。何を世迷い言を。あの大うつけに何が見えるというんだ」

美作守が食ってかかる。そこへ盛重が、二人を和するように言葉を挟んだ。

「某が、三郎殿に我らの思いを伝えに参りましょう。それならば新五郎殿も異存はありませぬな」

事実上の最後通牒だ。

「うむ。して、その上でどうするのだ」

「三郎殿には、勘十郎殿に家督をお譲りの上、腹を切っていただく」

「得度して僧門に入っていただくのではだめか」

信勝が訴えかけるように、盛重に問い返した。これに蔵人が代わって返答する。

「勘十郎様は本当にお優しい方です。しかし、それでは家中に遺恨を残すこととなります。三郎様はいずれは還俗し、勘十郎様の災いの火種となるでしょう」

「だが、兄上が切腹を拒んだらどうするのだ」

勝家が何を今さらとばかりに答える。

「戦をするしかありませぬな」

険しい表情で目を伏せる信勝に、

「我らが奴の息の根を止めてやる」

美作守が荒々しく息巻いた。秀貞が一同を代表するように信勝に迫る。

「勘十郎殿、どうぞお覚悟を」

信長が家督を継いで棟梁になったとはいえ、すでに半数以上の家臣が信勝に付き従っていた。家中が二分されて争うとなると、日和見を決め込んでどちらの陣営にも与しない者も多いので、実際には信長に同心する家臣はほとんどいないことになる。信長の戦力となるのは、せいぜい直参の馬廻衆ぐらいだろう。

一同が信勝を見つめた。信勝は順番に一同の顔を見ていく。

その中には、岩崎城の丹羽氏勝の顔もあった。女子供が竹槍を手に、敵兵に向かって突っ込んでいく姿が脳裏をよぎる。悲運の死を遂げた市岡兄弟の顔も浮かんだ。兄の盛定を介錯したときの手の感触が生々しく蘇る。

信勝は目を閉じると、腕を深く組んで思いをめぐらす。長い時をかけ、やがて大きく息を吐き出した。刹那、手の甲の傷跡が目に入ったが、敢えて視線をそらす。

戦わなければならなかった。

織田家を、そして織田家に仕える民を守れるのは、自分しかいない。

信勝は居住まいを正し、強く胸を張った。

民の幸せのためなら、兄殺しの汚名も敢えてこの身で受け止めよう。尾張の民のために、修羅となるのだ。

「わかった。私が弾正忠家の棟梁となろう」

苦渋の決断に、唇が微かに震えている。それでも腹は決まっていた。

「よくぞ、申された」

秀貞が大きく頷く。他の者たちも顔を見合わせ、笑みをこぼした。

ここで蔵人がこれまでの要略をまとめる。

「では、佐久間様に使者を務めていただき、三郎様にはご生害を勧める。納得いただけなかった場合は、我らで挙兵し、三郎様を討ち果たす。よろしいですね」

一同が信勝を見つめる。

もはや、迷いはなかった。信勝は胸の奥につかえていた塊を吐き出すように、力を込めて声を放つ。

「兄上は、織田家にとって災いでしかない。私には一族郎党を、そして尾張の民を守る責務がある。涙を呑んで大義に生きるぞ」

信勝の言葉に頷きながら、蔵人が大声を張りあげる。

「いざ、討ち果たすべき敵は、織田三郎信長なり！」

二

生駒屋敷の吉乃のもとにいた信長を、佐久間大学助盛重が訪ねてきたのは、末森城に陣触れが出た二日後のことだった。

美濃の斎藤義龍との争いが次第に激しさを増していく中で、織田家中が真っ二つに割れてしまい、力を合わせて尾張を守るべき一族郎党の多くが、信長に対して敵対行動に出た。当然ながら、信長にも信勝蜂起の知らせは入っていた。

「大学。よく俺がこっちにいるとわかったな」

盛重を迎えた信長は、親しげに挨拶を返した。存亡の危機が迫っているにもかかわらず、それを少しも顔に出さず、まるで何事もないかのような笑顔を投げかける。

この二人、家中において関係は深かった。盛重は信勝付きの家老ではあったが、もとは信秀の側近であり、信長は幼少の頃から何かと面倒を見てもらっている。口うるさい平手政秀に叱られて気を落としたときなど、良き相談相手として元気づけてもらった。信長より七歳年上で、互いに気心は知れている。

「三郎殿。お人払いを」

いつになく、神妙な顔をしている。信長の隣にいる吉乃とは視線を合わそうともせず、盛重は口を引き結んだ。

「吉乃なら構わぬ。何も遠慮はいらねえ」

信長は吉乃に頷いてみせた。盛重は背筋を伸ばし、居住まいを正す。信長が今まで見たこともないような硬い表情を浮かべていた。喉が渇くのか、空咳をする。

「では、申しあげる。勘十郎殿は美濃の一色殿と盟約を結ぶことになりました」

信長の顔色が変わった。

「馬鹿な。新九郎の目当ては、この尾張を奪うことだぞ」

「我ら勘十郎殿の家臣も馬鹿ではない。一色殿の狙いなど承知の上で、むしろこちらから利用してやる所存でござる」

「舐めてかかると彼奴に飲み込まれるぞ。どうせすぐに武衛様を廃し、己が美濃・尾張両国の守護となるつもりだ。伊勢守殿には上之郡（かみのごおり）四郡の、勘十郎には下之郡四郡の守護代を餌として、釣りあげた後は頃合いを見て寝首を掻くのは必定。なんといっても蝮の血を引く男だからな」

「だとしても、我らはその道を選んだのです」

盛重がまっすぐに信長を見据えた。

「それで、俺にどうしろというのだ」

盛重の額に、脂汗が滲む。刹那、逡巡が生まれたが、意を決して呑み込んだ。

「家中で無用な血を流すのは、三郎殿の本意ではないでしょう」

「当たり前だ」

「ならば、どうかお考えくだされ」

盛重が両手をついて、頭をさげる。それを信長が鬼のような形相で睨みつけた。

「大学！　お前……」

「腹をお召しくだされ」

盛重が額を畳に押しつける。吉乃が手を口に当て、躰を凍りつかせた。

「いずれ誰かが来るとは思っていたが、その役をお前が受けたか」

「受けたのではござらぬ。某の思いにて参りました」

信長にとってこれほど厳しい要求はない。だからこそ、盛重はこの役目をみずから申し出たのだ。信長に対して遺恨はない。それどころか本音では、この自由奔放な若き当主のことが好きだった。だが、信勝の家臣である自分の役目は、家中を主人のもとにまとめあげることだ。今はそれを果たさなければならない。

「お前まで、俺と勘十郎を争わせるのか」

信長が盛重を睨みつける。両膝の上に置かれた手は、怒りに震えていた。

「すべては織田家のためなのです」

盛重が顔をあげた。その目は充血し、熱い潤みが溢れている。

「それでは何も変わらねえぞ」

「良いではありませぬか。亡き備後守様の頃より、ずっとこうやって乱世を生き抜いて参りました。何を変えることがあろうか」

「違う。それでは、いつまでもこの世は変わらぬ。戦の世が、あと百年は続くぞ」

信長が握った拳が、激しい怒りに震えていた。

盛重はゆっくりと首を横に振る。

「そうかもしれません。だが、それでも織田家は生き残るでしょう。三郎殿についてゆけば、織田家が滅ぶやもしれませぬ」

「それがなんだというのだ。天下静謐のためなら、織田家など小事に過ぎぬ」

「そう、それです。その考え方に、皆はついてゆけぬと申しているのです。我らも生き残ることに必死なのです。正直を申せば、他家のことなど構ってはいられぬ」

盛重がやり切れぬというように、目をそらした。

「大学……。本当にそれでいいのか」

信長が呼びかける。盛重は目を合わせない。膝に置かれた手が、強く握られた。

「織田家が生き残るためです。どうか、腹を召してくだされ」

「いやだ。断る！」

「ならば、戦で決着をつけることになります。勘十郎殿のもとに尾張の多くの国人が馳せ参じております。新五郎殿も権六殿も、すでに戦仕立てに余念がありません」

信長が盛重に膝でにじり寄った。

「いいか。俺たちが守るべきは、民の暮らしなんだ。百姓が蒔いた種が大地に根を張り、やがて芽吹いて花を咲かせて実をつける。なぜ、それを馬脚で踏み躙るような戦をしなきゃならねえんだよ。俺はそんなの認めねえぞ。兄弟で争っているときではない。俺たちが力を合わせて、世を造り替えるんだ」

「勘十郎殿は、もはや三郎殿のお命を頂戴する覚悟を決めておられます」

「嘘だ。勘十郎と話をさせろ」

　信勝が本気で自分の首を獲ろうとしているとは、どうしても思えなかった。人の良い信勝は、領地や権益を取り合って保身に走っている大人たちの間に挟まれ、惑わされているだけなのだ。

「勘十郎としっかり向き合って話をすることを怠っていた俺にも責任がある。とにかく話をさせろ。あいつなら俺が腹を割って話せば、必ずやわかってくれる」

　盛重が再び首を横に振る。

「恐れながら、もはやその機は過ぎておるかと存じます。勘十郎殿は兵を挙げ、すでに篠木三郷を押領しています」

　篠木三郷は尾張北部にある信長の直轄地だ。田畑は広く、良質の収穫が続き、高い年貢が見込める所領だった。

「それでも勘十郎とは戦わん。領地などいくらでもくれてやる。兄弟が争えば、どちらが勝っても母上が悲しむだけだ」

「ご領地だけではすみませぬ。勘十郎殿の兵は、必ずや清洲に迫り、三郎殿のお命を頂戴しに参ります。なぜなら此度のこと、御前様もご承知されておりまする」

止(とど)めを刺すように言い放った。

盛重が苦渋に満ちた表情を浮かべる。信長に対する哀憐の情も見え隠れしていた。

「母上が……」

信長の動きが止まった。唇を噛み、あからさまに落胆する。

その瞳から色が消えた。睫毛が微かに震えている。

「……ならば、この首を差し出すか」

ため息とともに首を垂れた。肩を落とし、躰から力が抜けていく。

そこまで黙って控えていた吉乃が、信長に向かう。本来ならば女子が口を挟める場ではないが、もちろん黙っていられるような吉乃ではない。

「この大うつけ！　なぜ、立たぬのだ！」

「うるさい。黙れ。母上に逆らってまで勘十郎と戦いたくないのだ」

「馬鹿も休み休み言え。天下静謐の夢はどうする。民が安寧に暮らせる世を造ると、オレに約束したのは嘘だったのか」

今にも信長に殴りかからんばかりに、怒声を張りあげた。眉根は吊りあがり、肌(き)理(め)の細かい肌は上気して赤らんでいる。信長の馬廻衆や近習には見慣れた光景だが、信勝の家臣である盛重は面食らってしまう。奥方が人目もはばからず、主を罵倒している。信じられぬものを見たとばかりに、盛重は目を見開いた。

「いやだ。勘十郎とは戦えぬ」

「逃げるな。一人を殺しても、五人を救うと決めたのだろう」

「しかし……」

信長は顔をあげない。

「しかしもへったくれもあるか！」

ついに我慢の限度を超えた。吉乃が信長に飛びかかると、両手を首にかける。絞め殺す勢いで本気で腕に力を込めた。

「愛する我が子の首に手をかけた母親のことを、うつけも一緒に見ていたであろう。あの母の思いを忘れたとは言わさぬぞ。こんなひどい世を、誰が変えるのだ！」

「うぐっ……よせ……く、苦しい……」

「あの子の苦しみはこんなものではない！」

「し、死ぬ……」

「あの子は死んだんだ。お前も泣き言は死んでから言え！」

信長の息が止まる。吉乃が信長を力一杯突き飛ばした。ひっくり返った信長が、真っ青な顔で荒い呼吸を繰り返す。

「うつけしか、おらぬのだ！」

吉乃は立ちあがり、両手を振りまわしながら両足で床を踏み鳴らして泣き叫んだ。頬を幾重にも大粒の涙が伝う。

「吉乃……。お前……」

「うつけしかおらぬのだ！　うつけしかおらぬのだ！　うつけしかおらぬのだ！　どうしてそれがわからぬのじゃ！」

「俺しか、いない……」

信長が顔をあげた。

「戦え！　戦うんだ、うつけ！」

吉乃の声は、もはや絶叫に近い。熱い思いが部屋中に響きわたった。

信長が立ちあがる。両足をしっかりと踏み締めた。その目に強い光が戻る。躰に力がみなぎっていた。そのとき、襖が開いた。

「殿。戦いましょう！」「俺たち、やります！」「殿についていきます！」

次々に信長の馬廻衆が部屋に飛び込んできた。池田恒興、前田利家、織田信房、佐々孫介らの姿が見えた。幼き頃から、ずっと信長と一緒だった仲間だ。

誰もが目を真っ赤に腫らしている。涙もろい信房など、すでに熱い潤みが溢れ出していた。息が荒い。胸が高鳴っている。沸き立つ血を、押さえようがないのだ。

「お前ら、盗み聞きとは無礼であろう」

「たまたま隣の部屋にいたら、聞こえちまったんです」

利家が頭を掻いている。押しのけるように、生駒家長と森可成も顔を出した。

「私どもも共に戦います！」

「八右衛門殿までなんだ」

いくら旧知の仲の盛重が相手で、場所も清洲城ではなく生駒屋敷という非公式な面会とはいえ、主の話を忍んで聞くなどあってはならないことだ。

「お前たちという奴は……」

「殿！」

信長が一人ひとりの顔を順番に見ていく。視線が合うと、誰もが大きく頷いた。

「お前ら全員、厳しい仕置きが必要だな……」

信長が、ニヤリと口角をあげる。

「……罰として、末森との戦に出陣を申しつける！」

信長の凜とした声が響いた。

「おおっ！」

一同が大声を放つ。

「相手は家中だ。勝っても恩賞などあると思うなよ」

やれやれといった表情で、信長が左の眉をあげた。

「恩賞は腹一杯の握り飯がいいな」

利家が戯けると、笑い声の嵐となった。信長も声をあげて笑った。

盛重が目を瞬かせる。

（なんという、熱き漢たちよ）

気がつけば、盛重は熱い涙を流していた。躰が燃えるように熱くなっている。このような思いは、久しく忘れていた気がする。亡き信秀とともに、道三率いる美濃軍と死闘を繰り広げていた頃のことを思い出した。

（あの頃の戦はおもしろかったものよ）

信秀の雄姿と信長が重なる。信長の姿が頼もしく見えた。いや、むしろ信長はすでに信秀を越えているのかもしれない。だからこそ、死なせるのは惜しいと思う。

「勘十郎殿と戦っても、勝てる見込みはありませぬぞ」

盛重が釘を刺すように言い放った。

「なぜ、そう思う」

「兵が集まりません。戦う相手が美濃か駿河というならば、三郎殿の陣触れに馳せ参じる武将も少なくないでしょう。己の領地を守るためなら、手を握ることもできる。しかし、織田家が割れるとなれば、事はそう容易い話ではありませぬ」

信長に与するのは、池田恒興、前田利家、織田信房などのわずかな馬廻衆や小姓たちで、ほとんどが嫡男ではないために、家来の数も少ない。信長直参の手勢は村木城攻防戦で多くが死傷しており、戦力としてはせいぜい二百ほどだ。

ただし、全員が清洲城下に居住しているので、陣触れはいらない。信長が単騎で飛び出しても、瞬く間に兵が後を追うほどで、これは他の武将にはできない強みだ。練兵も重ねている。

織田弾正忠家本隊を動かせるのは宿老の林秀貞だが、弟の美作守とともに信勝を担いでいる。本来ならば信長の一番家老なのだが、今回の戦では敵側だ。秀貞は与力も多くて、兵力の総数は七百を超える。

次に織田家で大軍を持つのは信勝で、これを信勝の家老の柴田勝家が大将として率いる。信勝軍七百と勝家軍三百で、合わせて千人の大部隊ができる。

三番目に動員力があるのは平手五郎右衛門長政で、その数は五百ほどだ。長政の父の政秀は秀貞とともに信長幼少の頃からの傅役だったが、すでに切腹していた。長政は政秀が存命の頃から、勝家に与して信長廃嫡を公言していた。政秀がみずからの命と引き換えにこれをたしなめた。以後は考え方を改め、公然と信長に敵対することはなくなっている。信長こそが織田家の棟梁として相応しいと、政秀の遺言状にあったことが理由だ。長政は、あくまで中立を守り、兵を出さないだろう。

平手家の動向を見て、青山家などの旧宿老の一族もこれに倣(なら)うに違いない。織田信広(のぶひろ)など連枝衆も、信長と信勝による兄弟の戦いだけに同心は見込めない。ほとんどが中立にまわるはずだ。

「なあに、日和見ということは味方も同じだ。殺し合わずに済むんだからな」

むしろ、信長はそれを喜んだ。家中の戦だ。流す血は少ないほうがいい。

盛重が引き連れてきた兵は二百ほどで、すでに清洲城下を睨むように配置されていた。これで信勝軍は兵一千九百になる。兵二百の信長軍との差は十倍近い。

「兵はどのようにして集めるおつもりですか」

盛重が同情を込めて信長を見る。

「陣触れはしない。俺の手勢のみで戦う」

「それでは戦になりませぬ。もはや万にひとつも三郎殿に勝ち目はない」

盛重が眉間に皺を寄せた。

「勘十郎や権六殿の兵は、陣触れによって集められた者たちだ。その多くが日頃は百姓として田畑で土を相手にしている。それに比べれば俺の仲間は毎日弓に鉄砲、馬術に水練と、戦の準備に余念がない一騎当千の強者ばかりだ。慌てて鍬を槍に持ち替えた兵と訳が違う」

信長は己の兵を「仲間」と呼んだ。

「それでも一千九百対二百の戦ですぞ」

信長が笑みを湛えながら、

「生駒の荒くれ者どもも共に戦ってくれる。その数が二百だ」

家長と可成が、それに応えるように右手で拳をつくって突きあげた。

信長が、まっすぐに盛重を見据える。

「それに大学の兵二百もおるではないか。これで俺の仲間は六百だ」

(また仲間と言いおったわ)

なぜ信秀が、家臣はおろか領民にまで大うつけと蔑まれてきた信長を、織田弾正忠家の当主にしたのか、盛重にもおぼろげながらに見えてきた。

——信長のまわりには、人が集まってくる。それも熱い漢たちばかりだ。集めたのではない。集まってきたのだ。この差は大きい。兵力は数ではない。志がものを言う。信長は、生まれもって人を魅了する力を備えている。

「血迷うたか。この大学は勘十郎殿の家臣でござる」

切腹を勧めに来た敵方の武将に対して、平気な顔で一緒に戦えと誘う。それも家来たちが見ている前であった。このような調略は聞いたことがない。

「血迷うているのは大学のほうだ。己の生きる道を見失っている」

「馬鹿な」

「なあ、大学よ。俺の見る世を夢幻と思うか」

信長が、ぐいっと顔を近づけてきた。その目が煌々と光を放つ。いや、大学にはそう見えた。うつけ者の目ではない。熱い夢を語る漢の目だった。

信房が身を乗り出す。

「大学殿も我らとともに戦おうぞ」

その声を皮切りに、利家や可成も騒ぎ立てる。

「俺たちと一緒にやろう」

「ぶっ潰してやろうぜ」

盛重が、深いため息をつく。

「相変わらず賑やかなことですな」

「滅茶苦茶な連中で、ほとほと手を焼いている。だが、これが俺の仲間だ」

信長が笑みを隠さず、一同を見渡した。たしかに信長が言うように、やることなすこと呆れることばかりのたわけ者集団だ。

(大うつけ殿にたわけ者たちか。やれやれだ。だが、少しうらやましくもある)

盛重は、どうしても末森城での評定を思い浮かべてしまう。あの場で語られるのは、常に己らの保身ばかりだ。

それに比べて、なんと清々しい連中だろう。ここにあるのは所領の分配でもなければ、高禄や褒美などでもない。天下静謐という同じ夢に向かう志だけだ。

「大学よ。織田の家がそんなに大事か」

信長が穏やかに問いかける。

「家臣たるもの、御家のために身命を賭して、その御領地を守ることが使命かと」

問われた盛重は答えた。が、どこかでは自分の言葉に違和感を覚えはじめている。

「尾張だか美濃だか知らねえが、地面に線なんて引かれてねえぞ」

「その見えぬ線のために、我らは多くの血を流してきたのです」

「だから、そんな世は変えなくちゃいけないって言ってるんだ。数多の国が乱立し、領地を奪い合っているから戦がなくならねえ。ならば、国などなくしてしまえ」

またいつもの信長の大言壮語がはじまった。まさに大うつけだ。常軌を逸している。この戦国の乱世から、戦がなくなる訳がない。それどころか、国をなくすとまで言っている。領主たちは、死に物狂いで抵抗してくるだろう。

盛重は首を横に振った。

「人間とは、戦をする生き物です。この世に人間がいる限り、戦はなくなりません」

「だから、人間が戦をしたくても、できなくなる仕組みを作らなければだめだ。法により、戦を禁じる。そのためには国をひとつに束ねなければならないんだ」

「戦を禁じる……。本気でできると思っているのですか」

「そのためにのみ、俺は戦う」

盛重はため息をついた。いったい今日で何度目のため息だろうか。自分でも数えきれないほどだった。

（時代が動き、世が変わるかもしれぬ）

一瞬、そんな思いが胸をよぎる。

人は己の度量で計り知れぬものに侮蔑の念を感じるものだ。

（大うつけと蔑まれるのも、三郎殿が大き過ぎるからかもしれぬ）

盛重は一度目を閉じると、深く息を吸い、そして吐いた。

覚悟を決めた。一世一代の覚悟だ。心を決めると、躰中に力がみなぎってくる。

「三郎殿には、昔から驚かされてばかりだ」

盛重は、信長に微笑みかけた。

「大学！」

「お味方致しましょう」

自分でも馬鹿な道を選んだと思う。それでも、気持ちは晴れやかなものだった。

「これで千七百対六百だ」

一同が歓声をあげた。

「喜ぶのは早い。まだこちらの寡兵は変わりませぬ。まして相手方には、戦上手な権六殿もいれば、剛勇をもって鳴る美作守殿もいる」

盛重が懐から絵地図を取り出すと、信長の前に開く。庄内川と矢田川が合流した辺りを指先で示した。

「某がここに砦を築き、兵二百とともに立てこもりましょう。我が兵が囮となって、権六殿をおびき出します」

「名塚(なづか)か。那古野の目と鼻の先だ。気の短い美作も頭に血をのぼらせて飛んで来るだろうな」

名塚は清洲城から見て、庄内川の対岸、つまりは那古野城側にあった。ここに砦を築くということは、守りではなく攻めが狙いということになる。那古野城側からすれば、たまったものではない。

さらに、庄内川に作られた稲生（いのう）の渡しからもほど近くにあった。末森の軍勢が清洲を攻めるために川をわたろうとしたときも発見しやすく、すぐに知らせを送ることができる。まさに砦を造るにはうってつけの地だった。

「いかにも。すぐに潰しに来るでしょうな。だからこそ、囮にはちょうど良い」

「出てきたところを俺の兵で背後を突くのか」

「これだけの兵力差があるのであれば、策を講じるほかに勝つ手立てはござらぬ」

それでも勝てる見込みは薄い。だが、やるだけの値打ちはある。

「いいのか」

「やはり三郎殿はうつけ者よ。今日、改めてそれがはっきりした。だが、そのうつけの夢を、某も一緒に見てみたくなりました」

盛重がさも愉快そうに声を放った。

「うつけじゃねえ。俺は大うつけよ。ただのうつけのままだったら、勘十郎どころか吉乃にこの首を獲られかねねえ」

信長が、少しおどけた表情を見せた。これには盛重もつられて緊張を解く。

「まさか、奥方さまがそのようなことを」

「いや、わからんぞ。吉乃には前にも、この首を本気で狙われたことがあるからな」

信長は口元を緩めたまま、扇子で自分の首を払う真似をした。その道化た仕草に、泣き腫らした目で睨んでいた吉乃も、思わず吹き出してしまう。

「そのとおりだ。これで尻尾巻いて逃げ出すようなら、勘十郎殿より先に、オレがうつけの首を刎ねてやる」

そう言いながらも吉乃は信長に寄り添い、泣いたのが恥ずかしかったのか、その厚い胸に顔を埋めた。信長は吉乃の打掛の背に、そっと手をまわす。

盛重が穏やかな笑みを浮かべた。

対して、厳しい顔つきになった信長が、盛重をまっすぐに見据える。

「しかし、相手はあの権六殿だ。嵐のような猛攻が来るぞ」

「たしかに攻められれば、そう長くは保たんでしょうな。権六殿の兵が動けば、すぐに知らせを送ります」

「俺が間に合わなければ、全滅も覚悟せねばならんぞ」

「だからこそ、勝機があるのです。相手方もそう思うはず。勝ち戦が見えたときほど、兵というものは油断するもの。ましてや相手は猛将柴田権六。勝ち戦となれば、兵

まわりなど目に入らなくなって前掛かりで来るでしょう。万にひとつの勝機がある
とすれば、そのときをおいて他に非ず」

「大学。お前、死ぬ気じゃないだろうな」

膝でにじり寄った信長が、盛重の肩を摑む。

カカカカッと、盛重が大きな口を開けて笑った。

「この大学は、戦で死ぬことなど、まったく恐れはしない。だが、同じ死ぬのであ
らば、何かを成し得るために死んでみたくなり申した」

信長が眉を寄せ、表情を引き締める。

二人は立ちあがると、激しく抱き合った。互いの鼓動がひとつに重なる。

「お前を死なせはせぬ。必ず助けにいく。約束だ」

「信じております」

盛重が満足げに頷いた。

三

昨夜は、嵐が吹き荒れた。

空が叫び、山が啼く。地から天へ、さかのぼるかのような風雨が襲った。

尾張はそのほとんどが低地部に属し、木曾川や庄内川から分かれた支流が網の目のように幾重にも流れている。ひとたび嵐になれば、瞬く間に川は氾濫した。これが尾張の大地を肥沃にして、良質の田畑の形成に役立っていたのだが、そのたびに交通路は寸断される。

朝になって嵐は過ぎたが、庄内川は増水して、濁流が唸りをあげていた。

末森城において、柴田勝家が信勝に具申する。

「天が我らに味方しましたぞ。攻めるはまさに今かと」

「稲生の渡しでは渡船が流されたそうだな。橋も残ってはおるまい。これでは兄上もこちらに攻め込めないが、我らも清洲に兵を送れないではないか」

「だから好機だと申したのです。三郎殿は裏切り者の大学に命じて、名塚に砦を築いておるようですが、昨日の嵐では普請に遅れも出ているでしょう。川のこちら側にある砦は、まさしく孤立無援。一気に叩き潰してやりましょうぞ」

それを聞いた信勝は、腹を括ったように頷いた。

「権六殿。皆に伝えよ。名塚を落としに参るぞ！」

「御意！」

信勝が勢い良く立ちあがった。

ところがその行く手を阻むように、土田御前が立ちふさがる。

「勘十郎。待つのじゃ」

「母上。どうなされましたか」

「末森の兵は、権六殿にまかせられよ。お前はここに座して吉報を待ちなされ」

「お言葉ながら、大将が陣中にいなければ兵の士気にかかわります」

「ならぬ。聞けば三郎のもとに兵は集まっておらぬというではないか。日頃の身勝手さを思えば、さもあらん。いい気味じゃ。ほほほほほっ」

これ見よがしに、あざ笑う。

「母上……」

信勝が悲しげに口元を結んだ。

「ならば、何もお前が出陣しなくとも権六殿と美作守殿で充分であろう。勘十郎には末森にて妾のことを守ってほしいのだ」

困り顔の信勝に、津々木蔵人が助け船を出す。

「御前様。末森にはこの蔵人が残りますので、どうぞご心配なきよう」

しかし、土田御前は蔵人には見向きもせず、鬼のような形相で信勝に迫ると、

「ならぬ。ならぬ。ならぬ。お前は母の言うことが聞けぬというのか！」

卒倒寸前で叫び声をあげた。

「そうではございませぬが……」

「ならば、出陣は控えるのじゃ」

「それればかりは――」

「勘十郎よ。妾の頼みじゃ。お願いだから、傍にいておくれ」

信勝の言葉をさえぎると、目に涙さえ浮かべ、袖にすがるようにして悲痛な声で泣きついた。これには信勝も言い返せない。唇を嚙み、目を伏せた。

「わかりました。勘十郎は母上のお傍におります」

仕方なく信勝が折れる。が、これには蔵人が慌てた。

「お待ちください。此度の戦は国内に勘十郎様の威信を示されるのが狙いでございます。陣中にて采配を振るわれる姿を見せることに意味があるのです」

土田御前が蔵人を睨みつける。

「それで勘十郎にもしものことがあれば、どうするつもりじゃ。妾は織田家のことを思うて申しておる」

「恐れながら、勝ち戦は誰の目にも明らか。万にひとつも勘十郎様の身に危険が及ぶことはございません」

「妾はその万にひとつを案じておる」

「そんなことを言い出せば……」

「蔵人。分をわきまえなさい。お主は誰に向かって意見しておるのだ。我が息子勘十郎は織田弾正忠家の棟梁となる身分である。勘十郎が決めたことに異を唱えるとはいかなる所存ぞ」

「しかし……」

そこで見るに見かねた勝家が間に割って入る。

「蔵人。大丈夫だ。後のことは俺にまかせろ」

そうまで言われれば、蔵人も引きさがるしかなかった。憮然とした表情で歯ぎしりしながらも、渋々と両手をついて頭をさげる。

末森城の信勝軍七百と下社城の勝家軍三百を合わせた兵一千を、勝家が率いることになった。その日のうちに末森城を出て、矢田川の河岸沿いに名塚砦に向かう。

「裏切り者の大学に、目に物を見せてやろうぞ！」

馬上の勝家が、勇ましげに声を張りあげた。

これに呼応するように、林秀貞の命を受けた弟の美作守が、林軍を率いて那古野城を出る。荒子城や米野城の与力も参じて、合わせて兵七百が北上し、名塚砦を目指した。文官である秀貞は、那古野城の守備に残ることになった。

「三郎の首を荒野にさらしてくれようぞ！」

不敵な笑みを浮かべた美作守が、兵たちに向かって大音声を放った。


信長軍の眼前には、飛龍のごとく咆哮をあげる庄内川の激流が横たわる。

昨夜の嵐により水嵩は倍ほどに膨らんでいた。

渡しの船は、ことごとく流されていて影も形もない。

命知らずの生駒の私兵が、我先にと川へ入っていった。黄土色の濁流が襲いかかる。水深は腰の高さを越えていた。兵たちが馬ごと流される。槍持ちの下人たちは、水に飲み込まれて溺れる者が続出した。

「殿、これは無理だ。どうやったってわたれねえ」

恐れ知らずの森可成さえ、手綱を引いて馬をさがらせた。

まだ一人もわたれた者はいない。すでに二十名以上の兵が流されるか、溺れ死んでいた。みんなの顔には、絶望の色が広がっている。

「熱田の神はほとほと嵐がお好きなようじゃ」

戯れ言を口にする信長の表情も、さすがに強張っていた。

「熱田の神ではない。殿が、嵐を呼ぶ男なんだ」

前田利家の言葉に、まわりの者たちも頷いた。

水野信元を救うために、船で向かった村木城の戦いのことが思い出される。あのときも天地が引っ繰り返るほどの嵐だった。

「俺が呼んだ嵐なら、そこに意味があるはずだ。乗り越えられぬはずはない」

信長は声を張りあげながら川の中に進もうとするが、馬でさえ激流に怯えて言うことをきかない。それでも竿立ちになって暴れる馬を手綱を絞って押さえ込むと、信長は強引に川の中へ入って行こうとした。

「殿、お待ちくだされ。危のうござる」

池田恒興が信長の馬の手綱を摑み、必死で止める。

「ええいっ！　離せっ！」

「なりませぬ！」

「大学は俺たちが来ることを信じて待っているんだ」

末森城を出た柴田権六勝家率いる兵一千と那古野城を出た林美作守通具率いる兵七百が、すでに佐久間大学助盛重がこもる名塚砦に向かって進軍しているとの知らせが入ってきていた。ここで信長たちが足止めされれば、盛重配下の兵二百などは、一日と保たずに全滅してしまう。

「しかし、この荒れた川をわたるなど、むざむざ死にに行くようなものです」

信長とて見ればわかる。それでも、どうしても川をわたらなければならないのだ。盛重を見殺しにはできない。

そこへ佐々孫介が巨軀を揺すりながら、みんなを掻き分けて前へ出てきた。

「某が参ります。なあに、相撲で鍛えたこの躰なら、川の流れなんぞ、屁でもねえ。それにここは殿と一緒に子供の頃から川遊びに明け暮れた場所です。浅瀬も、流れが変わるところも、すべて躰に染みついてますよ」

「やってくれるか」

信長が孫介の両肩を摑んだ。

「できるか否かではなく、やるかやらないかですよね」

孫介は笑顔で返す。その目には微塵も恐れの色が見えない。目の前に横たわる難事よりも、己を突き動かす熱き思いが勝っているのだ。

「任せたぞ」

信長が孫介の躰を力強く抱き締めた。孫介は川幅よりも長い縄の端を幾重にも躰に巻きつけると、川に足を踏み入れていった。水飛沫が頭上を遥かに越える。

「気をつけろよ、孫介！」「頼むぞ！」「俺たちがついているぞ！」

みんなが口々に孫介に声をかけた。中には祈るように、両手を合わせて拝んでいる者もいる。孫介が笑顔で高々と右手の拳を突きあげた。

「向こう岸まで行って、この縄をわたします」

「信じているぞ」

信長の言葉に孫介は表情を引き締めて大きく頷くと、ゆっくりと川の中へと進んで行った。絡みつくような激流が襲う。

「うわっ！」

孫介が川の中程で、大きく体勢を崩した。

「危ない！」

信長の叫び声も、凄まじい濁流の音に掻き消された。

その頃、盛重は兵二百とともに、名塚に布陣していた。庄内川を背に抱えるこの地に、二日前から昼夜を問わず、砦の構築を進めていた。

丸太を組んで屋根をかけ、矢弾除けの平屋を大小五棟ばかり普請した。櫓を備えた門を堅強に構え、外周には空堀を穿ち、掘り返した土を使って土塁を盛った。土塁の上には板垣を立て、空堀の外には鹿垣をめぐらせた。

最善は尽くしたが、所詮は即席の砦に過ぎない。城としての防御機能には、おのずと限りがあった。信勝軍の猛攻を受ければ、長くは保たないはずだ。

信長を信じて待つだけだった。

（これで良かったのですよね）

亡き主君備後守信秀を思い、心の中で語りかける。

盛重が信秀の小姓をしていた頃、まだ吉法師を名乗っていた信長に対する心胸を聞いたことがあった。

――吉法師を見ていると、胸が騒ぐのじゃ。此奴は儂の躰中の血を熱くさせてくれる。

まだ年端もいかぬ童子だ。そのように言われても、当時は意味することがわからなかった。もしかしたら信秀自身にも、はっきりと見えていたわけではなかったかもしれない。それでも信秀は、信長に家督を譲った。織田弾正忠家の棟梁は、信長しかいないと迷わず決めたのだ。

(某にも、ようやくその思いがわかりました)

盛重の中から、すでに迷いは消えていた。

爽やかな風が吹いている。見あげれば、昨夜の嵐が嘘のように、すっきりと抜けた青空が広がっていた。

陣貝の音が風に乗って届く。やがて、馬の嘶きや蹄の音が近づいてきた。

息せき切って物見の兵が駆け込んでくる。

「報告いたします」

「申せ」

「敵に囲まれました」

盛重は落ち着いている。

あれだけの嵐だ。川は氾濫して橋が落ち、渡しの船も流された。林秀貞や柴田勝家がその好機を見逃すはずがない。

清洲に援軍の求めを出す暇はなさそうだが、信長がこの形勢を見誤るとは思えない。心配せずとも、今頃はこちらに向かっているだろう。だが、荒れた庄内川をわたるのは不可能に近い。尾張の者なら誰でもわかっていることだ。

(せめてもう少し、築城の時があったならば)

盛重は、再び頭上に広がる青空を見あげる。

天は味方してくれなかった。だが、悔いはない。

「して、軍勢を率いる者は誰だ」

「本陣には二つ雁金紋の旗印が見えます。その兵、およそ一千」

「権六殿か。さすがに早いな」

予想していたよりも遥かに早い到着だ。砦の外で、鬨の声があがる。勝家が率いる兵ならば、さぞや士気も高まっているはずだ。さらに一里（約四キロ）ほどしか離れていない那古野城から林軍が到着するのも、さして時を要しないだろう。

盛重は手槍を摑むと、二百ほどの手勢の前に立った。

「者ども、怯むでない！　寡兵なれども我らは砦の中。いくら猛将柴田権六といえども容易く破れるものではない。支度どおり事を成せ。然らば、勝利は我らのものぞ。働け！　働け！　思う存分に敵を蹴散らせ！」

「うぉおおおおっ！」

兵たちが力強く握った拳で天を突き、声を嗄らして雄叫びをあげた。

四

午の刻（正午頃）、勝家軍の猛攻がはじまった。

目を血走らせた兵たちが、咆哮をあげながら一斉に砦に向かって押し寄せてくる。

見ているだけでも鳥肌が立つ。さながら地獄の餓鬼のようだ。迎え撃つ盛重軍は、ギリギリまで敵兵を引きつける。鹿垣には伏兵を配してあった。

「放て！」

盛重の号令のもと、伏兵が矢を射る。砦の狭間からも、伏兵と呼応しながら、騎兵に的を絞らせて矢や鉄砲で狙い撃った。

馬上の武将に当たれば一番だが、馬を射って転落させるだけでも手傷を負わせることができる。とくに開戦直後に一番槍をつけてくるような荒武者の出鼻を挫くことは、敵兵全体の士気をさげることになる。

「休むな！　射続けろ！」

盛重は声の限りに叫びに叫んだ。勝家軍は数にまかせて、矢弾の雨の中でも平気で突き進んでくる。さすがは命知らずの柴田権六の兵だ。爪の先ほども怯む様子はない。盛重もみずから弓を手に、次々と矢を放った。

砦に向かって疾駆してくる馬の脚を射抜くと、もんどり打ってひっくり返った。馬上の武者は頭から地面に叩きつけられる。苦悶の表情を浮かべながら立ちあがったところで、眉間を次の矢で射抜くとそのまま背後に倒れた。

矢弾除けの竹束を手に突進してきた雑兵に向かって放った矢は、喉首を穿ち抜いた。兵は矢を掴んだまま、膝から崩れ落ちる。

盛重は息をするのも忘れて、必死に矢を射続けた。刀を振りあげながら配下の兵を鼓舞していた敵の組頭は、股間に矢をくらって倒れ、激痛に泣き叫びながら転がりまわっている。その躰にも、続けざまにさらに二本の矢を見舞った。

それでも勝家軍は怯まない。屍を踏み越え、砦に向かって猛進を続けた。

砦内でも味方の兵が次々に矢で射られた。血だまりの中で、断末魔の叫びをあげてのたうちまわる。

伏兵の矢が尽きたところで合図を送って砦内に戻し、弓隊と合流させた。鉄砲隊と弓隊に下知して、残りの矢弾をすべて撃ち尽くさせる。

すぐに鉄砲の弾が、半刻（約一時間）後には矢が尽きた。

「石を投げろ！」

そこからは石礫を降らせて勝家軍の接近を阻む。

赤子の頭ほどあるものから握り飯ほどのものまで、手当たり次第に石礫を投げまくった。石礫で頭を割られた雑兵が、土塁から転げ落ちていく。

盛重は両手で大岩を掲げると、土塁にへばりついている雑兵の頭上に叩きつけた。顔を潰された雑兵が絶命する。その屍を踏み越えて、別の雑兵がよじ登ってきた。

やがて、石礫も尽きる。

次々に敵兵が空堀を越え、土塁を駆け登って板垣に迫ってきた。

「敵が入ってくるぞ！」

あちこちで悲鳴に近い声があがる。

「怯むな。突き返せ！」

盛重も槍を手に、砦内を走りまわった。板垣を打ち壊して雪崩れ込んでくる敵兵を突き殺す。当世具足を纏った組頭の兜を槍で跳ね飛ばすと、よろけたところでこめかみを穿ち抜いた。土塁から転落する組頭の巻き添えで、三人ほどの足軽が地面に叩きつけられる。

それでもすぐにそれを乗り越え、新手の鎧武者が駆けあがってきた。盛重は穂先の血を払う間もなく、槍を突いて打ち殺す。次から次へと槍を繰り出すが、それでも侵入を食い止めることはできない。瞬く間に砦内は勝家軍の兵で溢れた。

「殺せっ！　殺せっ！」

周囲を敵に囲まれた小さな砦は、一度敵の侵入を許せば、逆に逃げ場を失うことになる。そこからは、血みどろの殺戮の嵐が吹き荒れた。勝家軍の兵は数に物を言わせ、五、六人で盛重軍の兵を取り囲んでから、嬲るように槍で突き殺した。

両目を剣先で潰された兵は槍で追い立てられ、そのまま鋭く尖った乱杭に川魚のように串刺しにされる。

火矢が放たれた櫓からは、火だるまになった弓兵が真っ逆さまに落ちてきた。

両手首を斬り落とされた兵が、敵兵に組みついて喉笛を食い千切っている。

追い詰められた兵が横っ腹を撫で斬られ、派手に臓腑をぶちまけて息絶えた。

二百いた守備兵は、もはや三分の一も残っていない。そこいら中に討たれた兵の首がゴロゴロと転がっていた。

「もはやこれまでか」

盛重が天を仰ぐ。抜け切った晴天が視界に広がっていた。

悪い人生ではなかった。少なくとも、死に様は納得がいく。

「三郎殿、後のことは頼みましたぞ」

折れた槍を投げ捨てると、腰の刀を抜いた。陽光を受け、白刃がきらめく。

「行くぞぉおおおおっ！」

刀傷と疲労で石のように重くなった躰に鞭打つように大声をあげると、砦内に溢れかえっている勝家軍の兵の中に飛び込んでいく。一人、また一人と斬り伏せた。

首が飛び、血飛沫が顔にかかる。もはや何も考えることなく、ひたすらに刀を振るった。それでもキリがない。ついに十人ほどの敵兵に囲まれてしまった。こうなれば信長のために、たとえ一人でも多くを斬り殺して冥土への道連れとするまでだ。

顔から具足まで血塗れで修羅と化した盛重を恐れ、取り囲んだ敵兵もなかなか打ちかかってこない。遠巻きにしながら、踏み込むのを躊躇っていた。

「我こそは佐久間大学助盛重なるぞ。誰ぞ、この首を獲り、手柄とする者はおらぬか。されど容易くはわたさぬぞ！」

刀を掲げ、豪快に笑ってみせる。

名を名乗ったことで、槍を構えた兵たちの包囲が狭まった。

突き出された槍の穂が頬を掠める。刀で払ったところを、別の槍で突かれて左腕を貫かれた。もはや痛みも感じない。打ちかかってきた兵を一刀で袈裟懸けに斬り捨てるが、別の兵に背中を深く斬られた。

「糞ったれが！」

まだ立っていられる。刀を構え直し、正面の敵兵を眼光鋭く睨みつけた。

「さあ、来い！　儂を殺してみよ！」

丹田に力を込め、最後の怒声を吐き出した。

取り囲んだ敵兵たちが、目を合わせて飛び込む間合いをはかっている。

（来るか！）

盛重が覚悟を決めた。一人が刀を振りあげ、斬り込んでこようとする。刹那、口から血を吐いて、前のめりに倒れた。

「うぉおおおおっ！」

敵兵たちの背後から斬りかかってくる兵がいた。次々と新手の兵が現れ、囲みが乱れる。まったく予期せぬ突然の攻撃に、柴田軍の兵たちに動揺が走った。迎え撃つ間もなく、背後から討たれていく。

「大学、待たせたな！」

声のほうを見た盛重の顔に、希望の光が差す。先ほどまで死を覚悟していたときの絶望に満ちた顔とは、まさに天と地ほども違う。

信長だ。風が吹いた。

突如現れた兵たちの先頭に立つのは、信長だった。手傷を負った味方の兵に肩を貸し、刀を掲げながら盛重のほうへ悠然と歩いてくる。

その笑顔を見た途端、尽きかけた力がみるみる湧いてきた。これが信長という男の不思議な魅力だ。一緒にいるだけで、躰中の血が熱く沸き立つ。

「なあに、これしきのこと」

「よくぞ、耐えてくれたな。後はまかせろ」

「三郎殿。信じておりましたぞ」

盛重の頬を熱い涙が止めどなく伝う。拭っても拭っても止まらない。

人生において、これほど嬉しかったことはない。己が生きながらえたことがではない。男が本気で信じたものが報われたからだ。

「必ず助けに行くと言っただろう。俺は約束を守る」

崩れ落ちそうになる盛重の躰を、信長の腕が支えた。力強い腕だった。

砦内が木瓜紋の旗指物で溢れた。それを見た盛重軍の兵も勢いを盛り返す。反撃がはじまった。

「おらおらっ、てめえら調子に乗ってんじゃねえぞ！」

森可成が鉄柄の十文字槍を振りまわした。次から次へと敵兵の首が飛ぶ。

死地を掻い潜って砦に突入したにもかかわらず、背後を襲われたのだ。柴田軍は大混乱に陥る。

狩る側が狩られる側へと変わった。背後から挟撃された勝家軍の寄せ手は、ことごとく討ち取られる。四半刻（約三十分）もかからず、砦攻防戦の勝敗は決した。

信長軍の勝利だ。討ち取った勝家軍の兵数およそ三百。残りは稲生原に陣を敷く本隊に合流するべく敗走した。

信長は兵四百を二手に分けると、一軍を恒興や利家に率いらせて、那古野から北上してくる林軍に向かわせていた。積極的には攻めさせず、押したり引いたりの小競り合いを繰り返させながら、あくまでも足止めに徹するように命じてある。

これで挟撃される憂いがなくなり、勝家軍との対決に専念できる。

名塚砦の挟撃策の勝利によって、かなりの兵数を削ることに成功したとはいえ、勝家軍はまだ七百は残っている。対してこれに当たる信長軍は、盛重軍の一部を吸収しても二百五十ほどだ。

信長はそのままの勢いで、稲生原に陣を敷く勝家軍本隊に襲いかかった。

ここで信長軍の馬廻衆が圧倒的な強さを見せる。まさに一騎当千の働きをして、数に勝る勝家軍と互角の戦いをした。

末森の連合軍には、大将である信勝が不在だった。陣触れにより徴用された農民兵が、陣代の勝家に追い立てられるように槍を振るっている。対する信長軍では大将みずからが兵たちの先頭に立ち、馬上から大声を放ちながら槍を振るった。勇猛果敢に戦うその背中を追い、若い馬廻衆が縦横無尽に戦場を駆け抜ける。

「俺に続けぇえええぇっ！」

信長の騎馬の速さは颪の如しである。敵が矢を射るが、遥か後方で地面に突き刺さるだけで、信長の躰には擦りもしない。

「殺せ！」

兜首を狙った敵足軽の槍が、信長に向かって突き出された。

「どけっ！　邪魔だ！　俺の進む道をふさぐんじゃねぇ！」

信長が繰り出した槍が、足軽の胴丸を砕き、心の臓を貫いた。さらに駆ける。鬼神のごとき形相で、群がる敵兵の中を騎馬で蹴散らしていった。

一人、また一人と信長の槍が敵兵の躰を切り裂き、撃ち砕く。信長軍は引っ張られるようにして、さらに勢いを増していった。

「あり得ぬわ。奴ら化け物か」

勝家はまるで物の怪でも見たかのように、驚きに目を見開いた。

まず、あの増水した庄内川を信長の兵がわたってきたことが信じられない。どうやったらあれほどの激流を越えることができるのか。

もしできたとしても強烈な水流を全身に受けたことで、手足の筋力は衰えて、刀を握る力さえ残っていないはずだ。まともに戦えるはずがなかった。

だが、信長軍は勇猛に戦っていた。あり得ぬことが起きていた。

「小癪（こしゃく）な。行くぞ」

数多の修羅場を潜り抜けてきた。このまま手をこまねいているような勝家ではない。本陣に待機させていた直参騎兵五十騎を、勝家みずからが率いて前線に出てくる。勝家が下社城で鍛えに鍛えあげた精鋭部隊だ。

「糞っ。隠していやがったか」

信長が唾を吐き捨てた。勝家は、最も力のある猛者たちを、名塚砦の攻略には出陣させずに隠していた。狙いはひとつ。信長が現れるまで温存していたのだ。

勝家を先頭に直参騎兵が偃月（えんげつ）の陣形（逆V字）で斬り込んでくる。大地を踏みならす蹄の音が、地鳴りのように臓腑まで響いた。一騎がとてつもなく重い。

今までの農民兵とはまるで違う。鬼柴田とともに戦場を駆け抜けてきた精強な騎馬軍団だ。信長軍の兵たちを、まるで赤子の首をひねるかのごとく、あっという間に打ち崩していった。一気に形勢が逆転してしまう。

「三郎を討ち取れ！」

勝家の下知で、騎兵たちが動きを変えた。大蛇が獲物を搦め捕るかのように、大きな蜷局（とぐろ）を巻きながら、信長軍の奥深くに斬り込んでくる。足軽と呼応しながら、信長軍を分断してきた。

気がつけば、信長は四十人ほどの家来を残し、本隊から完全に孤立させられていた。大将である信長自身が先頭に立って、独立遊軍的に縦横無尽に敵をかく乱するのが信長軍の強みであったのだが、かえってそれが仇となった。勝家の精鋭騎馬隊によって、完全にその裏をかかれることになってしまった。

わずか四十人ばかりを敵兵三百が二重、三重に取り囲んでいて、包囲を抜けることもままならない。槍で突かれて、一人また一人と討ち取られていく。

「殿をお守りしろ！」

織田造酒丞信房が絶叫するように、配下に下知を飛ばすが、己も三人の足軽を相手に奮戦していて、信長に近づくことさえできない。

「てめえら雑魚が邪魔なんだよ！」

信房は小柄な体軀ながら、最初槍六度の異名を持つ気性の激しい男だ。信長のもとへ駆け寄ろうとしているのを妨げる敵兵を、鬼神のごとく槍で突き殺していった。小豆坂の七本槍の本領発揮だ。ようやくと信長のもとへたどり着く。

「殿。お怪我は」

信房が、ブルンッと槍を振って、穂先から血を払い飛ばした。問うた信房のほうが、全身に無数の刀傷を負っている。

「俺は擦り傷だ。それより造酒のほうこそ大丈夫か」

信長はかかってくる雑兵を斬り倒しながら、信房に声をかける。そう言う信長も馬を射殺され、徒にて刀を振るっていた。誰が敵方で誰が味方かわからなくなるほどの大乱戦だ。二人の前方では可成が仁王立ちになり、

「てめえら、如何なることがあろうと、俺がここをとおさねえ！」

十文字槍を振りまわしている。一振りする度に、敵兵の首が二つ三つ飛んだ。

「こいつは化け物か。まとめてかかれ！」

五人の足軽が、一斉に可成に突きかかっていった。

「舐めんじゃねえ！　何人一緒でも雑魚は雑魚なんだよ」

十文字槍は穂身の中程に、枝分かれした左右対称の鎌を持つ。突けば槍、払えば薙刀、引けば鎌となり、あらゆる方向からの敵に対して、様々な攻撃を仕掛けることができるのだ。しかも槍や薙刀に比べて圧倒的に穂先の比重が高い。振るうには強力を必要とするが、遣いこなせば遠心力も加わり、途轍もない破壊力を発揮した。

可成のような怪力の持ち主には、まさに持ってこいの武器だ。

一人目の足軽の喉首を、鋭く尖った穂先が抉り抜いた。大きく横に払って、二人目の首を吹っ飛ばす。そのまま三人目のこめかみを鎌で脳髄ごとぶっ潰した。背後からかかってきた四人目は、槍の石突きで右目を穿ち抜いて頭蓋骨を砕く。五人目は穂先で心の臓を突き抜いた。だが、息つく暇もない。すぐに新手が六人ほどで取り囲んできた。いくら討ち倒してもキリがなかった。

信房や可成が囲まれた敵兵に手間取っている間に、両軍の兵を掻き分けるようにして勝家が姿を現した。馬をおり、ゆっくりと徒にて進んでくる。猛将の醸し出す気に恐れをなし、打ち込もうとする兵の足が震えて止まってしまう。

「三郎。覚悟しろ」

勝家が刀を八相に構え、眼光鋭く信長を捉える。信長のまわりには、もはや味方は数えるほどしかいない。一方の勝家の兵はむしろ数を増していた。勝家は勝負処をこの場と心得、持ち駒のすべてを投入していた。本隊の精鋭を集結させていたのだ。それにより、信長に逃げ場はなくなった。ここで信長の首を獲る覚悟だ。

「権六！　かかってこい！」

信長は、全身に燃えあがるほどの闘志をみなぎらせていた。

勝家も憤怒のごとき形相で睨み返す。

「御首級、頂戴つかまつる」

「獲れるものなら獲ってみろ」

しかし、前に踏み出そうとしていた信長の前に、佐々孫介が割り込んだ。

「ここは某が参ります」

「相手は権六だ。俺がやる」

だが、孫介は両手を広げて、はやる信長を広い背中で押し止める。

「帰蝶様と約束いたしました。どんなことがあっても殿をお守りすると」

「なんだと」

「あの朝顔、誠に綺麗でしたな」

孫介はそれだけ叫ぶと、

「権六殿、勝負！」

勝家に向かって打ち込んでいった。孫介も小豆坂の七本槍とまで賞された侍だ。たとえ相手が尾張一の猛将柴田勝家といえども、少しも怯むものではない。

「推参（すいさん）なり、孫介。儂に挑むなんぞ百年早いわ」

勝家が吠える。二人の剣がぶつかり、火花が散った。

「やってみなけりゃわからねえ」

孫介が巨軀にものを言わせて、渾身の力を込めて刀を打ちおろす。二の太刀、三の太刀、さらにもう一太刀。岩をも砕く孫介の剛剣だ。刀というより、鉞（まさかり）を打ちおろしたような衝撃がある。刀でまともに受けようとも、両手が痺れるほどだ。

だが、勝家は三度の打ち込みをすべて受け止める。修羅場を潜った数なら孫介に勝るとも劣らない。戦での命のやり取りで鍛えあげた豪腕は、伊達ではなかった。

「行くぞ！」

さらには電光石火の早業で刀を薙ぎ払い、孫介の横っ腹を斬り裂いた。

血飛沫があがる。しかし、傷は浅い。致命傷には至らない。

「まだまだじゃ！」

孫介が踏み込んだ。渾身の力を込めて打ち込んだ。勝家がこれも跳ね返す。

「孫介、死ねぇ！」

勝家の剣が、孫介の胸を深々と貫いた。

「うぅううっ」

「お主の負けだ」

勝家が口角をあげた。

孫介が口から大量の血を吐く。だがその顔は、してやったりとばかりに、勝家をあざ笑っていた。孫介は両手で勝家の右腕をガッシリと掴む。

「この腕一本、冥土の土産にもらっていくぞ」

「な、何っ」

「ぬぅおおおおっ！」

相撲好きな信長のもとで行われた試合で、幾度も優勝した巨軀が自慢だった。四つに組みさえすれば、負けたことはなかった。相撲で勝つたびに、いつも信長は褒めてくれた。褒美は山のような握り飯だった。噛み締めた米の甘みが、何よりも己の誇りを感じさせてくれた。最期に馬鹿力が役に立ったことが何より嬉しかった。

(帰蝶様。約束は果たしましたよ)

孫介は心の臓を刀で貫かれながら、勝家の右腕をへし折った。折れた骨が皮膚を突き破っている。勝家が激痛に歯を食いしばっていた。それを見届けると、孫介は力尽きて崩れ落ちる。

「孫介!」

信長が駆け寄ると、孫介の躰を抱きとめた。

腕を折られた勝家は、配下の武将の肩を借りてさがっていく。

「しっかりしろ!」

口から大量の血を吐く孫介に、信長が悲痛な声で呼びかける。孫介の胸には、鎧ごと貫いた勝家の刀が刺さったままだ。荒い呼吸に刀が揺れる。

孫介が血塗れの手を懐に差し入れた。震える手で取り出したのは、一輪の朝顔だ。

「お庭の朝顔、しおれてしまいました」

「案ずるな。これからいくらでも咲かせてやる。日の本を朝顔で溢れさせてやるぞ」

信長の言葉に頷くと、孫介は笑顔のまま逝った。

「糞ったれが！」

叫んだ信長のまわりを、勝家の兵たちが遠巻きに取り囲んだ。その数は五十ほど。槍や刀を構え、信長の首を獲ろうと徐々に輪を狭めてくる。蟻の這い出る隙間もない。信長は刀の柄を強く握り直した。

味方は傍に誰もいない。信房も可成も、行く手を阻まれ、信長に近づくことさえできないでいた。ほとんどの供回りが、もはや討ち取られて首級を転がしている。

「三郎。往生際が悪いぞ。弾正忠家の棟梁らしく最期くらい覚悟を決めたらどうだ」

笑みを浮かべた勝家が、勝ち誇ったように叫んだ。

「うるせえっ。俺は諦めが悪いんだよ」

「せめて腹を斬らせてやろうかとも思ったが、ならばここで膾切り（なますぎり）にしてくれるわ」

勝家が配下の兵たちに、一斉に斬りかかるよう下知しようとしたその刹那、

「来たみてえだな」

信長が笑みを浮かべた。地響きが聞こえる。

「なんだと」

勝家が振り返った。見る間に顔色が変わる。

嵐が来た。疾風とともに、砂煙をあげ、大地を揺るがすほどの蹄の音を響かせて、勝家軍の背後に新手の兵団が襲いかかったのだ。その数は、騎兵百騎。

勝家軍の兵たちが、為す術もなく斬り殺されていく。大混乱の白兵戦により疲弊しきっていた勝家軍にとって、ここでまったく予想外の新たな敵に背後を襲われた衝撃は大きい。ましてや大将の勝家が腕を折られて戦えなくなった直後だ。

「三郎殿。あとは我らにおまかせを！」

先頭に立つのは、加藤図書助順盛だ。率いるは熱田湊を守る加藤家の私兵。戦場から戦場をわたり歩いてきた強者ばかりの傭兵たちだ。信長の小姓の加藤弥三郎の姿もあった。

さらには熱田神宮の大宮司である千秋末忠(せんしゅうすえただ)も手勢を従えて参加していた。熱田神宮は信秀の代から弾正忠家の篤(あつ)い庇護を受けていて、千秋家もその恩義を深く感じていた。末忠は、信秀が選んだ継嗣である信長に、熱田神宮の行く末を賭けた。

　庄内川から東側は信勝に与する国人たちで固められている中で、熱田勢だけは信長側に同心することを決めたのだ。

「おっしゃぁ！　ぶっ殺せっ！」

　順盛の下知などほとんど待たず、加藤家の私兵たちが舌なめずりしながら勝家軍に襲いかかっていった。豪商加藤家の使用人とは名ばかりで、実際のところは海賊だ。手槍を投げつけたり、斧で武者鎧ごと叩き潰したりと、とにかく戦い方が残忍で容赦がなかった。それを見た勝家軍の兵たちが、一気に戦意を消失させていく。

「加藤家か！　謀ったな！」

　勝家の顔が真っ青になっている。

「権六よ。精鋭を隠していたのは、お前だけじゃねえ。こっちにだって取って置きの切り札があるんだよ」

　勝家は隠してあった精鋭騎兵により信長の供回りを分断し、囲い込んだ上で一掃する策を講じた。まんまと信長を罠にはめて、討ち取ったかに思えた。

　しかし、罠にはまったのはむしろ勝家のほうだった。精鋭部隊を投入しきったところで、信長が隠していた熱田の私兵に背後を襲われた。

戦国時代の戦というものは、見えるものに限りがある。乱戦で疲弊したところに新手の敵が現れること。背後から攻められること。俯瞰した視点を持たぬ兵たちにとって、これほど恐ろしいことはない。信長はこの二つを同時に行ったのだ。

「囮は大学ではない。この俺だったのよ」

打ちかかってくる雑兵を斬り捨てながら、信長が言い放つ。

勝家が憤激に顔を歪めた。まわりでは勝家自慢の精鋭兵たちが、加藤家の兵に次々と討ち取られていく。

「大将みずからが囮になるなど、こんな馬鹿な策があるか！」

どうしても納得できない。勝家や秀貞なら、主を囮になどしない。そもそもそんな策など考えもしない。勝家の表情が強張った。

「あの策か……」

勝家の脳裏に、五条川の河原で平手政秀や佐久間盛重とともに見た石合戦の光景が蘇った。あのときも信長を大将にした寡兵が囮になり、敵を油断させたところで、背後を伏兵に急襲させて勝利していた。破落戸どもと遊びまわっている大うつけだとばかり思っていたが、すでに信長の頭の中には実際の戦で使うための軍略ができていたのだ。この戦の勝敗は、すでにあのときから決まっていたことになる。

「権六よ。お前にはわかるまい」

「どういうことだ」

「仲間を信じているからこそやれるんだ」

信長の両脇を、いつの間にか信房と可成が固めていた。

(俺が、間違っていたのか)

勝家の中にあった信長の姿が、音を立てて崩れていく。目の前の男は、もはや大うつけなどには見えなかった。

「お前たちの負けだ。権六、兵を引け」

背後を急襲された勝家軍は、ぐちゃぐちゃに分断され、すでに隊の形を成していない。多くの武将や組頭が首級を討たれ、総崩れとなっていた。勝家軍に勝ち目のないことは疑いようがなかった。戦というものは、ひとたび決まった流れは、どうしようとも変えられるものでない。勝家の完敗だった。

「我は織田弾正忠家棟梁、織田三郎信長なり！　志あるものは我とともに戦え！　そこに天下静謐の世があるぞ！」

信長が大音声で叫んだ。その澄んだ声は、稲生原に響きわたった。

「天下静謐だと……」

敵味方ともに兵たちが、手を止め、顔を見合わせている。

「そうだ！　我らの世は、我らの手で造るんだ！」

握り飯を頬張り、思いを言葉にする。仲間とともに描く明日を言葉にする。言葉が人々の動く力となる。勝家軍の兵たちが、次々と刀を降ろしていった。

「俺の負けだ。殺せ」

勝家は片膝をつくと、頭を垂れた。信長の兵が勝家を取り囲む。だが、信長はそれを解くように命じた。

「権六。殺しはしない」

「情けは無用だ。さっさと首を刎ねろ」

「その必要はない。お前も仲間だ」

勝家が顔をあげた。信じられぬものを見たとばかりに、驚愕に目を見開いている。

あのときもそうだった。あの河原で見た石合戦と同じ結末だ。

「兵を連れて引け。これ以上の血を流すことはならぬ」

勝家は折れた右腕を庇いながら馬に乗った。信長が頷いた。馬上の勝家は、信長に目礼する。勝家の馬のために、信長軍の兵たちが道を空けた。

勝家は引き鉦を鳴らさせると、馬首を返して末森城に向けて敗走した。

五

信長は兵を立て直すと、那古野城の林軍と対峙していた恒興や利家の兵と合流した。負傷兵は名塚砦に向かうように命じたが、ほとんどの兵がそれには従わずに後を追ってきた。信長の言葉を聞いた兵たちの士気は高い。

(気がつけば、幼き頃より一緒に馬鹿をやってきた奴らばかりだな)

そう思うと、胸に熱いものが込みあげてくる。

林軍の大将は美作守だ。家中において、猛将柴田勝家と並ぶ歴戦の強者(もさ)だ。挙げた兜首は数知れず。尾張は当然ながら、美濃や三河まで武勇は広く知れわたっている。名のある武将といえども、戦場で美作守の緋縅(ひおどし)の鎧姿を見ただけで総毛立つという。織田弾正忠家の名門林一族を、知の秀貞、武の美作守の兄弟が支えてきた。

信長軍対信勝軍。両軍の最後の戦いがはじまった。

刃と刃がかち合う。肉を斬り割き、骨を断ち切る斬撃の音。

聞くに堪えぬおぞましい叫び声。首や腕が飛び、血飛沫が噴きあがる。

矢弾が飛び交う中を掻い潜り、槍や刀を振るって殺し合った。

「殺せっ！　殺せっ！」

恒興に向かって、二人の武者が左右から打ちかかってくる。上体をのけぞらせて右からの一太刀目を除け、続けて屈みながら左からの二太刀目を避けた。

下から剣を払いあげ、一人目の首を斬り落とす。そのまま胴体だけになった武者の躰を横蹴りしてもう一人にぶつけると、背中から二人同時に串刺しにした。

その二人に気を取られていると、背後から足軽が斬り込んできた。咄嗟に首を傾げてかわすと、ギリギリで切っ先が頬を掠めていった。

「糞っ。首が飛んじまうところだったじゃねえか」

恒興は刀を握り直すと、目の前の雑兵を渾身の力を込めて、袈裟懸けに斬り倒した。雑兵の躰は、左の首筋から右の腋まで真っ二つになってひっくり返った。

すぐにまた新手三人に囲まれた。刀の柄を握る両の手に、交互に唾を吐きつける。

「池田勝三郎恒興、ここにあり！　我と思わん者は相手をいたせ！」

名乗りの大音声を耳にした足軽たちが、兜首を挙げんとさらに集まってきた。目をギラつかせて取り囲んでくる。その数は優に十を超えた。

「おらおらっ！　いくらでもこい！　まとめてぶった斬ってやる！」

恒興は刀を振りかぶると、全力で踏み込んでいった。


「こっちだ！　かかってこい！」

利家が怒号とともに、シュッシュッと槍を扱きあげる。目にも留まらぬ早業で槍を突き出し、居並ぶ敵兵を続けざまに討ち倒していった。

「又左衛門、久しぶりだな」

利家が声のほうに向き直ると、見知った顔の武者が槍を構えていた。

信勝の小姓頭を務める宮井勘兵衛恒忠だ。勝家軍として参戦していたが、退却せずに林軍に合流していた。信勝陣営の勝利のために、命を投げ打つ覚悟でいるのだ。敵味方が相まみえる戦場においても、少しも動じることなく鋭い眼光を放っていた。

「勘兵衛殿とは戦いたくなかった」

荒子城城主である利家の父利春は、林秀貞の与力として、林軍に参加していた。利春と恒忠は旧知の仲であり、それにより利家とも近しい間柄にあった。

恒忠に槍を教授してもらったことも一度や二度ではない。此度は敵味方に分かれてしまったが、利家にとっては実の兄以上に尊敬できる侍だった。

「ここで会うてしまったならば仕方なかろう。悪いが手加減はせぬぞ」

「望むところよ」

「儂の槍を前にして、逃げずに向かって来るは誠に天晴れなり。首級を落とした後は、お父上にその武勇はお伝え申そう」

恒忠の言葉に、利家の表情が急変する。忌み嫌う父の名を出されたことに、癇が強い利家は激怒した。

「これは片腹痛し。己の首なくして我が父と如何にして語るつもりよ」

これには恒忠が怒りを露わにした。まだまだ半人前くらいにしか思っていなかった同輩の倅に、出過ぎた口をきかれて穏やかでいられるほど人はできていない。

「その槍の手ほどきをしたのが誰か、よもや忘れたわけではあるまい」

「老いた師なんぞ、恐れるに足りぬ」

「若造よ。その首級を落として、減らず口も叩けぬようにしてくれるわ」

「ゆくぞ、勘兵衛殿！」

「おうっ！　参られよ！」

その刹那、空を切る音とともに飛んできた流れ矢が、利家の右目の下に刺さった。

「くはっ！」

衝撃で頭が後ろに跳ねる。視界が真っ暗になり、意識が飛びそうになった。それでも両足を力一杯踏ん張って、どうにか倒れずに踏み止まる。

「又左衛門！」

恒忠が驚愕の表情を見せる。突然のことに、無意識に助けに行こうとしてしまったのだろう。

「まだまだ！」

利家は大喝すると、突き刺さった矢を抜こうともせず、槍を掲げて恒忠に突きかかっていく。顔の下半分が噴き出した血で真っ赤に染まっていた。

二間（約三・六メートル）で対峙していた間合いを、目一杯踏み込んで詰める。畳んだ腕を一気に伸ばし、恒忠の眉間を狙って刺突（しとつ）した。しかし、咄嗟に槍の柄で軌道をそらされてしまい、穂先は恒忠の頬を掠めた。それで我に返ったのか、恒忠が矢のような早業で仕掛けてきた。続け様に槍を繰り出す。だが、利家はその槍を恐れない。さらに踏み込んでいく。それを見切った恒忠の槍が、

「貫ったっ！」

利家の肩口を深々と貫いた。激痛が走る。それでも歯を食いしばって前へと踏み込む。これには、引くとばかりに思っていた恒忠の顔に衝撃が走った。

「てぇいやっ！」

腹の奥底から放った大音声とともに、利家は力一杯槍を突きあげた。

穂先が恒忠の喉首を抉り抜く。血飛沫があがった。

「獲ったり！」

「くはっ！　お見事でござった……」

恒忠がゆっくりと膝から崩れ落ちる。その顔には、一抹の無念も見えなかった。

林美作守通具が斬って斬って斬りまくる。

六尺半（約一九七センチ）の巨軀をものともせず、疾風のごとく戦場を駆けている。

豪腕が振るうは背負い太刀と呼ばれる五尺六寸（約一七〇センチ）の大太刀である。一振りごとに二つ三つと雑兵の首が刎ね飛ばされた。

全身が返り血により、ずぶ濡れになっている。あまりの度を越した豪傑ぶりに、恐れをなして逃げ出したところを背中から一刀両断される者も少なくなかった。

頬を滴る血潮を舌で舐め、顔に笑みさえ浮かべながら次なる獲物を追い求める。

「化け物め、死ねえい！」

馬を駆る鎧武者が美作守に向かって突進した。馬の走る勢いのままに、手にした槍で突き殺そうとする。

「戯けがっ！」

美作守が怒声とともに大太刀を振りまわした。刃方で馬の前脚を薙ぎ、棟方で落馬した鎧武者の兜鉢を払いあげる。口中に深々と大太刀を突き刺して絶命させた。

「美作守殿。いざ、勝負！」

黒田半平（くろだはんぺい）が行く手に立ちふさがる。美作守は鎧武者の口から大太刀を引き抜くと、ブルンッと振って血を飛ばした。声のほうに振り返り、半平をみとめる。

「どうした。足が震えておるぞ」

美作守が嘲笑った。

「だ、黙れ！　行くぞ。うわぁあああっ！」

半平が打ちかかる。美作守は軽々とこれを払いのけると、素早く大太刀を薙いだ。

「うわぁあああっ！」

半平の左小手が断ち斬られる。血飛沫を舞いあげて手首が宙を飛んだ。

「死ねぇえ！」

美作守が大太刀を振りあげて突進してくる。やはり、猛将林美作守に勝負を挑むなど、身の程知らずだった。己の甘さを悟った半平は、死を覚悟して目を閉じた。

「待てぇえ！」

美作守の大太刀がはじかれた。半平が目を開けると、信長が槍を構えていた。

「殿！」

「半平。さがれ。後は俺がやる」

「申し訳ございません」

左手を失った半平は、後方に退いた。

「三郎、甘いな。俺に奴の首を討たせておいて、その隙を狙えば討ち取れたやもしれぬものを。せっかくの好機を逃したぞ」

「仲間を餌にできるか」

「情けねえ。やはりお前は棟梁の器に非ず。そのような小胆で天下を変えるなどとほざきよって。まさに大うつけよ。腹の皮が捩(よじ)れるわ」

美作守が豪快に笑う。

「好きに言え。それが俺だ。そもそも、お前の命を獲る気はねえ」

「なんだと」

「ここで引け、美作。すでに戦の勝敗は決しておる」

まわりを見れば、林軍の兵は多くが討ち取られたか逃げ出していた。

美作守が地に唾を吐く。

「ふんっ。もはや我らの負けは揺るがぬか」

美作守が大太刀を肩に担ぐ。足下に転がっていた雑兵の首級を蹴り飛ばした。

それを見た信長が、怒気を露わにする。

「もう、やめろ！　家中において、これ以上の血を流すことはねえ」

「ならぬわ！　お前も武士ならば、それができぬことくらいはわかるだろう。ここで命乞いをすれば、俺の下知により死んでいった者たちに申し訳が立たねえ」

「無駄に死ぬのが武士ではない」

「無駄かどうかは、俺が決める」

美作守が大太刀を構え直した。

「敵は内ではない。外にあるのだ。家中で争う愚はない」

「三郎、くどいわ！」

「まわりは俺の兵ばかりだ。俺を討ったとしても、この戦場から逃れる術はないぞ」

「ああ。どうせ俺はここで死ぬことになるだろう。だが、お前の首さえ獲れば、この戦は勘十郎殿の勝ちということになる」

「命を捨ててでも、勘十郎に与するか」

「お互いに己の信じるもののために戦う。そういうことだろうよ」

美作守が大太刀で上段から打ちかかってくる。信長は槍の穂先でそれを払った。

金属のぶつかり合う音とともに、火花が散る。

「よせっ、美作。お前とはやりたくねえ」

「生憎だが、俺は昔からお前が大嫌いだった。新しい世だとか仲間だとか、その綺麗事に虫唾が走るんだよ」

今度は信長が脛を払うが、美作守が飛びあがったため、穂先が空を切る。すぐに槍を返して、続け様に突き入れた。美作守が槍の穂先を払いあげると、

「死ねぇえ！」

凄まじい形相で信長の懐に飛び込んできた。大太刀で信長の胸を突いてくる。剣先が信長の胸を捉えた。鋭い痛みが走る。信長は槍を翻すと石突きで美作守の胸を打ち据え、それを反動にして、間一髪で後ろに飛び退いた。当世具足を着けていなければ、胸を深く抉られて命がなかったかもしれない。

「俺の突きから逃れるとは、なかなかやるじゃねえか」

「どうしてもやるのか」

「当たり前よ。お前の胡散臭え腸をぶちまけて、赤いか黒いか見極めてやるわ」

「致し方あるまい。ならば、俺も手加減しねえぞ」

信長が、中段から電光石火の早業で槍を繰り出していった。美作守がこれを大太刀を返して受ける。素早く薙ぐと、信長の籠手を断って右腕を切り裂いた。

信長の腕を、痺れるような痛みが襲う。が、まだ腕はあがる。

さらに美作守が突いてきた。咄嗟に身を引いたが間に合わない。切っ先が佩楯（膝鎧）を貫き、太腿の肉を抉った。歯を食いしばって痛みを御す。脚を伝う血の流れはけっして少なくはないが、それでも踏み出す足に衰えはなかった。

「痛いか。鎧の上からといえども俺の大太刀を受ければ、傷は浅くはあるまい」

美作守が大太刀を八相に構える。切っ先は、まさに天に突き刺さるほどだ。美作守が一歩踏み込んでくる。山のような巨軀が、さらに大きく見えた。

「ちっとも痛くねぇ」

力の限り叫ぶと、おもいきり踏み込んで美作守に躰ごとぶち当たる。激しく当たり、互いの柄で押し合った。美作守が剛力でねじ伏せてくるが、負けずに押し返す。

「負け惜しみか」

美作守が嘲笑う。

「違う！　今も俺の仲間たちが戦っている。傷つく者や命を落とす者もいる。それでも恐怖に立ち向かい、剣を振るってるんだ。みんな、俺の言葉を信じて戦ってくれている。だから、痛くない。痛みなんて感じねえ」

「笑止！　大うつけの言葉など、所詮は夢幻よ。信じる者が馬鹿を見るだけだ」

「ならばあれを見よ」

信長が顎をしゃくる。

「なんだと」

美作守が追った視線の先では、何百という信長軍の兵たちが、死に物狂いで戦っていた。傷つき倒れても槍を杖に立ちあがり、前へ前へと進み続ける。誰一人、足を止める者はいなかった。

「あいつらが戦っているのは、所領のためでも恩賞のためでもねぇ」

「ならば、なぜ戦うのだ」

「天下静謐のためだ」

信長が叫んだ。熱き潤みを湛えた瞳が、まっすぐに美作守を捉える。

「馬鹿な。正気の沙汰じゃねえ。三郎、俺はお前を認めぬ」

美作守が信長を跳ね飛ばした。信長は触刃（しょくじん）の間から離れ、素早く躰を引きながら間合いを取り直す。その刹那、美作守が落ちていた首級に足を取られた。先ほど蹴り飛ばした首級だ。グラリと揺れ、体勢を崩す。

その隙を逃さず、信長が渾身の一撃を突き込む。空を切る音が遅れて聞こえるほどの早業にもかかわらず、互いの動きが止まったように見える。

「美作、獲ったり！」

槍を突き出す信長も、それを大太刀で払おうとする美作守も、すでに勝負の行方について悟っていた。二人の視線が絡む。刹那、穂先が深々と美作守の胸を貫いた。

血飛沫があがり、信長の顔に降りかかる。

「糞ったれが！　この俺が大うつけの槍に貫かれるとは、焼きがまわったものよ」

美作守が大太刀を捨て、両手で槍の穂先を摑んだ。凄まじい力で槍を押し返そうとしてくる。だが、信長はさらに力を込め、美作守の躰を穿ち抜いていく。

「美作よ、戦っている皆の思いを受け止めよ」

信長が渾身の力で突き込んだ。

美作守の指がボトボトと地に落ち、穂先がすべて躰の中に飲み込まれる。

「くはっ！　三郎、一足先に地獄で待っておるわ」

「しばらく待たせるぞ。俺には天下静謐という大仕事がある」

「ほざけっ！　認めぬぞ。俺は死んでも認めねえ……」

美作守が赤黒い血を吐いた。そのままゆっくりと膝をつくと、血だまりの中に頭から突っ伏した。

「それでも俺は前へ進む。それが俺の道だからだ」

信長は右腰から鎧通しを抜くと、美作守の首級を落とし、

「林美作守通具、討ち取ったり！」

槍の穂先に突き刺して高々と掲げた。

それを見た林軍に動揺が走り、信長軍はさらに気勢をあげた。

信長みずからが、大将である美作守を討ち取ったのだ。これが最後の決め手となり、わずかに踏み止まっていた林軍の兵たちも一斉に敗走をはじめる。

信長軍は、鎌田助丞、富野左京進、山口又次郎、橋本十蔵、角田新五、大脇虎蔵、河辺平四郎ら、信勝陣営の主だった武将を含む四百五十人余りを討ち取った。

「我が軍の大勝利ですな」

図書助順盛が屍骸から槍を引き抜きながら言った。信長のまわりに、続々と生き残った味方の武将たちが集まってくる。

恒興、利家、信房、可成の姿もあった。誰もが死線を潜り抜け、かなりの深手を負ってはいたが、それでもかろうじて生き残っている。

「何が勝利なものか。死んだのは、どちらも織田家の兵だ」

稲生原に累々と並んだ首級を見つめながら、信長が唇を噛み締める。屍が背負った旗指物が、夕暮れの風になびいていた。生き残った者も尾張の民なら、死んでいった者も尾張の民だ。味方も敵方もない。

「これが戦ゆえ、致し方ありませぬ。此度は殺らねば殺られておりました」

順盛が静かに首を横に振る。逃げ惑う林軍の背を味方の兵が槍で突き殺していた。

「それも俺の弱さが招いたことよ。図書助、俺はもっと強くなりたい。もう誰も殺さなくていいくらい、強くだ」

信長はそれ以上の追撃を許さず、清洲城への引きあげを命じた。

六

末森城と那古野城は、それぞれ籠城を決めた。

このまま内戦が長引くことは、信長の本意ではない。和平交渉を行うことにする。

信長側は、村井貞勝（むらいさだかつ）と島田秀順（しまだひでより）（後の秀満（ひでみつ））の二人を交渉役に選んだ。両名とも行政手腕に長けていて、信長の政において中核を担う文官だった。

信勝側は、母の土田御前がみずから交渉役を名乗り出た。この時点で、信長の戦後交渉の方針は決まった。

——信勝が林秀貞と柴田勝家、津々木蔵人の三名を伴い、信長に謝罪に来れば、すべてを許す。信勝の末森城、秀貞の那古野城、勝家の下社城もそのままに所領も安堵する。つまりは、一切のお咎めなしということだ。

謀反の処罰としては異例といえる。本来ならばこの四名は切腹どころか、首を刎ねられてもおかしくはない。少なくとも隠居の上で家督を子に譲り、幼子が元服するまでは信長の信を得ている家臣が城代として補佐するのが当然の処置だろう。

しかし、信長が求めたのは、直接面会しての謝罪だけだ。

——会って、話がしたい。

必要なのは処罰ではなく、思いを共にすることだ。

何よりも信勝と言葉を交わしたかった。このことを村井らから聞いた勝家は、男泣きに泣き、その日のうちに落髪してみずから謹慎した。

だが、あまりに軽過ぎる処分を示され、これを怪しんだのが土田御前だ。

清洲城に呼び寄せておいて、騙し討ちにするのではないかと、交渉役の貞勝と秀順をしつこく問い詰めた。二人は繰り返し信長の真意を伝えたが、それでも納得することはなく、謝罪には土田御前も同行することになった。

清洲城において、信長は土田御前と会していた。

信勝、秀貞、勝家、蔵人の四名は、別室で待たされている。村井と島田を同席させ、信長は先に土田御前と面会したのだ。

「三郎よ。どうか勘十郎のことを許してやっておくれ」

土田御前が這いつくばるようにして、信長に頭をさげた。そのような母の姿は目にしたくなかった。とくに自分に詫びる母など、見ていて胸が苦しくなるだけだ。

「母上。どうか顔をあげてください」

信長の思いが伝わることはなく、土田御前は必死になって信勝の命乞いをする。

「あの子の命を助けておくれ」

もとより信勝の命を奪う気などなかったが、信長のことを恐ろしげに見る母の目に、胸が張り裂けそうになる。

——俺もあなたの子だ。

その言葉が喉まで出掛かったが、堪えて呑み込んだ。いや、言えなかった。

「すでにお伝えしてあるとおり、此度のことは不問にするつもりです。これから勘十郎と会って、互いに腹を割って話をします」

笑顔で答えたが、土田御前の顔からは疑いの色が消えない。それが信長の胸を深く抉った。戦場の刃より、母の言葉のほうが遥かに信長を傷つける。

「お前は妾から勘十郎まで奪うつもりか」

「どういうことでしょうか」

土田御前が襟元を開け、胸元を露わにする。

「こ、これは……」

信長が絶句する。土田御前の左の乳首は、無残にも引き千切られていた。

村井と島田がひれ伏し、額を床につける。

「お前が奪ったのじゃ！」

土田御前が絶叫した。見あげる目が憎悪に歪んでいる。母が子を見る目ではない。

「俺がしたのか」

信長が手にした扇子を取り落とす。唇が震えていた。

「お前が赤子のときに喰い千切ったのじゃ。癇が強く、手に負えぬ子じゃった。今でもあのときのことが蘇り、激しい痛みが躰を貫く」

「俺が母上に……」

顔から血の気が引いていく。いつも左胸を庇うように手で押さえていたのは、癖だったわけではなかったのだ。

「お前のせいで、妾は勘十郎に乳を与えることができなかった」

「母上……」

「ああっ、後生だから、妾からあの子を奪わないでおくれ」

泣き崩れた土田御前に、信長はかける言葉がなかった。


信勝、秀貞、勝家、蔵人の四名が、信長の前に両手をつき、頭をさげている。

四人とも墨染めの僧衣を身にまとっていた。反省と恭順（きょうじゅん）を示している。

先に声をかけたのは信長だ。

「新五郎殿。美作のこと、申し訳なかったな」

驚いて面をあげた秀貞に対して、信長が繰り返し詫びを口にした。

「謀反を企てたのは我らのほうなれば、斯様な言葉を頂戴できるなど思いもよりませんでした」

「美作は最期まで、天晴れなもののふであった」

信長の目に光るものを見た秀貞は、

「此度のことはすべて某の不徳の致すところ。責を負うのは某にて、どうか存分に処分を申しつけくだされ」

深くひれ伏した。続いて、勝家に声がかけられた。

「権六殿。腕の怪我はどうだ」

折れた右腕は、皮付きの柳の枝を副木(そえぎ)として布で巻いて固定してある。少しでも動かせば耐えがたい激痛が走るのだが、信長にいたわりの言葉をかけられると、不思議なほどに楽になった。そういえば、信勝にも土田御前にも敗戦の責を問われることはあっても、戦の労をねぎらわれたことはなかった。

「孫介が命と引き換えに持っていった腕なれば、いずれ治癒しようともこの痛みは一生忘れずに背負って参ります」

額を床に押し当ててむせび泣いた。

「そうしてくれると、俺も嬉しいよ」

顔をあげると、笑みを浮かべている信長と目があった。その目にも光るものがある。なんと清々しい男だろう。勝家の中で、何かが少しずつ変わりはじめている。戦場でかけられた、「お前も仲間だ」という言葉が、今でも耳に残っていた。将の器というものは、そこに満たされる志の大きさによる。信長はうつけ（からっぽ）などではなかった。熱い思いが溢れるほどに満ちた男だった。

（これこそが将というものだ）

勝家は声を震わせ、再び両手をついて深く頭をさげた。

「勘十郎殿を焚きつけ、一族の総意であると謀反の旗をあげさせたるは某でござる。兵を率いて三郎殿と干戈を交えたるも某なれば、もとより重き処罰も覚悟の上」

「二人とも勘違いしてねえか。処罰はしねえって、伝えてあったよな」

「しかしながら……」

蔵人がいぶかしげな視線を送る。策を謀る軍師らしく、それ以上の感情を露わにすることはない。どうやら、信長の真意を測りかねているようだ。

「すでに申し伝えてあるとおりだ。表も裏もない。此度のことはすべて水に流す」

「城も所領も獲らぬと申されるのか」

「ああ。獲らぬ」

秀貞が信じられぬとばかりに、目を見開いた。

「某は三郎殿を二度も裏切っておりまする」

村木城攻略戦に参戦せずに勝手に軍を離脱して引きあげたこと、そして今回の謀反の二つを指している。

「違うな。俺が安房守殿と那古野を訪ねたとき、本当は殺すつもりだっただろう。それを足せば三度目だ」

「やはり、ご存知だったのですね」

青ざめている秀貞をよそに、信長はおかしそうに頬を緩めた。

「あのときは俺と兄上を無事に帰してくれた。それから俺が弟の美作を奪ってしまった。これで三度の逆心も帳消しとする」

「数が合いませぬぞ」

「俺のほうの三つ目は、この場にお主が来てくれたことよ。首を討たれるかもしれぬところを、覚悟して来てくれた。おかげでこうして勘十郎の顔を見ることができた。これで三つずつだ」

「三郎殿。申し訳ありませんでした」

ついに秀貞が号泣する。

「こうやって顔を合わせ、思いを共にすることが大事なんだ。切腹させたり城を奪ったりすれば、織田家の力が弱まるだけだ。今は力を合わせてひとつになるときだ」

信長が信勝に向き直り、語りかける。

「どうして俺の兵が強かったかわかるか」

信勝が首を横に振った。

「私にはわかりませぬ」

信長が弟に微笑みかける。幼少の頃と変わらぬ兄の笑みだ。

「同じ釜の飯を食っているからだ」

信長の家来たちは、誰も皆、寝食を共にして厳しい練兵を積んできていた。それを乗り越えられたのは、その先に見る景色が同じだからだ。

「握り飯ですか」

「そうだ」

「兄上は変わりませぬな。昔からいつもそのようなことばかり申されておりました」

信勝が顔の強ばりを解く。和らいだ表情で、兄を見あげた。弟の顔だった。

「おかげで皆に大うつけだと馬鹿にされたものだ。いつだって、それに腹を立てて庇ってくれたのが勘十郎だった」

信長の言葉に、信勝が再び首を横に振った。

「もはや家中に、兄上をうつけだと言うものはおりません。戦に勝ったのですから」

今度は信長が首を振る。

「まだ俺を大うつけだと言う奴は山ほどいる。俺には庇ってくれる弟が必要なのだ」

「兄上……」

「家中で争うことに、なんの利もない。俺にはやりたいことが山ほどある。だが、俺には力が足りぬ。勘十郎よ。力を貸してくれ。お前じゃなきゃ、だめなんだ」

信長は膝でにじり寄ると、両手で信勝の手を取った。その目から熱いものがこぼれる。信勝も目を潤ませて、躰を震わせながら幾度も頭をさげた。

「兄上。申し訳なかった。これからは織田家のために粉骨砕身働き致す」

弟の言葉に感激した信長は、摑んだ手をさらに強く握り締めた。

七

清洲城の庭の木々もすっかり凋落し、躊躇いがちに忍び寄る冬の訪れを身近に感じるようになった。

信長は、恒興や利家ら馬廻衆と濃尾国境の備えについて、評議を行っていた。

小姓の弥三郎が、柴田勝家の突然の来訪を告げる。

「権六殿だと……」

胸騒ぎがする。勝家を評議の場にとおした。信長しかいないと思っていたのか、恒興らの姿を認めた勝家が困惑した様子を見せる。

「お人払いを」

「構わぬ。長年にわたり苦楽を共にしてきた者たちだ」

この密室での出来事が、このときに勝家の家来だった太田牛一により、『信長公記』に記されている。おそらくは後々、勝家の口から語られたのだろう。牛一によれば、勝家が信長を訪ねた用件は密告をするためだった。

「勘十郎殿が伊勢守殿と結び、再び篠木三郷の横領を企んでおります」

上四郡守護代岩倉城城主織田伊勢守信安は、信長が斎藤道三の救援に木曾川を越えて出兵したときに、清洲城を狙って城下に火を放っている。

「何故、そうだとわかるのだ」

稲生の戦いの後、兄弟が涙ながらに手を取り合ってから、わずか一年しか経っていない。信じられない。いや、信じたくなかった。

「勘十郎殿は篠木三郷横領のため、すでに龍泉寺に大量の材木を運び込み、城としての普請をはじめております。伊勢守殿も兵を送ってこれを助けており、程なくして謀反の旗を挙げるものと思われます」

「馬鹿な！　権六殿がおりながら、なぜ止められぬのだ！」

信長が拳で床を叩いた。一同が躰を強張らせる。

「申し訳ありません。先の戦では三郎殿の温情により命を救われた身なれば、恩を仇で返すようなことはしてはならぬと申しあげたのですが……」

「聞かぬというのか」

「蔵人が勘十郎殿を丸め込み、情けないことですが、末森ではもはや某の言葉に耳を傾ける者はおらぬありさま」

信勝に蔵人が取り入り、ほかの家臣を側から退けるように画策しているとは、信長の耳にも入っていた。しかし、一の重臣である勝家までが遠ざけられているとは思いもよらなかった。蔵人は、伊勢守信安と結んで再び謀反を起こすことを信勝に迫り、これに賛意を示す家臣で末森城を固めてしまった。

「勘十郎が優れた武人であることに疑いの余地はない。兄弟が手と手を取って力を合わせれば、美濃や駿河も恐れるに足りぬ。戦のない世だって夢ではないのだ」

なぜ、それがわからないのだろうか。信長が口惜しそうに唸った。

勝家が表情を引き締め、視線を信長に向ける。

「蔵人のことは、所詮はきっかけにすぎませぬ」

「どういうことだ」

「国を憂い、民を思う気持ちは、勘十郎殿とて偽りはござらぬ。勘十郎殿にも譲れぬ思いがあるということです」

「謀反は勘十郎の意思だと申すのか」

「如何にも。三郎殿に負けぬほどの強い思いが、勘十郎殿を突き動かしております」

蒼白になった信長が、凍りついたように躰を固くする。思いつめた顔の恒興が、

「恐れながら……」

　両手をついて控えた。

「言うな！」

「いえ、言わせていただきます」

「だめだ。俺は聞かぬ」

　童子が駄々を捏ねるように首を振る信長を、恒興が叱りつけるように睨む。

「殿。もはや、ここまでかと」

　信長が、憤怒の表情で恒興を睨み返した。

「俺に勘十郎を討てと申すか！」

　利家も額を床に押しつけながら、血を吐くように言った。

「ご覚悟を！」

「俺は勘十郎を信じている」

「勘十郎殿は今度こそ、ご自身で出陣され、三郎殿を討つ覚悟でおられます」

　勝家の言葉にも、信長は首を大きく左右に振った。

「俺が会って話せば、勘十郎はわかってくれる」

「正義はひとつではござらぬ。勘十郎殿にも正義はある。もはや、お会いにはならぬでしょう」

信長が腕を組み、目を閉じる。長い沈黙が続いた。

「ならば、今日より俺は重い病となり、死の床に伏することにする」

再び目を開けた信長が、吐き出すように言った。

「謀でございますか」

「違う。あくまでも勘十郎と会うためだ。俺が彼奴を説得する」

「それでもご納得されぬときは、どうされるのですか」

勝家が一同を代表して問いかけた。だが、信長は首を横に振り続ける。

「俺の命に代えても、必ず説得してみせる」

信長重篤（じゅうとく）の知らせが、末森城に伝えられた。

蔵人は詐病を疑ったが、信勝と土田御前は信じたようで、信長の病状を心配した。

一度重い病で床につけばなかなか治癒は望めず、ほとんどの人が死んでいった時代だ。信勝でなくても、信長の病を疑わないのは当然だろう。

本当に命にかかわるような病ならば、敢えて叛旗を翻す必要がなくなる。鬼籍に入るにしろ、弱って隠居するにしろ、代わって家督を継ぐのは信勝しかいない。ならば、見舞いに行くのが道理であった。蔵人が止めるのも聞かず、信勝は清洲城の信長を見舞うことを決める。仕方なく、蔵人も、

「何かあれば私が勘十郎様をお守りいたします」

と、同行することと引き換えに、これを呑んだ。

清洲城北櫓次の間に、信勝は信長を見舞った。

目通りを許された信勝と蔵人は、我が目を疑う。信長は病の床にはなく、小袖に直垂を合わせ、袴も穿いて正装で迎えた。顔の色艶も病人のそれではない。

「兄上。これはどういうことですか」

さすがに信勝も気色ばんだ。蔵人など、今にも刀に手をかけそうなほどで、憤激ではち切れそうになっている。

脇で控える恒興に緊張が走った。が、信長がそれを目で制す。

「こうでもしなければ、お前とゆっくりと話をすることもできないからな」

「では、病というのは嘘だったのですね」

「騙して悪かった。だが、他意はない。それが証に側には勝三郎しか置いておらぬ。お前たちには帯刀も許した」

　恒興の母は信長の乳母であり、二人は乳兄弟であった。幼少の頃から信勝も親しくしており、気心は知れている。信長が最大限に配慮していることを示したのだ。だが、信勝と蔵人の表情は強張ったままだ。

「このように謀られて、どうして兄上を信じることができようか」

「信じてくれ。俺は勘十郎と話がしたかっただけなのだ」

　信長は脇差を腰の帯から抜くと、先を右側にして前に置いた。右手で柄を摑んで抜くことができない向きであり、敵意がない証となる。しかし、さすがにこの場においては、信勝の猜疑心を解くには足らない。

「兄上と私では、歩む道が違ってしまったのです。今さら何を話せというのですか」

「そんなことはない。間違えた道は引き返せばいい。過ちは何度でもやり直しがきく。それが人間というものだ」

　信勝が首を横に振った。

「私は過ちだとは思っておりません。兄上のやり方では、織田家は滅びるでしょう」

「織田家がそんなに大事か。俺はそんな小さなことを望んじゃいねえ」

「私にとっては何よりも大事です。私は尾張の民を守りたい。だから、兄上のやり方は認められないのです」

「今までのやり方が、民のためになると思うか。重い税や兵役を課せば、民から働く楽しみを奪うだけだ。作物の収穫は減り、市からは商いが消えていく。それでは誰一人として幸せにはならねえ。これほど理に適わぬことはない。民が楽しく働ける世があればこそ、織田家が栄えるのだ」

　信長は思いをぶつけるが、信勝は首を縦に振らない。

「兄上の理想とする世など、造れる訳がない。人間の本性は欲望に満ちている。その欲望には限りがない。人々が富める世を造っても、やがてまたその富を奪い合う世になるだけだ」

「だからこそ、人間に治世を委ねず、争うことができない国造りをするんだ」

「兄上の申されることは綺麗事だ。尾張の民は、私の力で守ります」

「そんなことはないのだ。本気で変えたいという強い思いがあるのなら、きっと変えることができる。俺はそう信じている」

「そのために天下を武によって一統するのですか。天子様や公方様に成り代わり、日の本の王になるというのか。兄上は血迷うたか」

「それも致し方ない。戦のない世を造るための道ならば、俺は逃げない」

「致し方ないだと。兄上に異を唱え、討ち滅ぼされる者たちの身になってみよ。兄上が成そうとしていることは、天下を血でもって洗い流すということだ。戦をなくすと言いながら、兄上こそが戦の根源となる。新しい世が来る前に、そこには何千、何万というおびただしい血が流れるのだ。憎悪と悲しみと絶望は、たとえ新しい世が来ようと幾世代にもわたって連鎖していく」

「承知している。それでも、この世を変えねばならない」

「兄上は後世に残虐非道な悪魔として名を残すことになるぞ」

「それで天下静謐が成るのであれば、俺が万世にわたる汚名を喜んで受けよう」

「どこまでいっても、互いに相容れぬようだ」

それまで、うつむいたままだった蔵人が口を開く。

「ごちゃごちゃとうるせえな。二人とも何をくだらぬ言い争いをしているんだ」

「なんだと」

信長が蔵人を睨めつける。信勝と恒興は、信じられぬとばかりに、言葉を失った。

「くだらねえから、くだらねえってはっきりと言ったんだ」

「控えろ、蔵人！」

これにはさすがに信勝が色をなし、一喝した。激しい怒りに唇を震わせている。

「馬鹿を言え。この機をどれほど待ち望んできたか。織田家を滅ぼす好機に、控える訳がなかろうが」

蔵人が抜刀した。すぐさま恒興が脇差を抜きかけたが、信長がそれを制した。

「当家を滅ぼすとはどういうことだ」

「知りたいか。俺は三河の小豆坂の生まれよ」

「小豆坂だと」

「そうだ。お前たちの父の備後守が散々荒らしまわった村よ」

三河国の小豆坂は岡崎城の近くで、三河松平家の家督相続の争いに、駿河の今川氏と織田弾正忠家がそれぞれ介入し、血で血を洗う抗争をした因縁の地だ。

小豆坂の戦いは、今川軍が兵一万、織田軍が兵四千をぶつけたといわれており、戦場では周辺の村を巻き込んで大多数の死傷者を出した。

「あの地にいたのか」

「ああ、そうだ。小豆坂の小さな村で俺は生まれ育った」

信長が労りの表情を見せる。

「それはさぞや辛い思いをしたことだろう」

蔵人の憤怒に、狂気めいた殺気がこもる。

「辛い思いだと。舐めてんのか。あれは辛いなどというものではない。地獄であってもあれよりはましだろうよ」

「親父殿から話は聞いている」

今川と織田が激突した最大規模の戦である小豆坂の戦いの当時、信長はまだ元服したばかりの十五歳で、参戦を許されなかった。信勝は元服さえしていない。

「お前たちは何もわかっておらぬ」

「どういうことだ」

「俺の家族は、織田信秀が率いる兵に殺されたのだ。俺の父も母も幼い弟や妹も、みんな殺された。俺の家族は、家に閉じ込められたまま織田軍の兵に火をかけられたのだ。わかるか。生きたまま焼かれたんだぞ。まだ七つだった俺は、血の涙を流しながら、何もできずに物陰から見ているだけだった。その苦しみと悲しみ、そして悔しさがわかるか！」

戦では恩賞や兵糧を敵地で現地調達する――乱取りが当然のこととして行われていた。農村から物資を奪い、家屋や田畑を焼き尽くすことは、敵への打撃にもなる。

「だから俺は、兵による乱取りを厳しく禁じている」

信長は兵糧を現地調達せず、必ず自軍で用意して供給していた。これが信長軍の強さの一因ともなっていたが、何よりも敵の領地といえども非戦闘員である百姓を戦に巻き込みたくないという思いが強かった。

「それで罪滅ぼしのつもりか」

「そうではない。だが、俺は乱世を終わらせる覚悟を持っている」

「奇遇だな。俺も戦のない世を造ろうと思っている。お前とはやり方が違うがな」

「何を考えておる」

「お前らを殺して、織田家を滅ぼしてやる。親父の大罪を子の命で贖（あがな）ってもらう」

「俺を殺しても、何も変わらぬぞ。蔵人よ、お前ほどの器量があるなら、復讐などではなく、俺に力を貸すことで、この乱世を終わらせてみろ。それこそが親兄弟（きょうだい）への供養になるのではないか」

「馬鹿を言うな。お前のような温いやり方では、いつまで経っても戦のない世など造ることはできぬわ。俺は俺のやり方でやる」

「どうするつもりだ」

「教えてやろうか。俺の望みは、大名を片っ端から殺すことだ」

「それで何が変わる」

「公方も大名も、私利私欲で戦をしている殿様は皆殺しにする。百姓や商人だけで、働く民の世を造るのだ」

そこまで聞いていた信勝が驚きに目を見開き、口惜しげに声をあげた。

「私のことを騙していたのか」

「今頃気づいたか。とんだお笑い草だぜ」

蔵人が高笑いする。

「嘘だと言ってくれ」

最も信頼を寄せていた家臣の裏切りに、信勝は打ちのめされた。

「お人好しのお前を操って三郎を討たせ、折を見てお前も毒を盛って殺してやろうと思っていたんだが、とんだ役立たずだったぜ」

信長も怒りを露わにする。膝の上に置かれた手が、憤激に震えていた。

「許せぬ」

「ふざけるな。許せねえのは俺のほうだ。過ちは何度でもやり直しがきくだと。殺された者には、もうやり直しなんてねえんだよ」

「だからこそ、戦のない世を造らねばならねえんだ」

「できる訳がねえ」

「できる。俺を信じろ」

「信じられねえ」

憤怒の形相の蔵人が、一瞬の隙を見て、信長に斬りかかってきた。

「三郎、死ねえっ！」

白刃がきらめく。刹那、剣先が信長に迫った。

「兄上、危ない！」

信勝が身を挺して間に割って入る。蔵人の刀が、両手を広げて立ちふさがった信勝の胸に深々と突き刺さった。

「てぃやぁああぁっ！」

恒興が脇差を抜くと、蔵人の背中から心の臓を穿ち抜く。

蔵人が膝から崩れ落ちた。口からどす黒い血の塊を吐きながら、

「三郎、俺は許さねえ。あの世から呪ってやる」

狂気に血走った目で信長を睨みつける。恒興が引き抜いた脇差で、さらに首の後ろを突いて止めを刺した。蔵人は激しく躰を痙攣させた後、そのまま息絶えた。

「勘十郎！」

倒れた信勝を、信長が抱き起こした。胸に真っ赤な染みが広がっていく。

「兄上……」

「ああっ、勘十郎。しっかりしろ！」

慌てふためいた信長が、信勝の傷口を必死になって手で押さえる。しかし、溢れ出る血は、少しも勢いを落とすことがない。

「子供の頃、梅の木から落ちた私を、兄上が助けてくれた。やっと恩返しができた」

信勝の手の甲に、小さな傷跡が見える。

「何を言ってるんだ」

「兄上、許してくれ。すまなかった」

すでに血の気を失った唇が、微かに動く。

「もう何も言うな。お前のことは、俺が一番良くわかっている」

信長の目から、熱い涙がこぼれ出し、信勝の頬を濡らした。

「私はうらやましかった。兄上はいつだって、たくさんの仲間に囲まれていた」

「そんなことはない。俺は大うつけと馬鹿にされていた。皆に慕われていたのは、お前のほうだ」

信勝が静かに微笑むと、小さく首を横に振った。

「私のまわりには、誰もいなかった。おかげで、この様だ」

ゴホッと、信勝が大量の血を吐いた。

「大丈夫か！」

「でも、兄上は違った。兄上のまわりには、いつだって本物の仲間がいた。母上だって、兄上のことばかり気にしておられた」

「違う。母上は俺のことを憎んでいたんだ」

「母上の心にあったのは、兄上のことばかりだった」

信勝の表情に影が差した。少なくとも信勝には、そう見えていたのだろう。

「すまぬ。俺がお前から母上を奪ってしまった」

「いいのです。私は兄上のことを憎んだことは、一度だってなかった。ただ、うらやましかっただけなのです。どうか、私を許してくれ」

「俺のことこそ、許せ」

信勝が手を伸ばす。信長はその手をしっかりと握り締めた。

「兄上、止めを刺してくれ」

「何を言う。傷は深くない。気をしっかり持て！」

「だめだ。私がここで刀傷を負えば、疑われるのは兄上だ。それでは家中はさらに乱れる。織田家は大きな炎に包まれる。兄上が思う世を造りたいならば、災いはこの場で断ち切るべきだ」

「できぬ。そんなこと、できる訳がなかろう」

「天下静謐を成すために、この世を血で清める覚悟をしたのだろう。ならば、たかが弟一人の首を落とせずにどうするのだ。兄上。悪魔になれ」

「無理だ！」

「朝顔が咲き誇る世を造るのだろう。ならば、迷うな。この勘十郎の首級を獲って、修羅の覇道を歩め」

信長は恒興から脇差を受け取る。涙が止まらない。それでも刃を信勝の首筋に当てた。その刹那、母の顔が脳裏をよぎる。そこで手が止まった。

「だめだ。やはりできぬ」

「兄上は甘いのう」

信勝が優しげに微笑むと、素手で刀身を握り、己の首を掻き切った。血潮が激しく噴き出し、信長の顔が返り血で真っ赤に染まる。

「やめろっ！」

信長が絶叫した。だが、信勝は刃身を握る指に、さらに力を入れる。

銀色に光る刃が、信勝の白い喉に吸い込まれていった。ゆっくりと、そして深く。みるみると床の上に血だまりができる。信長の腕の中で、信勝が荒く呼吸を繰り返した。それが次第に弱々しくなっていく。

「兄上……」

「俺はお前が大好きだった」

信勝が微かに微笑む。

「兄上。戦から逃げるな。日本中を業火で焼き尽くせ」

「勘十郎っ！」

「そして、天下を変えろ」

信勝が事切れる。

いまだ温もりを残したままの屍を強く抱き締め、信長は慟哭のうちに天を仰いだ。

「ああっ、勘十郎よ！」

信長は脇差を握り直すと渾身の力を込め、信勝の首を斬り落とした。

恒興が城中に響きわたる大声で叫ぶ。

「織田三郎信長様が、大謀反人織田勘十郎信勝を討ち取ったり！」

信勝の首級を左手に摑んで立ちあがった信長は、血に塗れた右手で頬を伝う涙を拭った。

「勘十郎、見ていてくれ。俺は逃げぬぞ！　必ずや天下静謐を成してみせる！」

信長は力強く足を踏み出した。

〈参考文献〉

『現代語訳 信長公記』太田牛一（著）、中川太古（訳）／KADOKAWA新人物文庫
『織田信長文書の研究（上巻）』奥野高廣（著）／吉川弘文館
『織田信長家臣人名辞典』谷口克広（著）／吉川弘文館
『織田信長総合辞典』岡田正人（編著）／雄山閣
『考証 織田信長事典』西ヶ谷恭弘（著）／東京堂出版
『織田信長事典 コンパクト版』岡本良一、奥野高廣、松田毅一、小和田哲男（編）／新人物往来社
『織田信長 戦国最強の軍事カリスマ』桐野作人（著）／新人物文庫
『信長の城』千田嘉博（著）／岩波新書
『信長の政略』谷口克広（著）／学研パブリッシング
『織田信長合戦全録』谷口克広（著）／中公新書
『信長の親衛隊』谷口克広（著）／中公新書
『織田信長のマネー革命』武田知弘（著）／ソフトバンク新書
『飢餓と戦争の戦国を行く』藤木久志（著）／朝日選書
『新版 雑兵たちの戦場 中世の傭兵と奴隷狩り』藤木久志（著）／朝日新聞出版
『絵解き 戦国武士の合戦心得』東郷隆（著）／講談社文庫
『復原 戦国の風景 戦国時代の衣・食・住』西ヶ谷恭弘（著）／PHP研究所
『歴史を歩く 信長 戦いの若き日々 誕生から「天下布武」まで』泉秀樹（著）／PHP文庫
「織田信長 覇道の全合戦」廣済堂ベストムック298号／廣済堂出版
「超解明緊急特報 織田信長最後の新説」惟月太郎（著）／一水社
『ビジュアル版 逆説の日本史4 完本 信長全史』井沢元彦（著）／小学館
『戦国ファッション図鑑』植田裕子（著）、山田順子（監修）、黒江S介、タカセ、内田慎之介（イラスト）／立東舎
『信長研究の最前線』日本史史料研究会（編）／洋泉社
『信長研究の最前線②』日本史史料研究会（監修）、渡邊大門（編）／洋泉社
「週刊 神社紀行 津島神社」山本尚幸（著）／学習研究社
「郷土研究誌みなみ 信長の涙　村木取手懐古」木原克之（著）／南知多郷土研究会
『耳鼻削ぎの日本史』清水克行（著）／洋泉社
『エッセンシャル版 マネジメント 基本と原則』P・F・ドラッカー（著）、上田惇生（編訳）／ダイヤモンド社
『これからの「正義」の話をしよう』マイケル・サンデル（著）、鬼澤忍（訳）／ハヤカワ・ノンフィクション文庫

解説——「若き日の信長を真正面から描く」

伊東潤

信長を主人公にした小説は数多くありそうに思えるが、実はそうでもない。古くは山岡荘八氏の『織田信長』という大長編があるが、信長の実像がはっきりしてきた今となっては、古臭い感は否めない。

司馬遼太郎氏の『国盗り物語』も著名だが、前半は斎藤道三の物語で、後半は信長と明智光秀のデュアル視点になるので、信長の人生だけを追った物語ではない。

安部龍太郎氏の『信長燃ゆ』と『蒼き信長』では、安部氏の解釈による信長像が見事に描き出されている。ただし前者は本能寺の変に至る二年間を描いたもので、後者は信長の父信秀と信長の物語なので、信長の生涯を時系列で描くものではない。

私が文庫版の解説を書いた山本兼一氏の『信長死すべし』も、本能寺の変に至る数カ月を描いたものだ。

また信長関連で著名な作品としては『信長の棺』や『信長の原理』があるが、変化球すぎて信長という人間の本質に迫った内容とは言い難い。

拙著にも、家臣たちの視点から信長を描いた連作短編集『王になろうとした男』があるが、信長視点でその生涯を追ったものではない。

つまり信長視点で真正面からその内面に迫った作品はあまりないのだ。

その理由は明らかで、信長という男は、内面が洞察しにくいことこの上ないからだ。

そんな中、歴史小説デビュー作で織田信長を真正面から描くという難易度の高い技に挑戦した作家がいる。

本作『信長の血涙』の著者・杉山大二郎氏である。杉山氏は著名な公募新人賞を受賞したわけではなく、突然彗星のように歴史小説界に現れた。まさにロッキーのように。

杉山氏をロッキーと呼ぶのには理由がある。実は本作の原型となる『嵐を呼ぶ男!』(徳間書店刊)は斯界の書評家から絶賛され、日本歴史時代作家協会賞の新人賞の候補にまでなった。この時、新人賞を受賞したのが坂上泉氏の『へぼ侍』だった。

『へぼ侍』は選考委員のほぼ全員が推した作品で、坂上氏の受賞に異論はなかったと聞くが、この時、選考委員たちを驚かせたのが杉山氏の『嵐を呼ぶ男!』だった。映画『ロッキー』でロッキーの相手となったアポロはピークアウトしたボクサーだったが、坂上氏は斯界の輿望を一身に担った上り調子の新星だ。その期待の新人と戦って善戦したのだから、『嵐を呼ぶ男!』の凄みが分かっていただけると思う。

それ以前に、私は『嵐を呼ぶ男!』を購入していた。縄田一男氏の日経新聞の書評に五つ星が付けられ、絶賛されていたからだ。

今回、『信長の血涙』と改題された本作を読んでみて思ったのは以下のようなことだ。

本作には、一筆書きのような勢いがある。文章のリズムが統一されているので、最初から最後まで一気に書いたのではないかと思えるほどだ。

最近の新人の作品は、どれも上手に描こうとして技巧に走るきらいがある。つまり背伸びしすぎている。例えば、どこかで読んだような風景描写を何行にもわたって行うのだが、本作の場合、「日が落ち、空が薄墨色に染まる。」の一行で済ませる。実は風景描写なんてものはこれで十分で、読者は物語の先を読みたいのだ。

最近の風景描写のしつこさは、どうやら公募新人賞の影響らしいが、杉山氏は持ち込みデビューなので、「うまく書いてやろう」などという色気はなく、また外連（けれん）なんてものも考えない。ただストレートに「信長とはいかなる男だったのか」「信長は何を目指していたのか」に迫っていく。

おそらく最初から何を描くかはっきり決まっているので、文章に勢いがあり、展開も速く感じるのだろう。架空の人物に大きな役割を担わせ、思わせぶりな展開にも持ち込まないし、サイドストーリーなんてものも考えない。布石を打ったり伏線を張ったりもしない。とにかく小気味よいほど直截（ちょくせつ）で勢いがあるのだ。

視点については、厳密には信長単視点ではない。各場面で相対する者たちの視点にスイッチすることがあり、それが難点と言えば難点だが、とくに不自然なところはないので、文学賞の選考でもない限り問題はない。

また杉山氏はリーダビリティの高い文書を書くので、読み始めると、つい引き込まれてしまう。調べると杉山氏は、ビジネス・コンサルタントとしての活動のかたわら『至高の営業』や『営業を仕組み化し、部下のやる気を最大化する、最強のチーム創り ザ・マネジメント』といったビジネス書を上梓しており、そうした実用書で培った筆力に物を言わせて小説を書いていたのだ。その観点から見ると、確かに物語の面白さだけではなく、文中には様々な教訓が込められていると分かる。

一例を挙げれば、この物語が青年信長のビルドゥングスロマン（成長譚）というだけでなく、チーム信長の結成譚だと分かってくる。またそこから見えてくるのは、信長のリーダーシップだ。

実用書などでは「リーダーとはかくあるべし」といったものが多々あるが、そこに書かれていることは「なるほど」とは思うものの、右から左へ忘れてしまうものだ。しかしこうした小説でリーダー論を読むと、実用書では素通りしていたものが、物語の中で生き生きと描かれ、脳内に定着してくるのが分かる。これが小説の効用というものだろう。

『嵐を呼ぶ男！』を出した後、杉山氏が取り組んだのは、初のシリーズとなる書き下ろし時代小説文庫だった。それが小学館から刊行された『さんばん侍　利と仁』と『さんばん侍〈二〉　麒麟が翔ぶ』だ。このシリーズはビジネスに精通した杉山氏ならではの時代小説となっており、杉山氏が自分の強みを意識し、この題材を選んだと分かってくる。

また杉山氏の活躍は執筆活動だけではない。「操觚の会」という歴史・時代作家の団体で事務局長を務め、様々なイベントにかかわっている。それが『アンソロジーしずおか　戦国の城』や『妖ファンタスティカ2　書下し伝奇ルネサンス・アンソロジー』といったアンソロジー作品への参加によって結実した。アンソロジーは他流試合であり、下手なものを書くと、将来の読者を失う恐れがある。だが杉山氏は何ら臆することなく、名うてのベテランや伸び盛りの中堅・若手と渡り合っている。

こうした多忙さから、ファンが待望する『嵐を呼ぶ男！』の続編はまだ先かと思っていたところ、突然それが『信長の血涙』と改題され、幻冬舎文庫から刊行されることになった。

杉山氏は文庫版にするにあたり、改題しただけでなく大幅に改稿したという。そして『信長の血涙』の続編も幻冬舎文庫から刊行されていくことが決まったそうだ。

もちろん本能寺の変まで連れていってくれることだろう。

本作を読むと、信長の姿が杉山氏に重なってくる。技巧に走らないと評価されない文壇など「糞くらえ」とばかりに、わが道を行く杉山氏の今後に期待したい。

——作家

この作品は二〇一九年十一月徳間書店より刊行された『嵐を呼ぶ男!』を改題し、再構成したものです。

資料作成　美創

信長の血涙
（のぶなが けつるい）

杉山大二郎
（すぎやまだいじろう）

令和3年12月10日　初版発行

発行人――石原正康
編集人――高部真人
発行所――株式会社幻冬舎
〒151-0051東京都渋谷区千駄ヶ谷4-9-7
電話　03(5411)6222(営業)
　　　03(5411)6211(編集)
振替00120-8-767643
印刷・製本―図書印刷株式会社
装丁者――高橋雅之

幻冬舎時代小説文庫

ISBN978-4-344-43153-9　C0193　す-21-1

幻冬舎ホームページアドレス　https://www.gentosha.co.jp/
この本に関するご意見・ご感想をメールでお寄せいただく場合は、
comment@gentosha.co.jpまで。